汴京客

景步航 著

湖南文艺出版社
博集天卷

·长沙·

© 中南博集天卷文化传媒有限公司。本书版权受法律保护。未经权利人许可，任何人不得以任何方式使用本书包括正文、插图、封面、版式等任何部分内容，违者将受到法律制裁。

图书在版编目（CIP）数据

汴京客 / 景步航著. -- 长沙：湖南文艺出版社，2025.3. -- ISBN 978-7-5726-2262-5

I. I267

中国国家版本馆 CIP 数据核字第 2025XZ9304 号

上架建议：畅销·文学

BIANJING KE
汴京客

著　　者：景步航
出 版 人：陈新文
责任编辑：何　莹
监　　制：邢越超
特约策划：张　攀
特约编辑：王玉晴
营销编辑：文刀刀
装帧设计：李　洁
书籍插画：符　殊
内文排版：百朗文化
出　　版：湖南文艺出版社
　　　　　（长沙市雨花区东二环一段 508 号　邮编：410014）
网　　址：www.hnwy.net
印　　刷：天津联城印刷有限公司
经　　销：新华书店
开　　本：875 mm × 1230 mm　1/32
字　　数：225 千字
印　　张：9.75
版　　次：2025 年 3 月第 1 版
印　　次：2025 年 3 月第 1 次印刷
书　　号：ISBN 978-7-5726-2262-5
定　　价：59.80 元

若有质量问题，请致电质量监督电话：010-59096394
团购电话：010-59320018

自序
年少的子弹，时隔多年正中眉心

搬家时翻出了高中语文课本，一篇篇文言文和诗词歌赋的字里行间，都是密密麻麻的笔记。红色、蓝色、黑色的字迹，交汇成一片，铺满了一页又一页纸，非常壮观。

那时的我们像小和尚念经一般朗读古文，吭哧吭哧地抄写每个字的释义，也不求甚解，反正能应付考试就行。

高中语文书里最怕的四个字就是"背诵全文"。没有一个中学生能逃过"北宋背诵默写天团"的审判。

课本上的文言文大多出自范仲淹、苏轼、欧阳修等文坛大家之手，都是千载流芳的大作，只是其语言之美妙，含义之深刻，实在不是当年十五六岁的我能参透的。印象最深的是苏轼的那篇《赤壁赋》，我怎么都背不熟倒数第二段："盖将自其变者而观之，则天地曾不能以一瞬；自其不变者而观之，则物与我皆无尽也。"一会儿"变"，一会儿"不变"的，到底在说什么？那么多的"之乎者也"，多一个字少一个字都不行，简直让人头大。

还有王安石的《游褒禅山记》，读来更是晦涩拗口。在山里游玩一趟，怎么还能生发出那么多感慨呢？那时无知的我觉得文人们真无聊，不仅想得多，话也多，给我们留下了那么多必背篇目。

中学时的我，简单粗暴地给那些远逝的古人贴上各种标签，苏轼是"乐观豁达"，范仲淹是"忧国忧民"，王安石是"执拗倔强"……他们如同一个个面目模糊的文化符号，无悲无喜地躺在书本里，或是轻飘飘地浮在历史的虚空中。他们笔下的《记承天寺夜游》《岳阳楼记》《游褒禅山记》，在我压力重重的高中时代一闪而过。我既没时间欣赏，也不懂得体会。

然而神奇的是，后来在人生的很多个瞬间，我总是会突然想起一些曾经背过的词句。越长大，那些词句就越清晰，从记忆深处浮现出来。

因为体验过一次次的遗憾，所以明白了李后主所说的"自是人生长恨水长东"，学着接受无常与落空；因为久困于不可得之物，所以要一遍遍地读苏轼的"惟江上之清风，与山间之明月，耳得之而为声，目遇之而成色"，学着释怀与看开；因为脚下的路崎岖不平，前方的路茫然未知，所以要用王安石的话鼓舞自己，"而世之奇伟瑰怪非常之观，常在于险远，而人之所罕至焉，故非有志者不能至也"，学着坚持不放弃。

现在才发现，自己是在最糙的年纪，吃着最细的糠。正如猪八戒吃人参果一样，少年的我将千古文章囫囵吞下，不管它是甜是咸，是圆是方。然后在数年后的某一刻，恍然大悟了那一句诗文的含义，刹那间品尝出了个中滋味。

年少时打出的子弹，多年后正中眉心。

隔了十年的光阴往回看，那些遥远的古人一下被拉近了。他们踏过的山川，依旧无声矗立；他们沐浴过的月光，依旧照耀着大地；他们夜泛小舟的江河，依旧不息地流淌。他们的肉身已尘归尘，土归土，可他们的灵魂与思想，仍一次次地燃起灿烂的火花，照亮今人的生命。

他们各自的人生旅程，将在这本《汴京客》中一一呈现。我希望这样一群闪耀于北宋夜空的熠熠星辰，可以从一片混沌的黑暗里走到明亮的日光下。他们不仅仅是语文课本里必背篇目的作者，不只有着响彻古今的声名与流芳千古的才情，他们更有着与寻常人一样的喜悦与悲伤、成功与失败、伟大与渺小。他们也曾在人生的长河里浮沉挣扎，被无常的命运玩弄于股掌之上。

他们的求而不得、失意迷惘，正如你，如我，如芸芸众生所面对的种种困境一样。他们并不遥远——

亡了国的李煜被宋太祖掳到汴京，在一钩弯月下思念着故国，神情落寞。

踌躇满志的柳永驻足于繁华的汴京街头，遥望着凤阁龙楼的威严身影，满目憧憬。

第三次被贬官外放的范仲淹回望一扇扇朱红宫门，按下了心中汹涌的暗流。

欧阳修立于朝堂之上，慷慨激昂地陈说着朋党之论，并未注意到天子的脸色越发铁青。

新法未竟的王安石骑着毛驴准备离开京城，一脸忧色，大宋国运何去何从？

远在黄州的苏轼呆呆地望着碧蓝的苍穹，眼中的流云幻化成了京城宫殿的模样。

家道中落的晏几道彷徨在汴京喧闹的市井，红楼粉黛逐渐失去了色彩……

这些耳熟能详的文人皆是北宋都城的过客，汴京城里散落着他们的悲欢荣辱。

他们的身影已远去，留下的诗词文章却与我们同在。他们的生命已枯萎，笔下的文字却万古长青。

我相信文字是有力量的，也许它有一定的滞后性，也许当下的我们无法感受得到。但在未来的某一时刻，它会洞穿一切，排山倒海而来，给我们带来一瞬间的顿悟，或鼓舞，或释然。

又或者，它不会起到任何实质的作用，只是唤起了一次跨越千年的情感共鸣。

我想，这样也足够了。

景步航
2023 年 7 月 28 日于北京

目　录

 李　煜（937—978）春天不再来　一

 柳　永（约987—约1053）人生不过大闹一场　四五

 范仲淹（989—1052）在江湖与庙堂之间　八七

 欧阳修（1007—1072）何以慰风尘　一三七

 王安石（1021—1086）孤臣　一八三

 苏　轼（1037—1101）也曾狼狈而行　二三三

 晏几道（1038—1110）做不了赢家，就做个玩家　二七三

景步航

李煜

(937—978)

春天不再来

一

　　如果借着月光，从远处往这个黑沉沉的房间里看，会看见一个模糊的小白点。再靠近一些，会发现这是一个蜷缩成一团的人。他身着白衣，面色亦苍白如雪。

　　他的黑发隐没在黑暗里。如果看得仔细些，会发现这把头发像上好的绸缎一样，在微弱的月光里泛着微弱的光泽。如果看得再仔细些，会发现这把头发好似一道暗河，正在簌簌流动，流入了他身后无边无际的黑暗里。

　　原来他在哭，所以全身有些微微颤抖。

　　点燃屋中仅有的一支蜡烛，再把蜡烛移近一些，这下终于可以看清楚他的脸了。

　　皮肤是青玉般地白，透着些易碎之感，是被精心娇养出来的。额头宽而饱满，眉目俊秀。总的来说，这个正在哭泣的人不失为一个美男子。尽管他的嘴巴微微突出，有点龅牙。无妨，都说"美人三分龅"。他脸上旧的泪痕犹未干，又迅速被新的泪水所覆盖。也无妨，泪美人嘛。

再凑近一些，看看他心灵的窗户——那双眼睛，尽管窗户已被暴雨打湿。他的其中一只眼睛里竟装着两个瞳仁，虽有些拥挤，却也不失为一种个人特色，毕竟重瞳之目向来是帝王将相的特征，比如五帝之一的舜，力拔山兮气盖世的楚霸王项羽和北汉开国皇帝刘旻。

再比如，眼前这位惨白着小脸、眼泪无穷无尽的南唐第三位君主，李煜。

准确地说，是曾经的南唐的君主。如今南唐已死，他却还活着，活在灭南唐者的地盘里。

对李煜来说，这是一个如常的难眠之夜。半夜惊醒的时候，屋外正下着细雨。

他又做梦了。一开始是好梦，李煜甚至在梦里笑出了声，梦到的都是美景美人。在繁花盛开的御花园里，他拉着美丽的小周后，要教她学习骑马。小周后怕摔花了脸蛋，又怕弄脏了罗裙，笑着跑开。李煜想要去追，却发现怎么都迈不开步子，人被禁锢在原地。小周后越跑越远，笑渐不闻声渐悄，倩影消失在花丛之中。而后眼前的玉楼金阙瞬间崩塌，散作尘烟，李煜想伸手去抓，却抓了个空。他脚下突然裂开一道缝，李煜坠落其中，在无边无际的黑暗与虚空中，一直下坠、下坠、下坠，没有尽头。

他大汗淋漓地醒来，眼前空空如也，只有连绵不断的细雨之声，告诉他这是一个回寒的春夜。

他想起父亲李璟写下的那阕《摊破浣溪沙》："细雨梦回鸡塞远，小楼吹彻玉笙寒。多少泪珠何限恨，倚阑干。"

多少泪珠,多少恨,也不及他此刻的万分之一。全然不是同样的心境。

一阵凉意袭来,李煜打了个寒战。他深吸一口气,起身拨开重重的帘幕。窗外的月光被雨水浇熄,只有一大片潮湿而模糊的昏黑,不由分说地涌入房间,笼住了他的双眼。

房中仅存的一支蜡烛也快要燃尽,幽暗的烛火在黑暗中垂死跳跃。李煜如一张白纸般飘到书案前。这个夜晚,他有些情绪急需倾诉。李煜提笔蘸墨,写下了一阕《浪淘沙》:

帘外雨潺潺,春意阑珊。罗衾不耐五更寒。
梦里不知身是客,一饷贪欢。
独自莫凭栏,无限江山。别时容易见时难。
流水落花春去也,天上人间。

春天终究要过去。纵然四季有轮回,李煜的春天,却永远不会再回来。

风陡然吹开窗子,雪白的纸张散落一地,上面无数墨黑的字迹密密麻麻,写满了他对往昔的追忆。

假如往昔没有那么美好,也许现在便不会这样痛?

李煜又想起当年无数次夜宴过后,他酩酊大醉,走路都摇摇晃晃了,却偏要屏退侍奉左右提灯引路的官人,独自骑马回寝殿。他最喜欢踏着月的清辉,经过御花园,让马蹄沾染一路的花香,然后任性地写下"归时休放烛光红,待踏马蹄清夜月"。

那时可真好啊,看不尽的春花秋月,饮不尽的琼浆玉露。如今正是江南春深之际，御花园中的海棠一定开得很美吧。前朝的大诗人杜甫说："正是江南好风景，落花时节又逢君。"可李煜在这落花时节，遇到的却只有可怕的赵匡胤。想到赵匡胤阴冷的眼神和冷酷的话语，李煜便感到窒息。

还记得宋军兵临城下前夕，赵匡胤撂下狠话："卧榻之侧，岂容他人鼾睡。"

可是他真的没想过要睡在赵匡胤身边，都已经缩到床角瑟瑟发抖了，再加上整宿整宿地失眠，还鼾睡？

只怪生来是君王。江南国主何罪之有？只因为是一国之主，所以必须承担一切，扛下一切，被俘虏，被折辱，被幽禁。

若是不必做君王，或许可以当个逍遥王爷，当个风流才子，再不济，去庙里当个僧人。也许没那么尊贵，可是他喜欢，他愿意当一个快乐的庶民。

李煜再无睡意，胸中多少酸楚翻涌上来，在这个冷雨连绵的春夜，他哭得肝肠寸断。

二

当初，南唐可是十国中最大最强盛的政权。短短三十余年，一手好牌，怎打得稀烂？

想当年，李煜的爷爷李昪，在四分五裂的局面中建立南唐，是何等英明神武。"筚路蓝缕,以启山林",这是李煜从未有过的生命体验。

辉煌的大唐盛世走向灭亡后,各地藩镇纷纷自立为王,海内云扰,权争不断。这段大分裂时期,史称"五代十国"。而南唐的开国皇帝李昪,便是出身于十国中的杨吴政权(亦称南吴)。杨吴占据着东南最为富庶繁荣之地,是五代前期南方最强大的政权。

李昪一生拥有过三个名字。对于他最初的名字与出身,众说纷纭。后来,他因战乱沦为孤儿,流落濠州,被杨行密收养,而后吴国重臣徐温将其收养,并改名为徐知诰。徐知诰长大后,在其养父的影响下,走上了仕途,并且建功无数,一路高升。他为政勤勉,宽仁待下,节俭克己,又改革税制,劝课农桑。乱世之下,人心渐渐归附于徐知诰。

天祚三年(937),徐知诰废吴睿帝杨溥,夺得政权,自称皇帝,改国号为"大齐",建都金陵。此后他又自称唐玄宗之子永王李璘的后裔,颇有要复兴大唐盛世的气概。他改名为李昪,改国号"唐",史称"南唐"。立国后,李昪体察民情,他知道经历了连年战乱的百姓都渴望平静安宁的日子,于是推行"息兵安民"的政策。那几年南唐社会安宁,国力日渐强盛。

只是成功易,守功难;守功易,终功难。

升元七年(943),李昪临终前的南唐仍是完好如初的,他郑重地嘱咐儿子李璟:"汝守成业,宜善交邻国,以保社稷。"

他的儿子、孙子的确做到了"善交邻国",将大片大片的江山拱手相送的那种。

这一年,李昪过世,其长子李璟继位。李昪临终时,皇家仓库中"储戎器金帛七百万",且国土广阔,"东暨衢、婺,南及五岭,西至湖湘,北据长淮,凡三十余州,广袤数千里,尽为其所有"。这是他一生呕心沥血,为其后人与南唐子民留下的宝贵财富。

李璟继承皇位之后,一开始还是乖乖地听从父亲临终时的嘱托,息兵养民,礼贤下士。然而品尝到了至高权力的无上美味后,李璟决定叛逆一把。不遵父皇遗命,又如何?李璟很自信地想:朕一定可以青出于蓝而胜于蓝,朕的英明决策,将带领南唐走上一个新的高峰,父皇若在天有灵,且等着看吧。

李璟一直认为其父在治国方面太过保守,于是他开始大规模对外用兵,先后进攻因继位纷争而内乱频发的闽国与楚国,占其疆土。两次侵占他国,虽为李璟带来了一点小甜头,但更让南唐陷入了不可挽回的危机之中。

保大二年(944),闽国内乱,李璟趁火打劫,遣兵攻打。

这下说不定能捡个大漏了。李璟心中得意扬扬。

保大三年(945),南唐攻灭闽国,但闽国将领李仁达仍然占据福州一带。次年南唐乘胜追击,形势危急之下李仁达便向吴越称臣乞援。吴越发兵三万相助,南唐大败。

此次战败,并未让李璟从中吸取教训,他仍然热衷于开疆拓土——从哪里摔倒,就从哪里再摔第二次。其朝中如冯延巳、冯延鲁、魏岑等一众拥趸成日献上各式各样的奉承话,"吾皇英明神武""吾等跟着皇上做大做强,睥睨天下,指日可待"……

李璟迷失于其中,南唐的繁盛从他的指缝中悄悄溜走了。

保大九年(951),楚国马氏兄弟同室操戈,李璟趁机派兵进攻楚国。马氏兄弟相继投降,楚国灭亡。此后南唐军在楚国境内横征暴敛，征其赋税、田租，以赡戍兵；收其金帛、珍玩、仓粟，运至金陵，以供李璟赏玩享用。楚民苦不堪言，皆不服南唐统治。马氏旧部揭竿而起，觊觎楚国疆土已久的南汉亦趁机发兵，南唐军队在各方夹击下一再溃败，仓皇逃回金陵，征楚成果一朝散尽。

一顿操作猛如虎，仔细一看原地杵。

李璟折腾了数年，所得土地不多，却是损兵折将，元气大伤。

而此时，处于北方的后周势力正在以破竹之势迅速崛起。

三

在李璟疯狂折腾南唐基业的这几年里，他的第六个儿子李从嘉，慢慢长大了。

李从嘉，是李煜最初的名字。嘉，意为善、美，可见李璟对他寄予的并非建功立业、成就大事的厚望，而是做一个美好善良的人就够了。继承家国大业这样的事，实在轮不上李从嘉，毕竟他的前头还有好几个哥哥，上头还有两位皇叔。

尤其是长兄李弘冀，胆识过人，有勇有谋，颇具军事才能；还有皇叔李景遂，深得李璟看重，他们二人曾立下盟誓，相约皇位兄弟相传。

李从嘉作为一个毫无继承皇位压力的小皇子，童年与少年自然过得十分快活。父祖为他编织了一场盛大又繁华的绮梦，还是小小婴孩的李从嘉被推入梦网之中。这是一个钟鸣鼎食、金粉浮靡的世界，数不尽的美食、美人、美景淹没了他。奇珍异宝要多少有多少，日常用具都是金玉做的，李从嘉小朋友总嫌那雕花白玉的凳子太冻屁股；各色的佳肴美馔都快要吃腻了，时不时要寻那粗茶淡饭、清粥小菜来调理肠胃。

一个多么无忧无虑的伊甸园、游乐场，他只管去享受，去挥霍。

初尝人事滋味的李从嘉觉得人间真好，真美。他热爱这世界，一个充满真善美的世界，正如他自己名字的寓意一样。有时，喜欢诗书的李从嘉也会从书中看见一些人间疾苦。比如杜子美的《茅屋为秋风所破歌》，"八月秋高风怒号，卷我屋上三重茅"，他觉得困惑，为什么屋顶上要放茅草？又比如"一男附书至，二男新战死。存者且偷生，死者长已矣"，李从嘉对此觉得不可思议，他是个善良的孩子，清澈的眼睛流下泪水，他的老师连忙哄道："这与小殿下何干呢？那是很遥远很遥远的事。"

那么近在眼前的事呢？是乳母的慈爱关怀，是宫女姐姐的嫣然笑语，是午膳没吃够的荷花酥，是与哥哥们在花园中放风筝、蹴鞠，还有父皇来看他时，留下的那上半阕词。

李璟虽忙着开拓疆土，内心却也有风雅的一面。他喜欢诗书，喜欢写词。这一点，很好地遗传给了儿子李从嘉。李璟时常在宫中举办宴会，与其宠臣韩熙载、冯延巳衔月飞觞，饮宴赋诗。李从嘉自年幼起，便时常听见宫中的鼓乐笙箫之声，他还听见那些被吟唱的辞赋，平平仄仄，婉转悠扬，如同天上的仙乐一般飘入李从嘉小小的心灵，并在这里生根发芽，日渐繁茂。

所有这些绮丽、美好的点滴，构成了李从嘉最初的生命图景。

李煜

至于一个帝王应当学习的治国之策、用人之道、排兵布阵之法，于他，只不过是父母给他报的课外辅导班，走个过场，做做样子的，他并未真正用心学过。李从嘉人生的首要任务，是去享受父祖为他挣来的这一切。

而李从嘉的长兄、大皇子李弘冀，他年少时的生命图景，就比李从嘉复杂得多。作为长房长孙，他从小便知道，不出意外的话，自己有朝一日是要成为太子接手南唐江山的。然而意外发生在祖父李昪去世那年，父亲李璟继位后，在祖父灵前发誓，皇位要兄弟相传，以示手足同心。

李璟的确一向很爱护、看重自己的几个弟弟，只是竟然到了弃嫡长子继承制于不顾，决意传位给弟弟的程度，这是众人都未曾想到的。至于儿子李弘冀，李璟将他派往扬州担任江都尹，至此远离金陵，远离朝堂，远离权力纷争的中心。

天凉好个秋，正是游玩的好时节。可年少的李弘冀无心赏景，他心中满是委屈与不解："为何父皇对我寄予厚望，却又让我与皇位无缘？为何要我远离皇城，远离父母兄弟？我是哪里做错，惹父皇不开心了吗？"

无人能解答这些疑问。当他的弟弟们在金陵的皇宫中无忧无虑地长大时，李弘冀的童年蓦然而止。他开始变得沉默。扬州的府邸门庭冷落，瑟瑟秋风，把李弘冀的心也吹得越发凄凉。他始终没有等来父皇召他回京的圣旨。

保大五年（947），李璟立其弟李景遂为皇太弟。立储一事，似乎已尘埃落定。或许是为断了李弘冀继承皇位的念想，在这一年，李璟又将其迁至润州，赐燕王。李弘冀愈加沉默。

润州虽比扬州离金陵更近,但作为兵家常年驻守之地,吴越与南唐在此屡起争端。少年李弘冀望着远处茫茫的尘烟,心中隐隐有了决断。他的眼中藏着一丝与他这个年纪不相符的阴郁和坚毅。

是夜,金陵皇官中,月光温柔如水,在层层的锦衾绣榻上无声流动。李从嘉一边吃着荷花酥,一边琢磨着填词,神色如痴如醉。远在润州的李弘冀缓缓展开了一卷军事布防图。夜色微凉,清冷的月光洒在案几上,李弘冀对着图纸,神色端凝,亦是如痴如醉。

四

七年时光匆匆而过。保大十二年(954),李从嘉十八岁。

李弘冀在润州读了七年的兵书,吹了七年江北的冷冽之风,度过了七年没有亲人陪伴在身边的寂寥岁月。对李弘冀来说,每一天都是一样的,一样乏味无聊。只有他心中的恨与不甘,与日俱增。而李从嘉则是在金陵雕梁画栋的宫殿中,吟咏了七年的风月,对他来说,每一天都不一样,不一样的多姿多彩。他看不同的花如何盛开,看舞姬的罗裙如何摇摆,看映照在玉楼金阙之上的朝阳和晚霞如何变幻。

生活明朗,万物可爱。这是李从嘉眼中的世界。

更何况这时的李从嘉刚成婚不久,他奉父皇之命,娶了南唐老臣周宗的长女周娥皇,两人正值新婚宴尔之际。周娥皇似乎符合李从嘉对完美伴侣的终极想象,她是美的集大成者,是上天对李从嘉的又一恩赐——拥有国色天香之貌,又通书史,善歌舞,精通音律,尤其擅长琵琶,与同样喜欢辞赋、音乐的李从嘉很有共同语言。他们一起填词作赋,一起饮酒对弈,还一起钻研失传已久的《霓裳羽衣曲》,通过查阅古籍、考证编排,重现了唐明皇时期的人间仙乐。李从嘉深深陶醉在周娥皇两个浅浅的酒窝里,十八岁的他初尝了爱情美好的滋味。情浓之际,李从嘉为周娥皇作了一阕《一斛珠》:

晓妆初过,沉檀轻注些儿个。向人微露丁香颗,一曲清歌,暂引樱桃破。

罗袖裛残殷色可,杯深旋被香醪涴。绣床斜凭娇无那,烂嚼红茸,笑向檀郎唾。

多么香艳、风流,这是独属于李从嘉的闺房之乐。当他在软玉温香之中尽情享受着甜美生活的时候,南唐的危机却悄然来临。

次年,周世宗攻南唐之战爆发,后周大军开启了南伐的征程。面对后周的铮铮铁骑,南唐几乎毫无招架之力。

这些年,当后周在秣马厉兵、养精蓄锐之时,李璟在大举进攻他国,肆意消耗南唐的库存军费;当后周在整顿改革、打击贪腐、轻徭薄赋之时,李璟在任用奸佞,奢侈无度,风花雪月。南唐国力渐弱,李璟的词倒是日渐精妙了。输掉的仗太多,李璟心中好愁,他戚戚然吟诵:"青鸟不传云外信,丁香空结雨中愁。"

吴越见南唐现在这般好欺负,便也趁机攻打其门户润州。当李璟听到这个消息时,他终于想起了自己派去驻守润州多年的大儿子李弘冀。一方面，他担心儿子的安危；另一方面，李璟认为李弘冀年纪尚轻，并无作战经验，不足以独当一面。若润州失守，金陵便岌岌可危。李璟想换一个有经验的大将前往润州对抗吴越。他一纸诏令下去，立即召回燕王李弘冀。

李弘冀站在他清寂的居所前，跪接了父皇的诏书。层层石级上仍留有薄薄的残雪，李弘冀感到膝盖一阵冰凉。

父皇终于想起自己了。朝思暮想了多年的金陵，如今终于能够回去了。李弘冀的脸上露出一丝酸楚的微笑，而后又迅速收回。他的眼神变得无比坚定。

不可。不可不战而退。八年都熬过来了，怎能临阵退缩？也许八年的蛰伏，为的就是今日。为了护卫南唐江山，为了不负多年隐忍，为了向父亲证明，太子之位应当属于他李弘冀。

他做出了一个让李璟意外的决定——拒绝回朝，并且上书表示，他愿坚守润州，与将士共进退，与润州同生死。

李弘冀赌赢了。他极懂如何用人，如何调兵遣将。战前，李弘冀力排众议，换骁勇善战的柴克宏为主将，并将兵权相让。柴克宏果然不负众望，立刻严整军纪，沉着应战，带领一众士兵击退了吴越的进攻。大获全胜后，李弘冀俘虏了吴越数十名大将。

如今，是他立威服众的时刻了。

李弘冀未请示父皇，便将吴越的大将全部杀死。刀起，头落。敌国将领温热的鲜血，抚慰了他多年驻守润州的辛酸与孤独。就是这些积年累月的辛酸与孤独，滋养出了他的阴鸷与狠戾，就像阴暗滋养蛇蝎、潮湿滋养霉菌那样。

他的狠，将吴越彻底震慑，再也不敢出兵南唐。

李煜

一三

李弘冀凯旋,风风光光地回到金陵。当年离开金陵时暗自垂泪的小皇子,隔着十余年的光阴,与如今荣耀归来的燕王错身而过。李弘冀攥紧拳头,旧日情景便在他的手中寸寸碎裂,和那些驻守润州时的寂寞长夜一同消散如烟。从此不会再有委屈。这一次,他要拿回属于自己的一切。

有了赫赫军功在身,朝堂之内立李弘冀为太子的呼声越来越高。他的叔父李景遂亦请示李璟,想辞去皇太弟之位,置身权争旋涡之外,回自己的封地安稳度日。李景遂甚至改字"退身",取"功成、名遂、身退"之意,来表明自己的心迹。李璟只得同意了弟弟的请求,并顺应大势,立李弘冀为太子。

这一刻,李弘冀等了太多太多年。他暗自发誓,不会再让任何人夺走他的太子之位。

任何威胁,任何阻碍,杀无赦。

五

李弘冀回来了。朝中臣子老泪纵横:"我朝江山终于有救啦。"此时的南唐,非常需要李弘冀这样一位有勇有谋的接班人去对抗后周的大军。他有胆识,大战在即临危不惧;他有义气,誓与将士同生共死;他有眼光,知人善任选择良将;他有决断,斩杀俘虏震慑敌国。

若是李弘冀早些回朝，遣兵调将，南唐或许可与后周一拼高下。

可惜，还是晚了一些。957年，后周派兵入侵南唐，占领了江北的大片疆土，并长驱直入到长江一带。李璟为保全江南，于958年向后周世宗柴荣称臣，去帝号，自称唐国主，使用后周年号"显德"。此外，李璟献上了几乎所有长江以北的地区，并且每年向后周进贡财宝，以祈求后周退兵。

李璟放下所有尊严，上书后周："尊敬的大周皇帝，我会像侍奉兄长那样来侍奉您。麻烦您让您的军队休息一下，暂且不要来攻打我们这偏安一隅的小国了。为了表示一点心意，江北各州都送您，我们每年还会向您进贡金银珠宝，大周的军费我们承包了。您看这样可以吗？"

南唐的版图被画师一再修改，画笔如刀剑，砍下了南唐的大片疆土。无形无色的鲜血流了遍地，李璟心痛地捂住胸口。江北十四州，从此归后周所有。

江山已然满目疮痍，可身为太子的李弘冀并未花太多心力在保家卫国、抗击后周军队上。此时，他正忙着扫清自己登基之路上的障碍——眼中钉不可久留，免得夜长梦多。

李弘冀入主东宫，身份尊荣无比。太子的寝宫又大又明亮，丰馔美酒，锦衣玉食，比在润州时的简陋生活不知好上多少倍。如今什么都有了，可李弘冀心中仍然感到不安。他很清楚父皇李璟并不喜欢自己，哪怕自己立下战功，在外辛苦多年，父亲从来没有一句亲厚安慰之语。如今立自己为太子，也不过是父亲架不住文武百官对自己的拥护，才勉强为之。父皇心中终究属意他人。是叔父吧？或是弟弟？李弘冀心中盘算着可能威胁到自己继承皇位的人，弟弟李从嘉自然在列。

其实李从嘉作为李璟的第六个儿子,又从不过问政事,只爱吟风弄月,本来是不会让李弘冀觉得有所威胁的。只是李从嘉前面的四个哥哥,这些年或因病或因故都去世了,于是李从嘉便成了李璟的次子。再者,他生来便有帝王之相,"丰额骈齿,一目重瞳子",如此,怎能不叫李弘冀有所忌惮?李从嘉就这样上了哥哥的"黑名单"。

生性敏锐的他很快发觉了哥哥对自己的敌意和试探。比如李弘冀会旁敲侧击地问他对治国之策有何见解,会暗暗地打探父亲和朝中重臣对他的看法。尤其是李弘冀看向他的眼神,仿佛是暴雨将至前的阴沉天色,多少嫉恨怨怼包藏其中,只等淋漓而下的那一刻。

李从嘉感到十分冤枉:"哥啊,我对当太子、当皇帝可是一点兴趣都没有。你看我天天游手好闲,吃喝玩乐,像是能担起治国大任的样子吗?父皇只要不是老糊涂了,绝不可能把皇位传给我呀。"

李弘冀心想:"父皇可不止糊涂一回了,难保不把家国大业丢给你个小败家子。但眼下,首先要除掉的,是叔父李景遂。"

李弘冀虽得太子之位,却不得父皇欢心。李璟性情仁厚,总是过于宽纵臣子,凡事睁一只眼闭一只眼便罢了。而李弘冀则认为应当严加管制,他行事作风刚毅果决,屡屡惹得李璟不快。一次,二人又起争执,李璟边揍李弘冀边说:"你个逆子,朕迟早要把你叔父叫回来继承王位。"李弘冀分毫不躲棍棒,他忍着痛,心中暗忖:"看来叔叔在世一日,父皇便有可能重新让其取代自己的储位。是时候了。"

958 年,晋王李景遂被毒杀的消息传遍了前朝与后宫。李弘冀在黑暗中露出释然的笑意。

李璟派人彻查李景遂的死因，很快便查到幕后黑手是他的大儿子、当今太子李弘冀。李弘冀并未把事情做得多么隐蔽，旁人轻易便可得知真相。以李弘冀的手段，完全可以做得滴水不漏。或许这次毒杀，更像是一场表演——杀鸡儆猴，阻我继位之人，下场便是如此。

李璟惊出了一身冷汗："我祖辈皆是仁孝纯厚之人，怎么出了这样一个心狠手辣的逆子？"可是如今兵权在李弘冀之手，谁能奈他何？

李从嘉亦是惊出了一身冷汗，也许下一个，就要轮到他了。李从嘉明白生性果决狠辣的哥哥大概不会回心转意了，他必须将不问政事、不求储位的态度进行到底。于是李从嘉更加放飞自我，不仅寄情于诗词文赋、饮宴歌舞，还沉醉于佛法禅学，并自号钟隐、钟峰白莲居士，天天钻研经书，恨不得立地成佛。他心想，看吧哥，看你这不成器的弟弟，今天要当风流才子，明天又要出家归隐，够不够放浪形骸？够不够不务正业？至于皇位，完全没兴趣！今日，我便写下这首《渔父》，以表心志：

阆苑有情千里雪，桃李无言一队春。一壶酒，一竿身，快活如侬有几人？

再见了哥哥，我就要打鱼去了，那一定很快乐。

然而，就在李从嘉被逼得真要去出家或打鱼之际，李弘冀却暴毙而亡。

或许是因为其害死叔父后一直于心有愧，故此郁郁而终；或许是因为当朝君主不允许这般阴狠之人继承大统，将其偷偷了结。

总之，一代枭雄太子，在登上皇位前，魂断东宫。

李弘冀这一生，好像都被困在他年少时不可得之物中——曾要许他却又落空的太子之位以及父皇的疼爱与认可。前者，他通过自己半生的隐忍和努力，终于得到；可即便得到了仍然惴惴不安，日日夜夜活在可能再度失去的恐惧之中。至于后者，他从未得到过。也许是因为与父亲性格不合——李璟优柔寡断，宅心仁厚，而李弘冀却坚毅果断，狠戾决绝。明明是亲生父子，却好像有仇一般。纵使李弘冀为父皇解决了心头大患，带着显赫军功而归，得到群臣的拥护，得到将士的爱戴，可在李璟心里，他始终比不过他的叔父李景遂和弟弟李从嘉。

而李弘冀苦苦求了一生的东西，李从嘉却轻而易举就得到了。

显德六年（959），李璟欲封李从嘉为太子。当事人李从嘉感到十分意外。他有些蒙："怎么就轮到我当太子了？"李从嘉知道大臣们并不赞同自己继承皇位，而是拥护弟弟李从善。老臣钟谟上奏道："从嘉德轻志懦，又酷信释氏，非人主才。从善果敢凝重，宜为嗣。"李从嘉虽然被批评了一通，但他觉得钟谟说得挺有道理，再说自己的确不想当皇帝，更不想和弟弟争夺储位。在李从嘉看来，兄弟之情，远胜过皇帝的宝座。弟弟李从善若想当太子、当皇帝，那就让给他嘛，多大点事。

然而李璟却对钟谟之言非常生气，他封李从嘉为吴王，以尚书令参与政事，入主东宫，并且将钟谟贬为国子司业，流放到饶州。未来的一国之君，将会是他李从嘉——想要归隐湖光山色之间的李从嘉，追求佛缘禅机的李从嘉，只会写词作赋却不懂安邦治国的李从嘉。接到诏令的那一刻，他脑中想的是，刚填好的那阕词，该让哪个歌姬吟唱比较合适呢？

龙袍都已准备好，他却还在玩泥巴。

当皇帝，这个任务来得有些突然了。

六

显德七年（960），后周诸将发动陈桥兵变，赵匡胤黄袍加身，建立宋朝，定都汴京。

宋建隆二年（961），李璟惧于大宋势力，迁都洪州，封李从嘉为太子监国，留守金陵。躲在洪州的李璟日子并不好过，他总想起自己面对大宋时的窝囊劲和南唐被割让的大片土地，这令他心如刀绞，终日郁郁。

同年六月，李璟驾崩，二十五岁的李从嘉在金陵继位，成为唐国主，并正式更名为李煜。

登基后，李煜立心爱的周娥皇为皇后（世称大周后）；封弟弟们为王爷，挨个赏赐了封地。把身边重要的人一个一个安顿好之后，李煜立即给大宋皇帝赵匡胤上了一道《即位上宋太祖表》，在表文中，李煜首先表示自己其实无意做君王："我平生只想成为许由、伯夷那样的隐逸之人，无奈哥哥们英年早逝，我只好勉强接了这个班。"随后李煜又向赵匡胤大表忠心:"事已至此,现在我只想当您的臣子,好好侍奉您,坚决服从大宋。如果有异心的话,就让我遭天谴吧!拜托您继续庇护我们,让南唐得享康泰。"

李煜说到做到,向宋廷进贡了一大批金银器皿、绫罗绸缎。且此后每到逢年过节,都大方地送上厚礼。过春节要送礼,皇帝生日要送礼,就连宋廷某座宫殿建成,也要送上贺礼。

一掷千金,只为博赵匡胤一笑。

送出去一堆礼物,李煜的心在滴血。但愿宋廷被哄得开开心心的,不要发兵江南。后来每次北宋派遣使臣来看李煜时,李煜都会命人摘除宫殿屋脊上象征着皇权的鸱吻,等使臣离开后再偷偷安回去。他在赵匡胤面前,做足了臣服的样子,所以北宋一时也找不到理由发兵南唐。

外患暂时稳住了,接下来,该拾掇一下内部的烂摊子了吧?

想到临朝问政,李煜有些头疼。

他走出寝殿,看着头顶被雕梁画栋切割成四方形的一块天空。天空很蓝,很澄澈,也很高很远,触手难及。对李煜来说,皇宫外的世界,便和高远的天空一样触手难及。有时他登上角楼,会看见宫门外那条贯通南北的御街,御街旁栽种的槐柳如蒙蒙烟雾般飘浮于道路之上,十里秦淮似玉带穿城而过,远处的山峦层叠起伏,连绵不绝。

从李煜的角度看过去,眼前的情景像极了一幅写意山水画——是静止的、概括的。无数星罗棋布的百姓居所、商肆作坊和烟柳画桥,则密密麻麻难以看清。至于民间追逐社火的人流、田间劳苦耕作的农夫,以及街市上叫卖着时花、绢帛、器皿和泥人的摊贩,这些细节李煜就更加不得而知了。

巨大的金陵城就像是他手中的玩具，还有那目力所不能及之处——金陵城外的城、秦淮河外的水、钟山之外的山。即便江北尽失，江南仍有二十一个州。这是李煜要去管辖治理的——统领江山，安定社稷。

可什么是江山和社稷？

角楼上悬挂的风铃在风中发出清脆悦耳之声，一只白鹭轻盈地落在屋脊之上，慵懒地踱起了步子。它细长的双腿踩在碧色琉璃瓦上，洁白的羽毛被晨曦镀上了一层浅金色的光芒，琥珀色的眼珠缓缓转动了一下，不知在看向何方。它居高临下，目空一切，倨傲得像个帝王。李煜一瞬间恍了神，他好像看见白鹭的眼睛中也有两个瞳仁。这只鸟，比自己更像是这座宫殿的主宰。

而且想来就来，想走就走。自由之身，来去随它。

此时的李煜又动了一丝渔樵于江渚之上的念头。可他自幼生于深宫之中，长于宫中妇人之手，朱红宫墙内的世界，是他唯一熟悉的地方。他能去哪里？去当个悠游于江南山水之间的风流才子吗？可李煜从小习惯了衣来伸手、饭来张口的生活，民间的风风雨雨，他娇贵的身子骨能承受得了吗？纵使有归隐的想法，他也最多是在宫中建个寺庙，去庙里住几天修养一下身心。

偌大的南唐皇宫，李煜生于斯，长于斯。这是一个锦绣成堆的温柔富贵乡，却也是一个巨大的金丝牢笼。他难以逃脱冥冥之中注定的宿命——生于帝王之家，便有逃不过的储位之争，逃不过的兄弟阋墙，逃不过的治国重任。

再说，李煜是个纯孝的孩子，对于祖辈辛辛苦苦打下的南唐基

李煜

业,他不能弃之不顾。

那就硬着头皮上吧。

登基之初,大臣张泌上书劝谏李煜要休养生息,励精图治。李煜在这份奏折上批示:"朕必善初而思终,卿无今直而后佞。"——爱卿放心,朕一定尽力好好干。

李煜并未认真学过治国之策,但作为一个天性善良的人,他认为至少不能苦了黎民苍生。前几年父皇李璟大举用兵,在民间四处征集财物以充军饷,百姓苦不堪言。李煜便将爱护百姓作为首要任务,多次下令减免赋税和劳役,并且放宽刑罚,从轻论罪。以上的为政之道,都还算靠谱。群臣欣慰地想,咱们的六皇子真是长大了啊。

但很快事情就变得不靠谱起来。

李煜信佛,戒杀生,最见不得严刑酷法、打打杀杀。有一天他巡猎结束,在回程中突发奇想,跑到大理寺亲自审理犯人,得到了一连串作奸犯科的原因——这个人抢劫是因为要赡养八十岁的老母亲,那个人杀人是为了报爱女失却贞洁的仇。李煜听得心中酸涩,他觉得每个人犯法都是情有可原、迫不得已的,于是他大手一挥,全部赦免!

李煜的任性吓坏了大臣们,他们纷纷上谏,我的陛下,我的个乖乖啊,怎么能把量刑论罪当成过家家呢?李煜不服,施行仁政,判刑从轻,有何不对?群臣只好说,陛下判得很好,下次不要再判了。

中书侍郎韩熙载也很无语:"陛下,这成何体统?审理案件是狱讼有司的事,您这属于妨碍司法公正了啊,罚款三百万钱以资国用!"

李煜心想:"我都交了那么多钱给宋廷了,哪有钱交罚款?不交。"但他也挺听话,不再随便赦免犯人,只是每当有死刑判决时,他都会默默为之哭泣。

百年之后,南宋文学大家陆游曾这样评价李煜:"后主天资纯孝……专以爱民为急,蠲赋息役,以裕民力。……故虽仁爱足以感其遗民,而卒不能保社稷云。"

既然刑狱干涉不了,那改革下土地制度总可以吧?南唐时期土地频繁易主,土地兼并日趋激烈,许多贫苦百姓失去了自己的土地,衣食无着。

李煜最见不得百姓受苦,于是便和大臣们商议如何致富苍生,有时甚至加班加点讨论到深夜。专门记录南唐盛衰兴亡之事的《钓矶立谈》有云:"(后主)常命诸臣分夕于光政殿与相剧谈,至夜分乃罢。其论国事,每以富民为务。"商讨出来的结果就是,李煜决定恢复井田制,设民籍和牛籍,劝课农桑,希望借此纾解国难。

可是他想得太天真了,新政颁布后,因触犯官僚地主的利益,遭到强烈抵制与反对,百姓一时也无法适应新政,改革遂以失败告终。

土地改革之路没能顺利走通，李煜十分苦恼。正当他揪着头发苦思冥想之时，韩熙载提议道："不如搞货币改革，开铸铁钱，以一当二，即一枚新小钱，相当于二枚旧钱。"李煜虽然听得云里雾里，但他心想："死马当作活马医，就这么办吧。"于是他封韩熙载任铸钱使，下令大量铸造铁钱，以代替铜钱流通。然而，铁易得而铜较少，一时间民间纷纷私藏铜币，又私铸铁钱，结果铁币大幅贬值，"钱货益轻，不胜其弊"，钱荒更加严重。

好吧，又失败了。李煜寻思半天不得其解，明明施政的出发点都是好的，怎么老是行不通呢？治理国家可真难。处理政务是那么枯燥无聊，看不完的奏折让李煜一个头两个大，改革的方案每次都是听起来很美好，可要实现却是阻碍重重。

更何况，父亲李璟扔下了好大一个烂摊子——又是任用奸佞奢侈无度，又是屡次发动战争，耗空了大半个国库不说，曾经的后周、如今的大宋虎视眈眈，占领了南唐淮南江北的大片土地犹嫌不足，血盆大口恨不得把江南一并吞下。

纵是秦皇汉武再世，恐怕也难以挽回这江河日下的颓唐之势。不通治国理政的李煜硬着头皮将其接过来，满腹委屈无处诉说："我能怎么办？我也很难啊！"

这个不懂治国的君王，努力挣扎了一番，又是研究改革，又是暗暗囤积兵力。《宋史》中记载："（李煜）虽外示畏服，修藩臣之礼，而内实缮甲募兵，潜为战备。"登基以来，他表面恭谨臣服于宋廷，实则偷偷地练军固防，整顿兵马。

可是所有改革全部失败，招募的兵马也远不能与大宋相匹敌，南唐江山还是不可救药地滑向了一个看不见的深渊。

李煜决定躺平摆烂了，在励精图治求上进和放下一切求大宋之间，他毅然决然选择了求佛——拜托佛祖，保佑我南唐平安无事。

李煜对于佛教尊崇之至，醉心于研究佛法典籍，并崇修佛寺，在宫中建造了十余座佛寺，一下朝就跑去寺庙待着。在国库不足的情况下，李煜还重金招募百姓和道士当僧侣，一时间金陵城中僧众达上万人，皆由官府供养。再省不能省佛寺，再穷不能穷僧尼。

李煜对待宫中养着的一众僧尼十分友爱亲切，如同对待兄弟姐妹一般。李煜亲自为他们准备佳肴，甚至连僧尼们如厕用的厕筹，李煜都要亲手削成棍，而且为了防止棍子上的芒刺会扎到他尊贵的僧尼朋友，李煜便用自己吹弹可破的脸蛋去测试厕筹的平滑度——刺伤朕的脸颊事小，刺伤僧尼们的玉臀事大。

李煜初登皇位时的君王岁月，除了消磨在佛法经书、禅房寺院之间，还挥霍在不眠不休的丝竹之声与无穷无尽的良辰美景之中。

夜幕低垂之际，一场宫廷夜宴即将开始。宫娥们纷纷在铜镜前描黛眉，点绛唇。梳妆罢，她们一个接一个地来到春殿之中，行走时轻柔曼妙的身姿如一尾尾水中游动的鱼儿。丝竹笙箫已然奏响当今皇后亲自编排的《霓裳羽衣曲》，动人的音乐穿过莺歌燕语，穿过水光云影，一直传到碧落苍穹之上。

这美妙醉人的一切，都是为了酒宴的主人李煜而设。此时的李煜逸兴遄飞，正搂着他心爱的大周后，沉醉在这如梦如幻的宫廷声色之中。李煜心想，不用上朝的人生真是太美妙啦。他已拟好了一阕有感而发的《玉楼春》，来日便要让声音最为妩媚清甜的那个歌姬来演唱：

晚妆初了明肌雪，春殿嫔娥鱼贯列。

笙箫吹断水云间，重按霓裳歌遍彻。

临春谁更飘香屑，醉拍阑干情味切。

归时休照烛花红，待放马蹄清夜月。

良宵苦短，夜晚终将过去。可君王通宵达旦的饮宴作乐，似乎永远不会停歇。

八

李煜生命中初次品尝到的痛楚，来自他与大周后第二个儿子的夭折，以及大周后的香消玉殒。

964年，皇后周娥皇陷入重病之中。李煜自年少时与周娥皇成婚以来，一直对她独宠有加，二人举案齐眉，伉俪情深。如今妻子病重，李煜自然心中惶急。最开始，他恪守着一个好夫君的应尽之责——每日早晚都要过问周娥皇的饮食情况，膳食和汤药一定要亲口尝过才喂给她喝，甚至还衣不解带地在病床前连续守了几个夜晚。

可是精心照料之下的周娥皇仍是气息虚浮，李煜抚摸着妻子冰凉的纤纤素手和光彩不再的脸颊，他感到她的玉体正在一点一滴地化作流水，不可挽回地从自己的指尖缓缓而逝。

李煜感到悲伤、痛心，还有一丝无可奈何和焦躁不安。他习惯了红粉佳人香甜的陪伴，如今却只有形容憔悴的病妻缠绵病榻，宫中日日煎药的清苦之气让李煜食欲全无。他的体贴与耐心正在一点点被消磨殆尽。

他是一个从小娇生惯养的君王，他可以拥有全部，支配全部。所以他的任性，也是理所应当。他可以仁慈地对待素昧平生的布衣百姓——即便其犯下大错，依然可以无罪赦免；也可以残忍地对待举案齐眉的结发妻子——在周娥皇命若悬丝之际，移情别恋于她的亲妹妹。

李煜是在周娥皇的妹妹入宫探病时与她相遇的。妹妹的明眸皓齿间散发出夺人眼目的光艳，将李煜深深地迷醉。这段私情来得那么迅猛，那么肆无忌惮，李煜用一阕《菩萨蛮》，记录下了这场有悖道德却动人心魄的风流韵事：

花明月暗笼轻雾，今宵好向郎边去。刬袜步香阶，手提金缕鞋。画堂南畔见，一向偎人颤。奴为出来难，教君恣意怜。

其实李煜身为一国之君，想要什么样的女子得不到？或许对李煜来说，他想要的，就是"偷腥"带来的新鲜刺激。妻不如妾，妾不如偷。身为君王，是该端正言行，沉稳持重，可李煜的内心还是个桀骜不驯的少年，对他而言，任性胡闹一下又如何？正如他之前随意释放犯人、大肆供奉僧尼一样，这次偷情皇后之妹，依然符合这位任性君王的一贯作风。

也正是因为夫君和妹妹刻意隐瞒，大周后才会在事情败露后那么痛苦忧愤。她不愿再见李煜，终日卧床向里。此时，雪上加霜的事发生了。她与李煜四岁的次子仲宣在佛像前玩耍时,一只猫突然把佛前的大琉璃灯碰翻在地,仲宣受惊过度,竟夭折了。

接连受到打击的大周后再也支撑不住,于乾德二年(964)冬日,撒手人寰。李煜这才醒悟过来自己的行为给妻子带来了多大的伤害。他悔恨交加,茶饭不思,又是心痛于早夭的幼子,又是追悔于病故的皇后,仅一个月便形销骨立。他写下了很多悼念幼子和妻子的诗文,并在大周后的葬礼上数次哭到昏厥,甚至还试图投井自尽。当然,没死成,他被一大群宫婢奴仆手忙脚乱地救起。

李煜当时的伤心欲绝是真的,可他背叛大周后时的轻薄风流也是真的。对一个卷入脂粉旋涡的多情君王来说,这一切再正常不过。很快,周娥皇的妹妹成了李煜最宠爱的嫔妃,四年后被立为皇后,世称"小周后"。

只是那个轻妆丽服,怀抱着烧槽琵琶轻歌曼舞的周娥皇,再也不会回来了。

秾丽今何在?飘零事已空。

九

大周后去世后,宋太祖派人前来吊祭。李煜从悲痛中醒过神来——似乎有段时日没给大宋进贡礼品了。于是他赶忙遣使臣入宋,又献银两万两、金银龙凤茶酒器数百件。在受到人生重创之际,李煜仍然没忘安抚好宋廷。

可是宋太祖的胃口很大,李煜送上的这些小甜点,完全喂不饱他。

这些年赵匡胤先后攻灭了荆南、后蜀,宋军的铁骑所向披靡,战无不胜。李煜凭栏北望,似乎在幽蓝的天际看见了宋廷巨兽虎口的阴影,正以猛兽扑食之势,向江南逼近。李煜没有应对之策,只能愈加依赖佛法,一下朝就去宫中寺庙里待着,不知疲倦地焚香诵经、跪拜叩头。

开宝四年(971)十月,宋太祖灭南汉,屯兵汉阳,李煜惶恐不已。他自除唐号,改唐国主为江南国主。次年,他降低仪制——国家降级,各个部门都得跟着降级;降封诸王为国公,比如其弟李从善,从郑王降为楚国公。李煜甚至派人彻底摘除了宫殿屋脊上象征着皇权的鸱吻,如今空荡荡的殿脊像是被拔掉了角的龙首,光秃秃的,有些可笑。自降身份后,李煜便不可再着金龙锦袍,而只能穿紫袍,以示臣服。

作为君王的脸面与体面我都不要了,可以了吧?都已经卑微到了尘埃里,您就别再视我为威胁,前来攻打南唐了好不好?

即便做到这个份上,李煜犹嫌不够,又派其弟李从善出使宋廷纳贡示好。带着李煜的亲笔书信和满车的绫罗瓷器,李从善踏上了漫漫北上之路。

开宝五年(972)闰二月,李煜得到消息:赵匡胤不客气地收下了所有贡品,并且封李从善为泰宁军节度使,赐府邸,将其留于京师。

李煜听后眼前一黑。完了,这是把弟弟扣下当人质了呀。他赶紧派人给赵匡胤送上年货米麦二十万石,并且亲手写了封信,请宋太祖放从善归国。赵匡胤当然不许,命令李从善回信给李煜,让他也来京城——豪宅已备好,欢迎江南国主随时莅临,宋廷定许以高官厚禄、荣华富贵,绝不亏待。

李煜心想,这不就是请君入瓮吗?他不敢前往,也不好明着拒绝,只能以各种理由一直拖着不去。但弟弟从善回不来,李煜心中的思念与自责与日俱增。

"自从善不还,四时宴会皆罢。"

"后主愈悲思,每凭高北望,泣下沾襟,左右不敢仰视。"

李煜心里很难过,连平时他一向喜爱的歌舞饮宴都不办了,他将万千思念化作了一曲《清平乐》:

别来春半,触目愁肠断。砌下落梅如雪乱,拂了一身还满。

雁来音信无凭,路遥归梦难成。离恨恰如春草,更行更远还生。

赵匡胤见李煜迟迟不来汴京,便又心生一计。他带着李从善去看了一幅画像,画中人是南唐大将林仁肇。李从善不解其意,赵匡胤说道:"你们的大将林仁肇已归降我大宋,这幅画像便是他送来的信物。"说完又指了指一旁空着的馆舍道:"看吧,这个房子就是我准备赐给他的。"李从善傻傻地当了真,立刻写信禀报给哥哥李煜。

李煜也是很傻很天真,给个套就往里钻,不假思索地认定林仁肇早已投降。李煜很生气,后果很严重:"好啊,我们南唐还没灭亡呢,就这么迫不及待地去投降了吗?"他一怒之下,命人将无辜的林仁肇暗中鸩杀,就这么轻易地中了赵匡胤的一出反间计。

这下可好，南唐痛失一员大将，军力更加薄弱。李煜也感受到了正在逼近的危机，可他每天的生活依旧是吟词作赋、听琴观舞。

自古以来那么多的帝王，于悬崖峭壁之上偎红倚翠，天下大乱还在夜放流萤。或许于他们而言，面对无力回天之事，与其清醒地等待末日到来，倒不如沉醉狂欢，及时行乐。

十

李煜的新宠小周后较其姐姐更加精于情趣享乐，她爱穿青绿色的衣裳，束着高高的发髻，行走时逸韵风生，飘然出尘，还每日垂帘焚香，弄得满殿氤氲，如同云雾中的仙子一般。她创制出"鹅梨帐中香"，其香气甜润，沁人心脾。李煜被小周后新奇别致的意趣迷得七荤八素，对其宠爱有加，花尽了心思与金钱。

南唐家国已危如累卵，李煜还在不紧不慢地为佳人描眉画鬓。

朝中群臣实在看不下去了。廖居素慷慨谏言，未被李煜采纳，便闭门绝食而死，临死前手书大字"吾之死，不忍见国破也"。内史舍人潘佑、户部侍郎李平等人，深感国运衰微，江山摇摇欲坠，联名写下多道奏折呈给李煜，劝其励精图治，富国强兵。

陛下啊，宋军怕是快打过来了，国家都要完蛋了，你怎么还在玩呢？

李煜的心态却是：众位卿家，我知道你们很急，但你们先别急，急也没用呀。

潘佑言辞更为激烈决绝，直接就说："臣终不能与奸臣杂处，事亡国之主。"意思很简单：受不了和您那些奸佞的臣子共事了，也不想再伺候您这个亡国之君，我不干了！

李煜听后气得快哭了："好好好，全怪我咯？我也不想亡国啊，这倒霉君王谁爱当谁当！"他一气之下下令将潘佑、李平等人打入大牢，想给他们一点教训，没想到的是，这几位忠贞的臣子先后自尽，以身殉国。

忠臣谏士已死，南唐的灾祸就要降临了。李煜似乎听见冥冥之中有个声音在他耳畔低语。他烦闷不已却又无可奈何，只能用歌舞升平来麻痹自己，"昼听笙歌夜醉眠，若非月下即花前"。宫娥舞姬们在殿中流连，衣香鬓影间散发着茫茫然的欢乐气息。李煜与小周后高坐殿堂之上，是众星捧着的那一轮明月。

可当朝阳升起时，月亮终究会落下。

973年，宋太祖再次命令李煜前往汴京，李煜仍是托病不去。赵匡胤的忍耐到达了极点：又装病？能不能换个新鲜的理由？好啊，敬酒不吃吃罚酒。

次年，宋太祖决定派曹彬领军进攻南唐。李煜得知宋军南下的消息，又委屈又生气："我都像侍奉老爹那样侍奉你赵宋了，怎么还是要来打我？行，打就打！"

李煜窝囊了多年，这次终于硬气了一回，兔子急了还要咬人呢。他没有再乞求赵匡胤，或不战而降，而是紧急部署兵力，进入备战状态。

是年闰十月，李煜又做了一点小小反抗——弃用大宋年号，改用干支纪年，并且偷偷写信给吴越王钱俶，想以唇亡齿寒之理劝他与自己合作。遗憾的是吴越王早已看清大势所趋，立刻把信交给了宋廷，并且奉赵匡胤之命出兵助宋，一同攻打南唐。

这场宋灭南唐之战，打了一年有余。南唐军队虽有所抵抗，却难挽败局。

975年冬，宋军攻破金陵城门，李煜奉表投降，建国三十九年的南唐就此宣告灭亡。

李煜永远不会忘记那特殊的一天。曹彬率领着成列的大军，军容整齐地行至宫城之下。宋军很有礼貌地没有撞开宫门冲进去烧杀掳掠，也没有伤害金陵城中的任何百姓，而是安静地等在门口，如同在进行某种欢迎仪式。

宫殿内的李煜此时已得知了守城大将呙彦、马承信、马承俊等人战死的消息。他隐隐听见大厦倾颓的轰然之声，内心却意外地平静。一切已成定局。李煜没有寻死觅活，没有仓皇逃跑，而是一件一件脱掉身上的衣服，带着一众臣子，肉袒出降。

深冬的江南湿冷异常，天空阴沉得仿佛能拧出水来。宫墙内的凤阁龙楼失去了往日辉煌，蒙上了一层黯淡的灰白，似乎也在披麻戴孝，哀悼这个短命王朝的死亡。

李煜在正式离开这座他生活了三十多年的宫阙前，去拜别了供奉着祖宗牌位的祠庙，他自责不已，还是没能保住祖父和父皇打下的基业；李煜还去和曾经侍奉过自己的宫娥一一告别，这些女孩和李煜一同长大，她们如花朵一样盛开与凋零在宫中的各个角落。

李煜心里一阵酸楚，还没记下她们每个人的名字呢，就要永远地告别了。他想起昨日还琢磨着要在寝殿中再添个瑞兽香炉，可如今这里所有的一切，都不再属于自己了。金銮龙榻，鹅梨帐香，与小周后一同染就的天水碧绸缎，还有他亲自以金错刀题字于其上的《江行初雪图》，都不属于他了。

李煜泪流不止。我离开之后，谁会来住我美丽的宫阙呢？恐怕玉楼瑶殿影，只能空照秦淮了吧。

他被宋军押着离开了宫城。泪眼蒙眬中，那座金碧辉煌的宫殿只剩下了虚浮的轮廓，如海市蜃楼般飘在雨中，一切都在远去，一切都在消逝。

正如他笔下的那曲《破阵子》：

四十年来家国，三千里地山河。凤阁龙楼连霄汉，玉树琼枝作烟萝，几曾识干戈？

一旦归为臣虏，沈腰潘鬓消磨。最是仓皇辞庙日，教坊犹奏别离歌，垂泪对宫娥。

从李煜仓皇辞庙的这一刻起，不仅他的人生从此发生巨变，他用于寄托情志的词作，亦在不知不觉中发生了重大变化——从花前月下、男欢女爱到国恨家仇、离情别绪。而这种转变，对于"词"这一文学形式，具有里程碑式的意义。词从此上升到了一个新的境界，不再是歌筵酒席间用于娱情取乐的艳歌，而是承载了更为深刻的含义：对人生无常的慨叹，对家国兴亡的思考。

千百年后，王国维在《人间词话》中大赞李煜词之神秀与至真："词至李后主而眼界始大，感慨遂深，遂变伶工之词而为士大夫之词。"

而当局者李煜，自然是浑然不知的。他只是以自己所经历的人生骤变的痛楚，写下了最为真实纯粹、至情至性的感受。

李煜与宰相等四十五人被押往汴京，一行人冒雨乘舟。李煜疲惫而苍白的脸沐浴着江南最后的细雨，泥泞的江岸弄脏了他的鞋袜，冷雨打湿了他的衣裳。李煜的心里生出一种奇异的感觉——他终于从天上宫阙坠落人间。

原来这就是人间。他驻足江边，回望金陵城，远处，有他曾经住过的宫殿与庙宇，有他想象中的民间街坊与寻常人家。

多少楼台烟雨中。

这是他对故国最后的匆匆一瞥。

十一

到达汴京后，李煜着白衣、戴纱帽，像个做错事的孩子一样，泪汪汪地待罪于明德楼下，等候着宋太祖的审判。

赵匡胤以胜利者的姿态俯视着李煜，他脸上的微笑意味深长。两人相视无言的瞬间，十四年的漫漫岁月倏忽而过——从李煜继位的那一年，到金陵城破的这一刻。南唐的命运，这些年都牵系在赵匡胤的翻手为云覆手为雨之间。赵匡胤没有杀李煜，只是戏谑般地封他为"违命侯"，并安排了屋舍供其居住。这是天子对于降王的恩赐与施舍，亦是一种折辱与威慑。

宋军大胜而归，宋太祖便在庆功宴上命李煜填词一阕："小李，听说你擅长填词，那就作一首让我们唱来开心开心吧。"李煜心里无比委屈，曾经的赫赫君王，如今却要供敌国将士取乐，这是何等羞辱？觥筹交错之间的北宋君臣看起来是那么快乐，红烛之光将他们映照得满面春风，这是胜利者的狂欢之夜——南方各地，皆已被赵匡胤收入囊中。

满殿之上只有李煜的脸色惨白如纸，他忍着胸中不断翻涌而上的酸楚，安静而顺从地填了一阕词——恭贺大宋灭了我南唐，此等赏心乐事，当填词作赋长歌以贺。赵匡胤扫了一眼李煜作的词后淡淡一笑，当众夸赞道："好一个翰林学士。"言下之意是，作为一国之君，治国不行，写词倒挺行。

李煜当然听懂了这一番讽刺，他的眼里噙满了屈辱的泪水。他想死，可又不敢自杀。李煜只能乖乖地住进赵匡胤赐予的宅邸，正式开启他的臣虏生涯。

从极乐到极悲，经历了人生无常的李煜还未缓过神来。这就是国破家亡吗？对大半生都在深宫之中度过的李煜而言，所谓亡国，或许就是金碧辉煌的宫殿不能住了，爱吃的糕点吃不到了，喜欢的衣服不能穿了，日日相伴的宫女姐姐见不着了。这些看似琐屑的、日常的、浅薄的种种，构成了李煜最初对"亡国"二字的理解。

所谓"四十年来家国"，可祖父李昪四处打天下之时的情景，李煜何曾见过？所谓"三千里地山河"，他又何曾见过？李煜眼中的家国，就是凤阁龙楼、玉树琼枝，是动听的笙箫与美丽的宫娥，这就是他大半生真实的、纯粹的君王生涯。

李煜所居住的宅邸日夜有人看守监视，不可随意进出。李煜便时常一个人闲坐着发呆,那些烈火烹油、鲜花着锦的曾经,一幕幕如走马灯般在他的眼前回闪而过。再定神,却是空寂无人。

一任珠帘闲不卷,终日谁来?

被软禁的日子里,李煜没有别的事情可以做,只能借酒消愁,"务长夜之饮,内日给酒三石",古时的一石相当于现在的一百二十斤,三石之数实在是吓人了点。宋太祖听说此事,有点担心李煜会醉酒而死,就停止了给他供酒。

李煜可怜巴巴地上表说:"若不以酒度日的话,我又该如何度过这漫漫长夜呢?"赵匡胤想了想认为也有道理,于是下令恢复供给。

其实对李煜来说,是醒也无聊,醉也无聊,唯有睡梦之中最为美好。无数个夜晚,他都在做梦,总是梦回金陵。那时的生活,是"红日已高三丈透,金炉次第添香兽",是一众笑语嫣然的宫嫔围着他翩然起舞,清歌不断,笙箫不绝。

只是曾经的帝王基业、富贵荣华,如今都成掌中逝水、一枕黄粱。往事不可追,李煜当然知道这一点。可是那么美、那么好的昨日,是他寄托残生的最后一点念想,他无法控制自己不沉醉其间。

那是不可再得的花月春风,是永远失去的天上人间:

多少恨,昨夜梦魂中。还似旧时游上苑,车如流水马如龙。花月正春风。

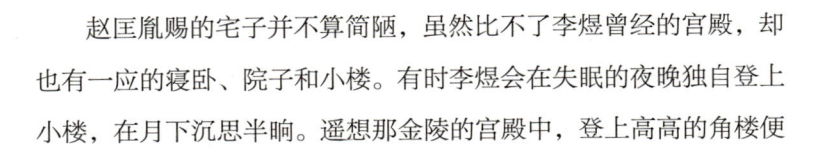

赵匡胤赐的宅子并不算简陋,虽然比不了李煜曾经的宫殿,却也有一应的寝卧、院子和小楼。有时李煜会在失眠的夜晚独自登上小楼,在月下沉思半晌。遥想那金陵的宫殿中,登上高高的角楼便可临风而立，凭栏眺望，目光所及之处，都属于他李煜。

而如今，只有寂寞的月与寂寞的他。月在天上，而他在人间。天上的月清寒如霜，人间的他茕茕孑立，形影相吊。这么大的天地，没有一处再属于他。李煜在清秋时节萧索的深深院落之中，写下了这阕《相见欢》：

无言独上西楼，月如钩。寂寞梧桐深院锁清秋。
剪不断，理还乱，是离愁。别是一般滋味在心头。

有时，李煜会想起他那多谋善断、坚忍勇毅却又英年早逝的兄长李弘冀，他比自己更适合做一个君王。可是阴差阳错间，想要当君王的，纵然一生苦心孤诣、隐忍谋算，仍是与皇位失之交臂，甚至还搭上了自己的性命；而无心皇位，也无心权柄名利的，却被莫名推到了权力的最高峰，黄袍加身，稀里糊涂地接下了治国大任。

这一种玩笑般的命运错置让当局者李煜困惑不已。他从最开始就没想过当一国之君，正式继位前，李煜就曾写下《病起题山舍壁》，以示自己渴望求佛隐居的心情。可是命运偏偏让不爱权势、性情纯真的李煜，处在了波谲云诡的正中心。他只能无可奈何地写下："转烛飘蓬一梦归，欲寻陈迹怅人非，天教心愿与身违。"

若是当初不做这个君王，若是兄长李弘冀继承大统，或许能谋善断、懂得遣兵调将的李弘冀可以力挽狂澜，保住南唐江山，可是被他视为眼中钉的李煜，一样活不了。

或是叔父李景遂登上皇位？可是李景遂同李煜一样，生性纯厚恬淡，喜爱属文作诗，终日与朝士官属饮宴赋诗。南唐社稷交与他，一样完蛋。

怎样都是死局。

十二

开宝九年（976）冬，宋太祖逝世，由其胞弟赵炅继承帝位，是为宋太宗，并于开宝九年改年号为太平兴国。赵匡胤在世时仍善待降王，并未有过杀心。虽然将李煜终日困于囚笼，却也好吃好喝地待着，李煜有什么特殊要求，比如每天要喝很多酒，也都一一满足。

可是赵炅不同，就连他的即位，都有弑兄篡位之嫌，民间一直流传着"烛影斧声"的议论。对生性阴狠毒辣的赵炅而言，已被软禁于深深宅院中的李煜，仍然是个大威胁。

经历了亡国之痛，又当了一年臣虏的李煜，本该知晓政治风云的残酷无情，可他的心性依然率真如孩童，仍然不谙尔虞我诈、谋权弄术。同样一朵开得绚丽夺目的花，李煜对之欣赏赞叹，作辞赋以咏之颂之；而赵炅恐怕想的是，此花鲜艳异常，必是有毒，可用来制成上好的毒药。

亡了国的李煜弱小、无助，又可怜，但还是一如既往地能花钱。李煜刚到汴京时，宋太祖除了宅邸，还赐了他若干衣物、器皿和钱财,并且每个月都会按时发放俸禄。可习惯了奢侈生活的李煜,钱总不够花。于是他向赵炅递了好多道折子,恳求增加俸禄,以提高生活品质。

做俘虏,也要做得有质量。

赵炅感到无语,这位朋友真有意思,当自己是来这儿享福的,明明是亡国之君,没被杀掉就不错了,怎么还这么多要求?但他还是大手一挥,准了。此时的赵炅已在思考,该找个什么理由杀掉李煜呢?

李煜的月俸增加,还得了三百万钱的赏赐,他终日抑郁的心情终于好了一点。可是很快,更大的痛苦袭来了。

赵炅垂涎小周后的美色已久,便封其为郑国夫人,强令她随命妇入宫,每次入宫都会对其百般凌辱。美丽又柔弱的小周后宛如风中之草,一夜的露水将她里里外外浸得冰凉潮湿。小周后流不尽的眼泪让李煜的心都快碎了。她总是哭着责怪李煜太过窝囊,连最心爱的女子都保护不了。李煜无能为力,只能垂泪婉转避之。

君王掩面救不得。更何况,还是一个无能的废君,一个连祖宗大业都没有保住的亡国之君。李煜心中的痛楚无人可倾诉,他只能将之付与诗词之间。一曲《相见欢》,诉尽了他的无可奈何:

林花谢了春红,太匆匆。无奈朝来寒雨晚来风。
胭脂泪,相留醉,几时重。自是人生长恨水长东。

盛衰荣辱,人间百味,李煜在短短数年间尝了个遍。他似乎是于某一瞬间突然醒悟:原来人生从来就是充满遗憾的,正如江水东流,日升月落,是冥冥之中注定了的。

李煜喜欢拜佛念经,可如今他才能真切地体会到佛法所说的"无常"。《涅槃经》偈云:"诸行无常,是生灭法。生灭灭已,寂灭为乐。"世间一切,无时不处于"生住异灭"之中,过去存在的,如今却起巨变;现在有的,将来终归幻灭。这是世间万物都逃不过的法则。

在以切身之痛领会到这一点后,李煜的词作所寄托之物,便也从他一人的哀痛,开阔到了宇宙众生共有的无奈与悲苦之上。

自是人生长恨,水长东。

李煜已经很久没有过心绪的巨大起伏了,那日旧臣徐铉突然到访,令李煜的情绪有些失控。徐铉如今已是北宋高官,他奉赵炅之命而来,却不知皇帝此举有何用意。

徐铉踏足李煜寂然的居所,一阵凉意骤然袭来。李煜时隔三年再见故人,心中百感交集,他忍不住放声大哭,无尽的泪水令徐铉手足无措。李煜哭够了,呆坐良久,忽然长叹一声道:"当初我错杀潘佑、李平,如今真是悔之不及!"那时的李煜任性无知,听信佞臣谗言,下令将潘佑、李平两位直言进谏的忠贞之士打入牢狱,如今在他们二人以身殉国的数年之后,李煜追悔莫及。

李煜不是不知道此时的徐铉已入仕宋朝,可他面对旧日臣子,还是忍不住袒露心迹。徐铉亦怅然不已。昔日的君臣二人,如今却一个是故国的降王,一个是新君的臣子。对坐无言间,多少流年缓缓而过。

徐铉告别李煜后,忽被皇帝急召,赵炅命他将两人的对话和盘托出。徐铉惶然之下不敢有所隐瞒,只得一一告知。赵炅得知李煜追忆故国臣子，更加怀疑他有复国之心。

太平兴国三年（978）的七夕，是李煜四十二岁的生日，在他的请求下，李煜得以与曾经的妃嫔相聚。席间，他作下一阕《虞美人》，并让昔日南唐的歌伎咏唱助兴：

春花秋月何时了，往事知多少。小楼昨夜又东风，故国不堪回首月明中。

雕栏玉砌应犹在，只是朱颜改。问君能有几多愁，恰似一江春水向东流。

歌伎清婉曼妙的声音，将李煜的思绪带回了多年前仍未覆灭的南唐。想来宫中的雕栏玉砌，大概还一如往昔吧？只是如今物是人非，只能在梦中回首故国月色。

此曲传至赵炅耳中，他听闻词中"故国"二字，顿起杀心，决定数罪并罚。皇帝的"贺礼"很快送到了李煜的宅邸，此时李煜穿戴得整整齐齐，正准备谢皇帝隆恩。

可他怎么也想不到，自己等来的礼物，竟是赵炅赐下的一剂毒药。

李煜在生日这天，迎来了一场蓄谋已久的死亡。他捧着毒药的手有些颤抖，可心里一阵轻松，终于要解脱了。那些失去的、不得的、困顿的、后悔的，都结束在此刻吧。

赵炅赐下的牵机药，会让人在死前遭受漫长的痛苦。生命的最后阶段，李煜恍然看见从前的一幕幕春花秋月，从眼前倏忽而过：父王慈爱的目光，宫娥温柔的低语，妃嫔美丽的脸庞……美好的种种,像握不住的流水,匆匆而逝。

将死之际,李煜似乎还看见,自己变作一只停落在皇宫屋脊上的白鹭,展翅而飞,飞离了重重的凤阁龙楼,飞离了巨大的金丝牢笼。它飞至宫外,便轻盈落地,化为一个风流倜傥的白衣公子。

公子摇着折扇,望了一眼那锦绣成堆的宫阙,淡然一笑,遂转身走入市井烟火之中,再未回首。他口中朗朗吟诵道:"问君能有几多愁,恰似一江春水向东流,向东流呀。"

景岁舫

柳永

（约 987—约 1053）

人生不过大闹一场

一个风尘仆仆的年轻人驻足于繁华的市井之间。

一座座临街的茶坊酒肆热闹非凡，商铺之上琳琅满目，店家叫卖着各式各样的珠钗簪花、绸缎丝帛、衣衫鞋靴、沉檀香料，四海之珍奇，无所不包。年轻人的眼神先是流连于身旁令人目不暇接的种种商品，惊叹之余他抬起眼帘，越过重重的层楼阁苑，极目远望。他看见了皇宫雕龙画凤的雍容身影，在碧蓝苍穹的映衬下，显得那么神圣，那么遥远。

这是大中祥符元年（1008），他正身处宋真宗统治下的汴京。

年轻人面容疲惫，目光却炯炯如炬，清亮的眼神中透着些勃勃野心。他望着远处的皇宫，心中踌躇满志。他相信自己努力踮一踮脚，便可触摸到龙楼凤阙高高翘起的檐角。一扇扇常年紧闭的朱红宫门，终将有一天，为他次第而开。

不敢想象金榜题名的那一刻，他会有多快乐。年轻人已在车水马龙之间做起了白日梦。

这个置身于喧闹市井的年轻人,叫作柳三变。他有一个更为人们所熟知的名字——柳永。没错,就是那个后来写下了"杨柳岸,晓风残月"的词坛大咖柳永。此时初到汴京的他,仍是一个小透明。尽管柳三变在江南一带已初有才名,但这还远远不够。汴京城人才济济,如何才能脱颖而出呢?

柳三变此次入汴京,是为了春闱而来,科举考试将在明年的春天举行。千千万万和柳三变一样,渴望入仕为官、建功立业的读书人从全国各地赶赴京城,寒窗苦读十年,为的就是一朝扬眉吐气。

鲤鱼跃龙门,一战就上岸。这是所有考生的梦想。

柳三变的心中有些激动,汴京,果然是他记忆中的样子。四岁那年,柳三变曾跟随入京上书的父亲来过一次京城。那时他还太小,只记得满街吃食的香气了。如今故地重游,年幼时朦胧的记忆又一点一点变得清晰起来。街上来来去去的百姓步履匆匆,宝马香车扬起的烟尘令柳三变的身影逐渐模糊。汴京很繁华,也很忙碌,无人注意到这个衣着平平的年轻书生。

没关系,总有一天,汴京会认得我,当朝天子与百姓都会知道我的存在。柳三变很自信地想。

从年少起,柳三变便怀揣着登科及第、考取功名的梦想。在他眼中,汴京城很远,也很近。春闱高中,是梦,也会是真。

柳三变是崇安人氏,大约在987年出生。柳三变是他最初的名字,后来才改名为柳永。柳三变字景庄,他在家族中排行第七,世人又称之为柳七或柳七郎。"三变"一名,出自《论语》:"君子有三变:望之俨然,即之也温,听其言也厉。"这是一种文人士子纷纷追求的境界——远远看上去庄严可畏,接近时却是温良和善,听其言语则是严厉不苟。可见柳三变父亲对他寄予了一番厚望:"我儿日后必定成为既温润如玉,又庄严端正的谦谦君子。"

遗憾的是,柳三变后来的人生道路,与他父亲所尊崇的君子之行背道而驰。二十年后,当柳三变混熟了京城的花街柳巷之时,一众青楼女子一致认为柳三变这人真不错,温柔可亲极了。某种意义上说,"三变"之中,他倒是做到了"一变"——即之也温。

然而最开始,柳三变也是朝着父亲期待的方向而努力奔跑的,只是一不小心,跑偏了。柳三变出生时拥有的,是一个令大多数读书人都会羡慕的顺风开局。他出身于书香门第,官宦世家,乃名门望族河东柳氏之后,柳三变和写下了"孤舟蓑笠翁,独钓寒江雪"的唐代著名文人柳宗元,属于同一脉。

柳三变的爷爷叫柳崇,是五代时期的儒学大家,虽得朝廷赏识,却因时局动荡而选择隐居避世,终身未仕。柳崇隐居之地便是福建崇安,他一生"以行义著于州里,以兢严治于闺门",颇得乡里敬重。

柳崇其中一子,柳宜,也就是柳三变的父亲,曾是南唐旧臣。宋灭南唐后,柳宜作为降臣,入仕宋朝,担任沂州费县县令,他时常走访民间为百姓请命,四处奔波。因为工作太过辛苦,弄得自己"旅鬓生雪,朱衣有尘"——刚到中年就双鬓斑白,衣服也脏兮兮的,跟个糟老头子似的。

柳三变就是在父亲到沂州当县令期间出生的,他是柳宜的第三子,上面还有两个哥哥,大哥柳三复和二哥柳三接。柳三变的母亲刘氏,精通音律,小柳同学最初对乐理的懵懂认知,便是来自母亲吟唱的小曲小调。

淳化元年（990），柳宜被升职为全州通判，他喜滋滋地带着一家人入汴京上书，办理一系列的入职手续，全家人也顺便到京城玩一趟。到达汴京后，柳宜便忙着奔走于各司衙门，准备上任所需的各类文书。这次任职不可携带家眷，柳宜便准备先将家人送回家乡，再只身赶往全州赴任。

就是在这一年，年幼的柳三变匆匆一瞥繁华如梦的汴京城。

二

回到家乡的三年，柳三变正式开始接受启蒙教育。他和两位哥哥一同去学堂读书，听先生讲那些让人"朝闻道，夕死可矣"的圣贤之道。《诗经》《周礼》《尔雅》，小柳同学朗朗念于口，默默记于心。虽然父亲不在身边，但有几位腹有诗书的叔叔时不时给予教导与督促，小柳同学的学问进步飞速。

崇安多山，柳三变也会在读书之余，与叔叔和哥哥们游览于崇山峻岭、茂林修竹之间。一次登山游历中，叔侄们皆作诗留念此行，小柳同学也写下了一首《题中峰寺》：

攀萝蹑石落崔嵬，千万峰中梵室开。
僧向半空为世界，眼看平地起风雷。
猿偷晓果升松去，竹逗清流入槛来。

旬月经游殊不厌，欲归回首更迟回。

这一首诗歌的磅礴之势，不似出自少年人之手。此时的小柳同学，其创作诗词的天赋，已然初露锋芒。在家乡期间，他还读到了一首不知谁人何年何月写下的《眉峰碧》，并对之喜爱不已，他将这首词题写在墙壁上，反复琢磨，研究其作词章法。相传柳三变深受此词影响，其中"蹙破眉峰碧，纤手还重执"一句，多年后被他的生花妙笔化作了那阕名动天下的《雨霖铃》中之句——"执手相看泪眼，竟无语凝噎"。

淳化四年（993），柳宜在全州通判任上已满三年，需要回京述职，等候三司差遣。次年，柳宜以赞善大夫调往扬州，这次允许带家属，于是他回家乡接上妻儿一同前往扬州。

十岁不到的柳三变，跟着父亲四处开阔眼界。他在童年时期，就见过了让杜甫慨叹"造化钟神秀，阴阳割昏晓"的齐鲁山岳，游览了"金翠耀目，罗绮飘香"的东京汴梁，还踏足了寄托杜牧"豆蔻词工，青楼梦好"的十里扬州路。

世界真大啊，等长大后，定要四处游历，不负良辰美景。小柳心里默默地想。

柳三变的家庭氛围主张的是"修身、齐家、治国、平天下"的正统儒家思想，在其父的谆谆教导下，小柳同学对于学习之事有了些自己的心得体会。在扬州时，他写下了《劝学文》："是故养子必教，教则必严，严则必勤，勤则必成。学，则庶人之子为公卿；不学，则公卿之子为庶人。"在别的小孩子仍在玩泥巴的年纪，柳三变就已在属文作诗上初现光彩。

至道三年（997），宋太宗赵炅驾崩，赵恒即位为帝，是为宋真宗。在位之初，他任用贤臣，勤于政事，从而令政治清明，经济繁荣，促成"咸平之治"。997年，柳宜迁国子博士，主要负责传道授业于国子监的学生，工作更加忙碌。柳宜想到自己在外为官多年，家母必然思念，便让弟弟携带自己的画像前往故里崇安带给母亲，柳三变跟随叔叔一同归乡。

　　接下来的四五年，小柳便在家乡崇安度过了他的少年时代。稚气未脱的少年郎，胸中已埋下了将来一举夺魁、封妻荫子的雄心壮志。而科举考试，则是他打开理想大门的必经之路。

　　努力吧，少年。前途一片光明，未来充满希望。

　　柳三变是幸运的，他生在了一个对文人很友好的时期。宋朝，是中国文人的黄金时代。立朝之初，宋太祖赵匡胤曾勒石立碑，规定子孙后代永远不得杀害士大夫，后来宋朝便形成重文轻武的风气，文人的地位得到空前提升。朝廷取消了门第限制，无论什么家庭出身，只要是腹中有文采的优秀青年，都可通过科考进入仕途为官。寒门学子也能成为一人之下万人之上的宰执大臣，一切皆有可能。

　　宋代科考既考诗词歌赋，也考经义策论，通常以后者为重，时人谓之曰："国家以科目网罗天下之英隽，义以观其通经，赋以观其博古，论以观其识，策以观其才。"儒家的经史典籍是科考的重点复习资料，小柳同学便在一年又一年的春花秋月下诵读着四书五经等圣贤书。

　　有时他也会读到来自晚唐五代时期的花间词，或清妙婉约，或香艳靡丽，多出于温庭筠、韦庄、欧阳炯等人之手，比如"水精帘里敧藜枕，暖香惹梦鸳鸯锦""红楼别夜堪惆怅，香灯半卷流苏帐"。这些优美的词句，让柳三变的心中泛起了层层涟漪。偶尔偷瞄一眼"小黄书"，小柳仿佛打开了新世界的大门。

写得真美呀，这就是男女之情吗？青春期的小柳同学对诗词中描摹的绮情艳思向往不已。

只是他很清楚，这些课外闲书绝不在科考的范围之内，且与儒学奉行的克己复礼大相径庭，甚至会为士大夫之流所不齿、所摒弃。

小柳定了定神，心又重新回到儒学经典的诗书之上。

枕籍经史的日子匆匆而过。

三

古人讲究先成家，后立业。拼搏事业之前，该把娶妻生子的人生大事办了。咸平四年（1001），大约是在柳三变十五岁时，他由家乡的长辈做主，娶妻成亲。柳三变的这位妻子，史书上并未言明其姓名、生平和家世。但这位女子，却是让后来多情风流、取次花丛的柳相公初尝情爱滋味的第一人。

柳三变曾写下一阕《斗百花》，这阕艳词便是在描述他新婚夜的旖旎光景："争奈心性，未会先怜佳婿。长是夜深，不肯便入鸳被。与解罗裳，盈盈背立银釭，却道你但先睡。"

少女新婚夜的娇羞情态跃然纸上，却也够香艳、够露骨、够大胆。这是饱读儒家经籍的柳三变初次放飞自我的一阕词。所谓"发乎情,止乎礼义",到南宋时,朱熹甚至主张"存天理,灭人欲"。可天生反骨的柳三变,却偏要将男欢女爱、七情六欲尽现于笔端。

春宵一刻值千金,谁不爱?

现代人通常认为词是高雅的、婉约的,是阳春白雪,是晓风残月。但从源头上来说,其实词是一种市井文学,是通俗的、直白的。它出自百姓之口,流传于寻常巷陌与繁华街市之间,相当于古代人自己编写哼唱的流行歌曲,写的是平民生活,谈的是男欢女爱,为的是娱情消遣。所以词中会写喧闹的市井烟火,也会写香艳的男女情事。

照理说柳三变出身儒学世家,家风严谨,本不应年纪轻轻就如此通晓俚俗文化,或许是因为小柳自年少起就跟着父亲行南走北,领略了许多地方的市井风情,受到各种流行歌曲的熏陶,再加上他本身在诗词音律上的天赋和浪漫无拘的性子,如今一首艳词已是信手拈来。

新婚宴尔的柳三变与妻子度过了一段很美好的时光。才子佳人,鹣鲽情深,花前月下,恩爱非常。日子过得很慢也很快。这段时日,柳三变也在为考试做着准备。他在心里告诫自己,温柔乡虽醉人,圣贤书还是要读的,不能因此耽误了学业。

然而事实证明,只要温柔乡足够醉人,学业也不是不可以耽误。

咸平五年(1002),柳三变计划进京参加礼部考试,他告别妻子,北上赴汴京。由于离次年的春闱还有些时日,所以可以一路慢悠悠地过去,赏一赏沿途的山山水水,看一看路边的花花草草。柳三变这次独自闯荡大都市,和年幼时随家人至汴京的状态,已大不一样。此时的他，是意气风发的少年郎。衣衫轻薄，心性也轻薄。

一路上的秦楼楚馆让年轻气盛的柳三变心旌摇荡，路边的野花可真香啊。

宋代青楼盛行。朝廷重用文人，广开科举，文官当政，服务于文人群体的青楼文化便应运而生。各路文人墨客皆爱于烟花之地寻找创作诗词的灵感，或是相聚于此，弹琴对弈，把酒言欢。青楼不同于普通妓院，更和单纯从事皮肉生意的窑子之流不可同日而语。青楼中的女孩子大多接受过专业培训，琴棋书画样样精通，有较高的文化素养，可以和文人才子吟诗作对。

一开始，柳三变也十分思念家乡的妻子，两人互通书信以寄相思之情。可渐渐地，外面精彩的世界就让他乐不思妻了。乱花渐欲迷人眼，江南一带，更是如此。杭州自古便是繁华之地，无数文人骚客皆在此流连忘返。

白居易说："江南忆，最忆是杭州。山寺月中寻桂子，郡亭枕上看潮头。何日更重游？"

对柳三变而言，何必等到重游的那一日，不如这次就玩个够，莫负青春好时光。

再不疯狂就老了。

"灯火家家市，笙歌处处楼"的杭州，像是不知人间愁苦般，尽情挥洒着美丽和诗意。而秦楼楚馆，则是杭州城内集中了最多美丽和诗意的地方，可谓是"春色满楼关不住，一只红袖出窗来"。

柳三变留了下来，在杭州一醉就是大半年。

他在心里安慰自己，留滞杭州，是为了增长阅历，开阔眼界，顺便以文会友,切磋文采;也是为了寻找机会,充实人脉,若是得到此地大官赏识,来日引荐一番,金榜题名,不就如探囊取物一般了吗?

柳公子以文会友不假,只是他会的,都是美丽的女性朋友。

柳三变在烟柳之地认识了数位红颜知己,他为美色而来,却不只是贪恋枕席之欢。柳三变打心底觉得女孩们真是美好,他为她们凄苦的身世流下泪水,为她们的一身才艺倾倒不已,也为她们娇美的容颜献上赞歌。姑娘们可真美,个个都跟花似的。当然,才情满怀的柳公子可不是只会把女孩比作花的庸才,他写下各种各样的辞章,花式夸赞青楼中的女孩。譬如《少年游》中,他大赞佳人:"层波潋滟远山横。一笑一倾城。酒容红嫩,歌喉清丽,百媚坐中生。"

柳公子可谓北宋第一"海王",既多情又有才情的他,赢得了姑娘们的一致赞许,在百花丛中惹得满身芬芳。他天生就爱美人,美人的一颦一笑、一言一语,都是他灵感迸发的源泉;而与美人的情情爱爱,则是他初期写词作赋的"第一生产资料"。

多年之后,柳永再到杭州,回忆起初来乍到的这段时光,依然会苦中含笑。不变的是,他依旧在仕途上有所追求,想要得到重量级人物的举荐,所以大书杭州的繁盛美景,向知府孙沔干谒。这首词就是他晚年的代表作《望海潮》:

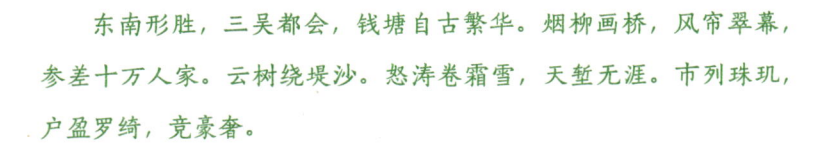

东南形胜,三吴都会,钱塘自古繁华。烟柳画桥,风帘翠幕,参差十万人家。云树绕堤沙。怒涛卷霜雪,天堑无涯。市列珠玑,户盈罗绮,竞豪奢。

重湖叠巘清嘉，有三秋桂子，十里荷花。羌管弄晴，菱歌泛夜，嬉嬉钓叟莲娃。千骑拥高牙，乘醉听箫鼓，吟赏烟霞。异日图将好景，归去凤池夸。

写完后，柳永立刻去找杭州城里的名妓楚楚姑娘，请求道："老生柳七想拜访孙大人，只可惜没有门路呀。若孙府上有宴会，请楚楚姑娘前去，希望借姑娘的朱唇歌于孙相公之前。如果他问是谁作的词，你说是柳七就好啦。"楚楚欣然应允。

不久后孙大人在中秋佳节举行宴会，又请楚楚去唱歌佐欢。楚楚应柳永之托，唱起了他的干谒词，果然孙大人对之赞不绝口。

只可惜，这时的柳永已近油尽灯枯之末时，人生得意已难尽欢，把江南哪怕杭州玩个遍的力气都不足了。

相传柳永过世很多年后，金朝皇帝完颜亮有次听到此词，为词中"三秋桂子，十里荷花"的盛景所倾倒："嚯，原来江南这么美呢，让我来看看。"于是挥鞭南下，进攻中原。

当然，柳永可想不到百年之后的事。世事难料，可怎么都怪不到他一介词人的头上。偌大的王朝，怎么能被一首词毁掉？

景德元年（1004），大宋的安定局面被打破。

辽宋两国多年来为了争夺燕云十六州而小打小闹不断，频频侵扰北宋边境的辽国，此次正式发兵，由辽国承天太后与辽圣宗亲自率领大军南下，深入宋境。宋廷大多臣子建议南逃避敌，宋真宗虽然也怕得想逃跑，但是宰相寇准等人极力主张抵抗，宋真宗不得已御驾亲征。双方在澶州对峙，最终决定谈和罢兵，签下澶渊之盟。盟约规定，宋朝每年须向辽国纳贡岁币银十万两、绢二十万匹，来换取与辽之间的和平。

澶渊之盟虽为宋辽两国带来了一百多年的和平，可是宋朝君臣的忘战苟安，却为日后的大厦倾颓埋下隐患。宋真宗、宋仁宗、宋英宗三朝天子皆不思秣马厉兵，宋军逐渐疲软，其中河北军和京师军甚至"武备皆废"。自宋太祖时起想要收复燕云十六州的雄心壮志，尽数消散于北境的茫茫大漠与袅袅烽烟之中。

而此时，异国的铁骑仍十分遥远，大宋依旧平静祥和。

这些年，柳公子秉持着"世界那么大，我想去看看"的心态，在江南各地旅游。考公务员、找工作等事，都被他暂时抛到脑后。他迷恋于湖山之美好、都市之繁华，杭州、扬州、苏州，江南的每一处风景果然都名不虚传，江南的美人更是风华绝代。柳三变沉醉于此，日日听歌买笑，过得那叫一个逍遥自在。

人不轻狂枉少年嘛。柳三变再次安慰自己。直到景德四年（1007），他才忽然意识到，自己年纪不小了，早已不是少年郎。柳三变此时已二十一岁，他终于决定进入汴京，准备参加春闱之试。

柳公子依依惜别了江南的一众红颜知己，并立下壮志："对天颜咫尺，定然魁甲登高第。待恁时、等着回来贺喜。"他信心满满，夺魁登第，胜券在握。我的好姐姐、好妹妹们，等小生拿个状元回来，你们再好好祝贺我吧！

次年，柳三变抵达汴京。

初到汴京时二十多岁的柳三变，像极了毕业后刚踏上社会的大学生，眼神中透着些清澈的愚蠢。他坚定地相信，只要有梦想、有才气，一定可以得到圣上的赏识，拿到朝廷的录取通知书，让父亲自豪，让家族骄傲。

就博他个金榜题名，荣耀平生。

正值青春飞扬的柳公子，爱极了京城的繁华。他多希望，有朝一日自己能真正地属于这里。汴京城的万家灯火，终有一盏，会为他而亮。考试日还未到，柳三变就在京城春游踏青，他写下了一曲《长寿乐》：

繁红嫩翠。艳阳景，妆点神州明媚。是处楼台，朱门院落，弦管新声腾沸。恣游人、无限驰骤，骄马车如水。竞寻芳选胜，归来向晚，起通衢近远，香尘细细。

太平世。少年时，忍把韶光轻弃。况有红妆，楚腰越艳，一笑千金何啻。向尊前、舞袖飘雪，歌响行云止。愿长绳、且把飞乌系。任好从容痛饮，谁能惜醉。

这就是大都市的魅力啊，多么让人心驰神往。亭台林立，繁花似锦，车如流水马如龙。柳三变在京城喧嚷的街市之间，走走停停。

他的眼神中有光，有憧憬，有自信，有坚定。

京城春光正好，公子风华正茂。

大中祥符二年（1009），科举考试出结果了。柳三变在人群中极力望向张贴在墙上的榜文，朝廷共取士两百多人，可是其中并没有"柳三变"这个名字。他仔仔细细把名单从头看到尾，又从尾看到头，的的确确，没有他的名字。周围有人考中了的，欢呼惊叹声与喜极而泣声将柳三变的落寞层层淹没。

第一次科考，他光荣落榜。

现实给了他狠狠一耳光，七零八碎的情绪在失眠的夜晚一齐翻涌上来。遭遇了打击的柳三变，有点怀疑人生了："是我的诗词写得不够好吗？不得第一名也罢，居然还挂科了。到底是哪里出差错了呢？"

其实并非柳三变的才华不够，当时他写的辞赋，已在民间和宫廷之中流传，并且还得到了一些高官的赏识。只是柳三变所擅长的，与朝廷这次的用人录取标准有出入。春闱试后，宋真宗下了一封诏书，曰："读非圣之书及属辞浮靡者，皆严谴之。"意思就是凡是读非圣贤书之人，以及作品辞藻华丽、内容奢靡之人，不仅全都不录取，而且还要严厉谴责。

由此可见，朝廷要的，是圣贤书培养出的循规蹈矩、克己守礼之人，是所写文章辞赋务实致用之人，至于柳三变这样放纵不羁的风流才子，无论多么才华横溢、文采飞扬，统统不要。

落榜的柳三变既伤心又失落，考试前许下的那些豪言壮语，现在听起来多么可笑。还和那么多红粉佳人吹牛自己必然金榜题名，太丢人了。柳三变又想到圣上的那道诏书，他深深觉得，自己被针对了。辞藻靡丽就代表没读过圣贤书吗？文风华美就代表没有经世致用之才吗？为人风流不羁就代表做不了好官吗？

好好好，那便将轻狂进行到底吧。稳定的情绪固然有用，但冲天的怒气实在精彩。年轻气盛的柳三变将心中的愤懑不满化作一首《鹤冲天》：

黄金榜上，偶失龙头望。明代暂遗贤，如何向。未遂风云便，争不恣狂荡。何须论得丧。才子词人，自是白衣卿相。

烟花巷陌，依约丹青屏障。幸有意中人，堪寻访。且恁偎红翠，风流事、平生畅。青春都一饷。忍把浮名，换了浅斟低唱。

他在这首词中发了一大通牢骚：这次我没考上，完全属于发挥失常，就连清明盛世也会错失贤才呢。既然没能得到好的机遇，那我就干脆随心所欲地去快活吧，何必为了功名利禄而患得患失呢？虽然我只是一介布衣，可是做一个风流才子写写辞赋是多么逍遥自在，也未必比不上公卿将相吧！反正我有那么多红颜知己能一诉衷肠呢，和她们在一起，才是我平生最快乐的事。青春多么短暂，我宁愿把那些无聊的虚名，全部换作浅斟低唱！

与其内耗折磨自己，不如发疯指责他人：都是皇上的错，错失了我这个大好人才。科考录取漏了我，是朝廷的损失。

发牢骚归发牢骚，柳三变并没有因为这一次失利而一蹶不振。在他看来，这次落榜纯属偶然，下次一定可以"黄金榜上，不失龙头望"。可柳三变没有想到的是，随手写的这阕词，却成了他未来仕途上的绊脚石。

这首《鹤冲天》越传越有名，汴京城中的吃瓜群众都在议论，好一个柳七公子，这般狂放，居然敢公然吐槽朝廷。词中"明代暂遗贤"一句，是在阴阳怪气地说当朝官家做不到野无遗贤、人尽其才，才把他柳七那样的有才之人错失了吗？"才子词人，自是白衣卿相"，这句更是绝了，是说朝中的一众公卿大夫都不如他个白衣才子呗。此番无差别攻击，是想把满朝文武都得罪个遍吗？

柳三变感到很冤枉，当时写下这阕词，只因年少轻狂，图一时之快，没想到被大做文章。柳七之名，不仅搅得民间议论纷纷，朝堂也对之关注了起来。

有一则八卦在历代文人圈中很是流行，说《鹤冲天》在多年后甚至传到了皇帝耳中，那时已是宋仁宗在位，又一次科考结束后，宋仁宗端坐于大殿之上，对新科进士的名单做最后的审核。他一见柳三变的名字，就想起那首轻狂之作，立刻心下不满："这就是大发牢骚的那个考生？"于是宋仁宗当即圈掉柳三变，并御笔批示："且去浅斟低唱，何要浮名？"

此事并未被任何正史提及，且柳三变一生四次落第，有三次都是在宋真宗年间，他最后一次落第的那年，虽是宋仁宗在位，可那时宋仁宗尚年幼，并未真正地大权在握，军政大权都掌握在其母刘太后手中。宋仁宗是否真的下令封杀了柳三变的仕途，有待考证。但可以确定的是，柳三变写的词，当时并不被奉行正统儒学的主流文学圈所接纳，也不符合朝廷录取优秀人才的标准。

北宋陈师道曾在他的个人笔记《后山诗话》中提到，柳七之词天下咏之，连宋仁宗也颇好其词，"每对酒，必使侍妓歌之再三"。可是即便宋仁宗喜欢柳三变的词，那也只是把它当作佐酒下饭的小菜、茶余饭后的甜品，而不会让其出现在庄重严肃的朝堂之上，更不会让写出这些词的柳三变成为朝中匡君辅国的臣子。

柳三变人是彻底红了,但他的青云之路,也差不多彻底黄了。

五

职场失意,那便情场得意吧。柳三变未遂风云志,便入温柔乡。落第失意的才子,和误入风尘的佳人,同是天涯沦落人,相逢何必曾相识呢?

柳公子将满腹才情都付与了青楼教坊,他摇身一变成为金牌作词人,专门为姑娘们量身定制歌词。教坊的乐工每次得了新曲,一定要请柳三变来填词。凡是柳七作词的歌曲,皆能爆火,而歌唱柳七词的歌伎,更是身价倍增。一时间青楼圈中皆在传诵"不愿君王召,愿得柳七叫;不愿千黄金,愿中柳七心;不愿神仙见,愿识柳七面"。

一众烟花女子成了柳三变的铁杆粉丝、最强应援团,鼎力支持他写出的每一阕词。

"凤枕鸾帷,二三载,如鱼似水相知。良天好景,深怜多爱,无非尽意依随。"

"镇相随,莫抛躲。针线闲拈伴伊坐。和我。免使年少,光阴虚过。"

"钿合金钗私语处,算谁在、回廊影下。愿天上人间,占得欢娱,年年今夜。"

如今满京城的歌伎，都在争相传唱柳三变填词的曲子，她们柔美婉转的声线唱出一曲曲动听的情歌，将柳七之词送入了寻常百姓家、茶坊酒肆间。

柳七的词成就了她们，她们也成就了柳七。

百姓很喜欢柳七创作的流行歌曲，一度达到"凡有井水处，皆能歌柳词"的地步。柳七的词作，就像春日里的落花飞絮一般，飘满了整个京城。柳三变想到不久前自己的梦想——愿金榜题名天下知，如今倒是完成了一半。虽未能蟾宫折桂，却让人们都知道了他的名字。或许，这也算另一种意义上的成功吧？

柳三变虽获得了市井群众的支持，却遭到了主流文人圈的集体排挤。他的词在民间火了之后，各种批评与贬低接踵而至。每次他发表一阕新词，一众"网民"纷纷点赞：太有才啦我的柳七哥，此曲必成爆款，爱了爱了！然而有名望的"大V"却皆在评论区丢下批评：就这？低俗，下流，败坏社会风气！

然而那时的柳三变，并未意识到自己已逐渐被整个上流文人群体所孤立，他只是将第一次考试的失败归结于发挥失常。没事没事，再试一次。

大中祥符八年（1015），柳三变第二次参加礼部考试，再度落第。这相当于当局再次明确了态度：朝廷不喜欢柳三变这种作淫词艳曲的风流浪子。娱乐消遣还可以，做官？做梦！

官方一再否定柳三变，墙倒众人推，文人圈贬低柳七词的浪潮掀得更高了。柳三变创作的诗词，不仅不符合朝廷取才的标准，还违背了当时文人圈的审美标准。正统文人喜欢的，是含蓄的、雅致的、隐晦的，要藏着掖着，犹抱琵琶半遮面，逛个青楼只说是想吟诗作赋、听琴对弈,而非为了美色;而柳七的很多词,却是直白的、大胆的、通俗的,是太接地气的市井文艺,逛个青楼便直言不讳自己就是喜欢美丽的姑娘,就是想和姑娘谈情说爱、卿卿我我。

同样是想和青楼里的姑娘过夜,文人雅士会说:"今夜愿听姑娘的琴声入眠,明朝与姑娘一同迎接清晨的第一缕阳光。"

柳公子却偏要直说:"姑娘你真好看,我想与你共度良宵。"

不仅敢于承认自己风流好色,而且风流好色得光明正大。宁做真色鬼,不做伪君子。

这直接引起了宋朝整个士大夫阶层的公愤:男女之情怎可写得如此赤裸?简直有辱斯文!南宋中层官员吴曾说柳三变"好为淫冶讴歌之曲,传播四方"。南宋文学家王灼谓其"浅近卑俗,自成一体,不知书者尤好之"——写的东西浅薄鄙俗,没文化的人尤其喜欢。王灼还说过更难听的话,他称柳三变的词像"野狐涎"——野狐狸的口水,会迷惑人心,让人误入歧途。连千古第一才女李清照也评价他为"词语尘下"——太俗,上不得台面。

他们对柳三变的态度很明确:别来沾边。

这是一场声势浩大的讨伐,是一场旷日持久的霸凌。不仅令柳三变日后的仕途举步维艰,还令煌煌史册都不愿为其立传——《宋史》的如椽巨笔,没有为他书写只言片语。世人皆说:"宁立千人碑,不做柳永传。"

可是柳七的词实在太火了,火得连不喜欢他的人都想与之一较高下。比如苏轼,总是明里暗里地和柳三变在写词上较劲。当苏轼写出那首"老夫聊发少年狂"的《江城子·密州出猎》时,便得意地写信向朋友夸耀:"近却颇作小词,虽无柳七郎风味,亦自是一家,呵呵。"苏轼比较的对象,正是柳三变。

俞文豹《吹剑续录》中记载:

东坡在玉堂日,有幕士善讴,因问:"我词比柳词何如?"对曰:"柳郎中词,只好十七八女孩儿执红牙拍板,唱'杨柳岸晓风残月';学士词,须关西大汉执铜铁板,唱'大江东去'。"公为之绝倒。

可见苏轼虽然看不惯柳三变,可他老忍不住逢人就问:我的词跟柳七的词相比怎么样呀?

还有一次苏轼的学生秦观远游而归,去拜访苏轼。两人许久未见,苏轼一见面就调侃秦观道:"啧啧啧,没想到多日不见,你小子居然学柳七作词了?"秦观马上辩解道:"冤枉啊老师,我虽然没啥才学,但也不至于学柳七吧。"苏轼回道:"你这一句'销魂,当此际',不正是柳永的词风吗?"

被定义为市井文化代表的柳七词,沦为崇尚儒家诗教的正统文化与民众喜爱的市井文化相互交锋的牺牲品,在无意中扛下了太多正统文化对市井文化的鄙夷与诟病。如今在世人看来,婉约派代表柳永的词,是多么风雅别致,可在柳永生活的年代,他的作品却是艳俗的代名词,被千夫所指。

本以为是未来可期,没想到是未来可"欺"。

不过,骂就骂吧。我只走自己的路,让别人说去吧!

六

　　被文人圈各种吐槽的柳三变，依然我行我素，做着正人君子眼中的叛逆者。

　　传说当时朝廷中有人独具慧眼，胆大包天地向皇上举荐柳三变，皇上问起："是那个填词的柳三变吗？"举荐人说正是他，皇上便大手一挥道："且去填词。"于是柳三变"日与儇子纵游倡馆酒楼间，无复检率。自称云：奉旨填词柳三变"。

　　也许这就是柳三变的心声：你们高贵的文人圈不待见我，说我"俗"，我还不想写给你们看呢。是官家让我"且去填词"，我自然要奉旨而为之。既然老百姓喜欢我的词，那我就写给他们看，做个"俗人"又何妨？原谅我这一生放荡不羁爱自由。说我的词都是男欢女爱太下流？可你们所谓上流人不也一样爱美人？七情六欲谁没有？

　　别装了各位。

　　有了天子的一句"且去填词"，柳三变更加放飞自我，终日流连于烟花巷陌，从中寻找作词灵感。他几乎直接搬入青楼，把这里当成了自己的家。柳公子在烟花脂粉地，一混便是四五年。

　　青楼中的消费很高，可柳三变并不担心：钱花光了，不要紧，多填几阕词，润笔费就来了。别的客人是一掷千金博美人一笑，而到了柳三变这里，则是美人们拿着私房钱，排着队来请他为自己作词。

　　柳三变与歌伎，不仅是露水情缘的关系，更是诉说心事的红尘知己,是彼此成就的合作伙伴。

他的心变成了一颗榴梿,每个尖尖上都站了一个姑娘——英英、瑶卿、心娘、酥娘、佳娘……个个都是他心尖上的宝贝。女孩子好,女孩子妙,堕入风尘的女孩子也是宝。

流连花丛数年的柳公子,有一位最为钟情的姑娘,名唤虫娘,柳三变会亲昵地叫她"虫虫"。柳三变在词中直截了当地表达了对虫娘的爱意:

小楼深巷狂游遍,罗绮成丛。就中堪人属意,最是虫虫。有画难描雅态,无花可比芳容。几回饮散良宵永,鸳衾暖、凤枕香浓。算得人间天上,惟有两心同。
近来云雨忽西东。诮恼损情悰。纵然偷期暗会,长是匆匆。争似和鸣偕老,免教敛翠啼红。眼前时、暂疏欢宴,盟言在、更莫忡忡。待作真个宅院,方信有初终。

柳三变在词中说,认识的这么多女孩中,我最喜欢虫虫,她的容颜美丽,姿态优雅,我与她度过了非常快乐的时光。希望以后能与她长相厮守,娶她入门,给她名分,才算是有始有终,不负海誓山盟。

在以含蓄、婉约为美的时代,柳三变却执着地挥洒着他热烈的情意。

《花间集》中欧阳炯等人也写青楼女子,可他们只是把歌伎舞女当作满足自己情欲的娱乐工具,绝不会付出真感情。而柳七之词虽然被文人认为是俗滥,可是从这些词来看,柳公子对虫虫这个女子是有真感情的。

有红颜知己陪伴,还有狂朋怪侣一同唱歌喝酒,多么快乐潇洒的日子,就这么过下去吧。至于功名,管他呢!……可是,真的就能不管了吗?

柳三变在两种精神状态中来回切换:

——浮名算个什么东西?老子不要。

——求求了,给我一点点浮名也行。

夜阑人静时,柳三变陷入了反扑的情绪之中。他想起自己的老父亲柳宜。柳宜的为人和才能得到了皇帝的赏识,一路升迁,最终官至工部侍郎。这无形之中又给了柳三变一层压力——虎父无犬子,老爹事业有成,儿子怎能甘于平庸呢?况且自己的两个哥哥柳三复和柳三接也都在为了仕途努力呢。

不能就这么放弃。

再试一次吧,也许下一次,就能中榜。学成文武艺,货与帝王家。若这一生都不能得到为朝廷出力的机会,终究还是遗憾的。

再试一次吧,毕竟还是放不下。放不下家中的期待——父亲那一辈的叔伯皆走上了仕途,良才美质的他也是被当成做官的好苗子培养长大的;放不下曾经的满怀壮志——当年是多么意气风发、充满信心;放不下一次次失败后的不甘心——也许下一次,就能鲤鱼跃龙门,逆风翻盘了呢?

柳三变自嘲地想:"我写的是俗词,也免不了是个俗人。"嘴硬说着不要浮名,可终究是无法全然抛弃世俗的功名利禄啊。

虽然撂下了"忍把浮名,换了浅斟低唱"的狠话,但柳三变还是没有放弃走上仕途的初心。就像一边嘴上嚷嚷着要辞职,一边又在第二天准时踏入公司的当代打工人一样，一千年前的柳三变，也不得不向现实妥协。一边偎红倚翠逐风流，浅斟低唱换浮名，一边又默默准备着来年的科考。内心重重矛盾与纠结的柳三变，或许会像一直和他暗中较劲的苏轼一样，发出"长恨此身非我有，何时忘却营营"的感叹。

营营役役的人生百年，追求过的功名利禄，似雁过无痕，似黄粱一梦，生不带来，死不带去。柳三变知晓这个道理。可惜知道归知道，执着归执着，明知最终都是一场空，却还是放不下心中的执念。

那就收拾好心情，重新出发。

七

既然科举考试这条路行不通，那便另辟蹊径，寻一个考试外的机会吧。也许，会有赏识自己的伯乐？

柳三变鼓足勇气，去拜访当朝宰相晏殊，希望能获得他的肯定。晏殊何许人也？十五岁以神童之名赐同进士出身，一路高升，集齐了枢密使、参知政事、同中书门下平章事这三个头衔，官至宰相，烜赫一时，人称"太平宰相"。晏殊写的，都是低调奢华有内涵的"珠玉词"，譬如"昨夜西风凋碧树，独上高楼，望尽天涯路""无可奈何花落去，似曾相识燕归来"。其词风明净清丽，格调甚高，意境颇雅。

晏殊收到柳三变的名帖时,也挺好奇这个在民间红极一时的词人是何方神圣,便同意见柳三变一面。两人见面后,晏殊还算客气地问道:"贤俊作曲子么?"柳三变恭敬地回答:"只如相公亦作曲子。"晏殊听后不高兴了,心道:"这个终日流连青楼的柳三变,居然大言不惭地说和老夫有一样的爱好。谁要和你一样啊?"他不屑道:"殊虽作曲子,不曾道'针线闲拈伴伊坐'。"

果然,晏殊也看不起柳三变。大概所有上流阶层的士大夫,都对他柳七意见很大。找谁都一样。

也罢也罢,还是自己想出路吧。

天禧二年(1018)九月,宋真宗的第六子——九岁的赵受益被册立为皇太子,赐名赵祯。柳三变瞅准时机,献上一曲《玉楼春》,恭贺朝廷的喜事:

星闱上笏金章贵,重委外台疏近侍。百常天阁旧通班,九岁国储新上计。

太仓日富中邦最,宣室夜思前席对。归心怡悦酒肠宽,不泛千钟应未醉。

柳三变多么希望这样歌颂皇家的赞歌能让朝廷看到他的才华和诚意,只是很可惜,柳三变已经上了宋真宗的黑名单,无论他付出多少努力,都是枉然。

次年,柳三变第三次在汴京参加科考,又一次落榜。失败,失败,还是失败。都说失败是成功之母,可谁能想到成功他六亲不认呢？

这次考试中，柳三变的长兄柳三复进士及第，之前柳三复也曾失败过，但这次，他成功上岸，扬眉吐气。眼看身边的兄弟朋友一个个都考中了，只有他柳三变，被拍死在了沙滩上。一连三次落榜，他心灰意冷。

当年的梦想是多么遥不可及，也许能够圆满实现梦想的，终究是少数人。而绝大多数人，大概都在愿望许下后的期待与再次落空后的遗憾之间徘徊。而一次次落空，一次次求而不得，只是人生的常态。人们只看见了寥若晨星的成功者的灿烂，却忽略了大片大片失败者陨落后的黯然。

柳三变是失败者吗？可是他的词作在民间是那么红，乐工歌伎千金难求一词，百姓皆能歌唱柳七之词。他柳三变，年纪轻轻就天下闻名。

柳三变是成功者吗？可是他的名声在朝堂是那么坏，四次科考落榜，遭到天子黜落，备受文人圈批评唾弃。他柳三变，年过而立还不得功名。

或许柳三变只是一个在时代大潮中跌跌撞撞前行的普通人。他的生命中，有得意也有失意，有坚持也有妥协，有潇洒也有纠结。纵使有独属于天之骄子的才情，也无法像"爽文"中的男主角那样，一路高歌猛进，披荆斩棘，走上人生巅峰。

爽文中的男主可以撂下狠话："三十年河东，三十年河西，莫欺少年穷。"数年后少年华丽蜕变，前途未可限量，未来一片光明。多么大快人心。

可是现实中的柳三变，撂下狠话的后果就是，要用大半生的落拓无为不得志，去弥补年少的风流轻狂和一时逞下的口舌之快。三十年后，河东依旧是河东。不得志的少年，并没有拿到大男主的剧本逆风翻盘，而是继续过他不得志的青年和不得志的中年而已。

本以为年少成名是被命运眷顾，谁能想到如今命运的齿轮没转起来，人生的链子倒是快掉光了。

乾兴元年（1022）二月，宋真宗驾崩，宋仁宗即位，时年十三岁，由其嫡母刘太后摄政。

柳三变的心里冒出了两个小人。一个小人叹气道：算了吧，接受人生本就如此。另一个小人跳起来：怎么可以轻易放弃？再试一次，再试一次。第二个小人的声音压过了第一个小人的声音，柳三变暗暗握紧拳头，心里有了决断，就再试一次。新君即位，或许能对自己有所改观呢？

然而实际上，宋仁宗那时还小，决策大权掌握在刘太后手中，事情依旧难有转机。天圣二年（1024），柳三变第四次应试。最后一次了，他对自己说。人生第四次迈入考场的柳三变像个视死如归的勇士——风萧萧兮易水寒，柳七一去兮不复还。从满头乌发考到双鬓染雪，从踌躇满志考到心如止水，这一次，就跟科考拼个你死我活。

等待放榜的日子是紧张的，柳三变的心高高地悬起，祈祷了一万遍："求锦鲤附体，求考中上岸。"可是公布结果的那一日，榜单上依然没有他的名字。

柳三变悬着的一颗心，终于死了。

好好好，就是不要我是吧，整整十六年，四次考试，一次不中，这么多年的努力与光阴，究竟是错付了。这科举，谁爱考谁考吧！

此时的柳三变，已年近不惑。四十不惑，本应是遇事不再迷惘困惑的年纪，柳三变却无措得像个迷失在人群中的孩童。到底该何去何从？难道要冲去皇宫大殿上质问官家为什么不录用自己吗？难道要再耗个几年考到白发苍苍吗？算了算了，不卷了，实在卷不动了。

远方皇宫雕龙画凤的檐角，是那么高，那么远，好像拼尽全身力气都触摸不到分毫。柳三变最终决定离开这个伤心地。这里寄托了他太多的豪情壮志与心灰意冷，见证了他一次又一次的重来和一次又一次的失败。原本那么骄傲、那么潇洒的柳公子，如今却活成了汴京城文人圈里的一个笑话。

柳三变心中有万千不舍，要与一众朝夕相伴的女孩子分别了，特别是他最爱的虫娘，曾经还答应要许她安身之所，可如今，偌大的汴京城都没有他柳三变的一席之地。临别前，他作下一首《雨霖铃》：

寒蝉凄切，对长亭晚，骤雨初歇。都门帐饮无绪，留恋处，兰舟催发。执手相看泪眼，竟无语凝噎。念去去、千里烟波，暮霭沉沉楚天阔。

多情自古伤离别，更那堪，冷落清秋节。今宵酒醒何处，杨柳岸，晓风残月。此去经年，应是良辰好景虚设。便纵有、千种风情，更与何人说。

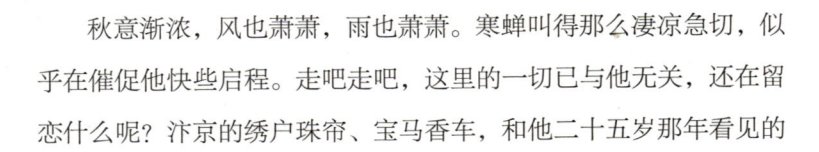

秋意渐浓，风也萧萧，雨也萧萧。寒蝉叫得那么凄凉急切，似乎在催促他快些启程。走吧走吧，这里的一切已与他无关，还在留恋什么呢？汴京的绣户珠帘、宝马香车，和他二十五岁那年看见的

柳永

七三

一样繁华,只是如今物是人非。

身后,是如梦如幻的东京汴梁,曾经来此逐梦,一年又一年,蹉跎多少年?

前方,是暮霭沉沉的千山万水,往后漫游天下,一程又一程,何必问归程?

这一年,柳三变离开了他居留十多年的京城,一路南下。

八

年轻时抱着"世界那么大,我想去看看"的梦想,是多么意气风发。可当人到中年,仍然没有着落而四处游荡之时,当年的梦想就不免变得有些幼稚可笑。想当初年少轻狂,以为整个世界都会围着自己转,没想到现实却是自己被耍得团团转。

整个上流社会很干脆地抛弃了柳三变——就是不带你玩,看你还能狂多久?

柳三变看着镜中自己逐渐斑白的双鬓和日益沧桑的面容,心中一阵酸楚。将近四十岁了,还是没有考上公务员,没有在大城市买上房子,存款也寥寥无几,真是失败啊。名气倒是有了,可就是因为写艳词俗词写得太有名,才断了考取功名之路,招惹了许多骂名。

既然如此,那就一个人走走吧。人生是旷野,不是只能一条路走到头。

远离了热闹的京城，看一看路边孤独的树，山间清冷的月，无言东流的水，永恒不灭的风。

柳三变感到自己的心很静很空，好像云深之处的一座寺。好多好多年前，这座寺也是香火鼎盛，游人如织。如今人都走完了，寺中只有一个老和尚，敲着一座钟。晨钟暮鼓之外的时间，静得能听见桂花落下的声音。

有时柳三变又感到心里吵吵闹闹的，像是他在郊外空旷处放了一把盛大的烟火，点亮了整个夜空，引得无数百姓携家带口倾城而出，浩浩荡荡前去观赏。等烟火放完了，人群散去了，便留下他一人，又是一片无垠的寂静。城中依旧是万家灯火，可是没有一盏属于城外的他。他只能独自一人，走入无边无际的黑暗里。

大闹一场，然后悄然离去。

离去后的柳三变，时常会想起往日繁华，想起故人虫娘。不知道自己心上的女子，现在过得好不好？很想她，可是无颜回去见她。柳三变将心中的万千思绪，付与一曲《蝶恋花》：

伫倚危楼风细细，望极春愁，黯黯生天际。草色烟光残照里，无言谁会凭阑意。

拟把疏狂图一醉，对酒当歌，强乐还无味。衣带渐宽终不悔，为伊消得人憔悴。

羁旅多时，人愈加消瘦。想要举杯痛饮，疏狂一把，像当年那样一醉解千愁，只可惜杯中物都没了滋味。不知是因为思念许久不见的红颜知己,还是因为烦闷于数年的怀才不遇。无论是佳人,还是理想,总归都是不得。大概是为了人生中所有的求而不得,才日益憔悴的吧。

在外漂泊的几年,柳三变去了很多地方。堤柳愁烟的灞陵桥,斜晖脉脉的长安古道,丝竹声声的锦官城,竹寒沙碧的浣花溪畔,烟水茫茫的潇湘。年轻时在汴京,总觉得每一季都是春季,青楼梦好的春色满园,千金一刻的春夜良宵,鲜衣怒马的春风得意。可羁旅的岁月里,却总在经历秋天——

"夕阳闲淡秋光老,离思满蘅皋。"

"望处雨收云断,凭阑悄悄,目送秋光。"

"渐觉一叶惊秋,残蝉噪晚。"

柳三变突然感到了自己的衰老,他总是听见叶子簌簌吹落的声响,一片又一片,就像自己年岁渐长后凋落的青丝一样,一根又一根,难以挽回的凋零与寂灭。

又是一年秋。柳三变登上高台,极目远眺,他看见了一碧如洗的苍穹,看见了夕阳残照的楼阁,看见了褪去颜色的花草树木,看见了不眠不休的长江东流。落魄的天涯客,将一片苍茫的天涯景尽收眼底。柳三变思绪万千,写下一曲《八声甘州》:

对潇潇暮雨洒江天,一番洗清秋。渐霜风凄紧,关河冷落,残照当楼。是处红衰翠减,苒苒物华休。惟有长江水,无语东流。

不忍登高临远,望故乡渺邈,归思难收。叹年来踪迹,何事苦淹留。想佳人妆楼颙望,误几回,天际识归舟。争知我,倚阑干处,正恁凝愁。

想当年离开汴京时,也是清秋时节。那时有佳人执手相看泪眼,惜别之语言犹在耳。如今孑然一身,辗转江湖多年,遍尝人间冷暖。

望远方,一片渺茫,佳人难寻。

想此生,功名未成,乡关何处?

柳三变羁旅途中所写的词作,一扫之前的靡丽艳冶,代之以苍凉之笔、沉雄之魄、清劲之气,整体境界又上了一层高度。就连之前总爱损柳七词的苏轼也说:"世言柳耆卿曲俗,非也。如《八声甘州》云:'霜风凄紧,关河冷落,残照当楼。'此语于诗句不减唐人高处。"

然而这种笔触与意境的转变,却是柳三变用遭受了社会一次次毒打的经历换来的。自古文章憎命达,那么多的诗人才子,似乎都逃不过这个定数:文采出众者总是命途多舛,而正是生命中的种种痛楚,才淬炼出了他们所作诗文的深远境界。

苏轼所说的"唐人高处",大概指的就是李白、杜甫等大唐才子,无论是李白在官场屡遭排挤后写下"古来万事东流水。别君去兮何时还?且放白鹿青崖间"的神来之笔,还是杜甫遭遇战乱饱尝人世艰辛而生发出"安得广厦千万间,大庇天下寒士俱欢颜,风雨不动安如山"的感慨,他们都是在经历了生命中的不得与无常之后,诗作中才有了更深层次的思考和更高境界的笔触。

柳三变也同样如此。年轻时花天酒地享受青春,走在路上都飘飘然,作品里难免会有批判者所说的浅薄粗陋之语。然而当他到了四十多岁的年纪,背负了一些生命中不可承受之重而踽踽独行时,作词自然会将冰霜风雪凝练于笔端,而使得笔力渐劲,笔触渐沉稳深远。这是词人不自觉的无意之举,更是无可奈何之举,却意外地成就了动人心魄、流芳千古的词句。

羁旅异乡的寂寞岁月里,柳三变走走停停,萧索秋色总是如影随形,伴他左右。

他有前路,却没有终点;有停下,却没有留下;有归途,却没有归宿。

九

明道二年(1033)三月,刘太后崩逝,宋仁宗赵祯开始正式临朝问政,成为名副其实的赵官家。宋仁宗接管大权后,礼贤下士,广纳英才。他的时代,涌现了许多闪耀文坛的大咖——欧阳修、司马光、王安石、曾巩等。宋仁宗和他的文臣们,缔造了一个文化璀璨的传奇时代。

景祐元年(1034),宋仁宗特开恩科,对历届科考名落孙山之士的录取放宽尺度。《续资治通鉴长编》中如此记载:"朕念天下士乡学益蕃,而取人之路尚狭,或栖迟田里,白首而不得进。其令南省就试进士、诸科,十取其二。"

柳三变的命运迎来了转机。年近五十的他听说这个消息时,立刻动身,风尘仆仆地赶往京城,正如二十多年前,他人生第一次赶赴科考那样,心中仍然是有期待的。因为担心宋仁宗认出"柳三变"一名后不录用他,柳三变决定改名为柳永,字耆卿。

他多么害怕皇上再说出那句"且去填词"。当年张狂不羁的"奉旨填词柳三变"已死，如今，是人过中年的柳永，被磨去棱角的柳永，他抱着最后一丝希望，孤注一掷。

这一次科考，柳永终于中第，被授予睦州团练推官的职务。他不禁喜极而泣，写下一曲《柳初新》：

东郊向晓星杓亚。报帝里，春来也。柳抬烟眼，花匀露脸，渐觉绿娇红姹。妆点层台芳榭。运神功，丹青无价。

别有尧阶试罢。新郎君，成行如画。杏园风细，桃花浪暖，竞喜羽迁鳞化。遍九陌，相将游冶。骤香尘，宝鞍骄马。

经历了那么久的冷落清秋节，而今终于迎来了温暖的春天。柳永举目四方，映入眼帘的皆是春意盎然，花红柳绿。多么美好，多么快乐呀。年近半百的柳永，忽然觉得自己回到了少年时期，心态一下变年轻了好多好多。

即便生命中被吹落的秋叶已积满了厚厚一层，也不会阻挡新生草木萌芽破土而出，蓬勃生长。

柳永终于考中了功名，虽然只是一介小官，却也是对他这大半生坚持不懈的一种安慰和嘉奖。整整二十六年，五次参加科考，四次落第，这样的打击，非常人可以承受。可是柳永熬过来了，熬过了无眠的夜晚，熬过了寂寞的旅途，熬过了一众文人的抨击与谩骂，熬过了无数次想要放弃的纠结与屡战屡败的失落。

宋仁宗果然不负其宽厚仁慈的美名，他给了柳永一个机会。虽然迟了一些，但终究是到了。

景祐四年（1037），柳永调任为余杭县令。余杭，对柳永来说，是一个熟悉的地方。柳永不曾想到，有朝一日，自己能以当地县令的身份，重返故地。面对这片熟悉的土地，柳县令一改年轻时的轻狂浮躁，秉承着克己奉公、兢兢业业的工作态度，不辞辛劳地各处走访，为百姓谋福祉，深得当地百姓的爱戴。

世人皆道柳永的风流浪荡，却不知他为官期间的尽心尽力。

《余杭县志·名宦传》有记载："柳永，字耆卿，仁宗景祐间余杭令。长于词赋，为人风雅不羁，而抚民清静，安于无事，百姓爱之。建玩江楼于溪南，公余啸咏，有潘怀县风。"这是说柳永当县令期间，能够令当地老百姓安居乐业，清静怡然地生活，他不骚扰民众，不胡乱征收赋税，所以"百姓爱之"。

宝元二年（1039年），柳永担任浙江定海的盐场监官。在任上时，他目睹了盐民在风吹日晒下制盐的艰辛，心中大为不忍，于是写下一首《煮海歌》："周而复始无休息，官租未了私租逼。驱妻逐子课工程，虽作人形俱菜色。"盐民日夜无休地劳作，一家妻小都要一同干活儿，还要备受官租和私租的重重剥削，劳累和饥饿令一家人面带菜色，形销骨立。"本朝一物不失所，愿广皇仁到海滨。甲兵净洗征输辍，君有余财罢盐铁。"天生就有悲悯之心的柳永，借这首诗为盐民发出了请愿：希望皇上能看到滨海百姓的艰难，广布恩泽到这里，也希望朝廷去除冗兵之弊，令国库有富余的钱财，这样就能减免百姓的盐铁赋税了。

柳永虽为官一方，却不是高高在上的，而是深入体察民众的现实困难。柳永的词是百姓捧红的，如今他当官了，首先关注的就是百姓的民生问题，切切实实做到了"从群众中来，到群众中去"。微末小官的柳永，或许做不到"为天地立心"那般宏大，可他在努力地"为生民立命"——为老百姓谋些福祉。

谁说爱风花雪月，就不能爱民如子？谁说风流多情，就不能忧国忧民？既谈风月，也谈民生，这两者对柳永而言，并不矛盾。年轻时看见的是身不由己被困风尘的红粉佳人，暮年时看见的是艰辛劳作备受压迫的贫苦百姓，对这两个群体，柳永都心生同情，都在写诗作词为他们发声。

或许凭他的一己之力，并不能改变现状，可有些事就算杯水车薪，也总需要有人去做。

十

庆历三年（1043），此时柳永已经当了九年的地方官，且皆有政绩。按照宋朝的政策，这种情况应当经过考核后改官升迁，况且柳永自己也渴望能进入朝廷，得到更大的发展空间。这些年来，他一直都在写词献给达官贵人，以求得到引荐和重用，这就类似于自荐信，是古代文人推销自己的一种方式。柳永暮年时仍在坚持不懈地写干谒词献给一众名臣。

各位大佬，看看我吧，今天给我一个机会，明天还你一个奇迹。

柳永递出去许多自荐信，可基本上都石沉大海。当年他得到第一份工作后，在赶往睦州赴任的路上经过苏州，专门去拜访了他仰慕已久的范仲淹,并作词进献。范仲淹当时因党争被贬官并调任到苏州,虽对柳永有欣赏之意,可自顾不暇之下,并未施以援手。

柳永到了睦州后,深受当地知府吕蔚的赏识。吕蔚向朝廷举荐柳永,却引起舆论纷纷,或许是因为柳永曾经的风流和写下的艳词,仍被朝廷认为是他的黑历史,最终还是未给升官。

本以为进入仕途后,凭借自己的努力可以闯出一番天地,可到头来还是在政局的边缘徘徊。职场不好混呀,拿着最少的俸禄,做着最辛苦的工作。升职加薪,遥遥无期。近千年前的大宋打工人柳永,又陷入了困顿之中。

就在柳永一筹莫展时,朝中有位皇帝的近臣怜悯他有才华却不得重用,便牵线搭桥让柳永为宋仁宗呈献一首颂圣词。柳永拿出看家本领,写了一首《醉蓬莱》:

渐亭皋叶下,陇首云飞,素秋新霁。华阙中天,锁葱葱佳气。嫩菊黄深,拒霜红浅,近宝阶香砌。玉宇无尘,金茎有露,碧天如水。

正值升平,万几多暇,夜色澄鲜,漏声迢递。南极星中,有老人呈瑞。此际宸游,凤辇何处,度管弦清脆。太液波翻,披香帘卷,月明风细。

柳永本意自然是想讨好宋仁宗,夸赞皇家的雍容祥瑞,可没想到的是,宋仁宗看完这首词后大为光火,认为柳永用词不当——开头用了"渐"一字,"大渐"是指病危,不祥。"太液波翻"的"翻"字亦不祥,犯了皇家忌讳,且"此际宸游,凤辇何处"一句,与悼念先皇的《真宗挽词》暗合，直戳宋仁宗的伤心处。要不怎么说人倒霉的时候喝凉水都塞牙缝呢，本以为是拍个马屁，哄皇上开心，没想到是精准踩雷，摸了老虎的屁股。

人在官场，如履薄冰，一不小心惹恼大领导，怕是从此就要失去升职的机会了。

转机出现在同年八月，范仲淹升官为参知政事，颁行庆历新政，重订官员转官磨勘之法。柳永再次向朝廷申诉改官一事，得到了范仲淹的肯定。庆历六年（1046），柳永得以调入汴京，担任著作郎一职，掌管编撰国家书籍之职。虽然官职不高，但也算是柳永宦途中难得的高光时刻了，是他离皇家天颜最近的一次。

年轻时许下"对天颜咫尺"的凌云壮志，没想到大半生过去了，也只不过是摸到了凤阁龙楼檐角上的几许灰尘而已。

再次回到汴京，柳永想起了年轻时一起喝酒唱歌的少年子弟。那些遥远的朋友，如今都已散落在天涯海角，再也找不回来了。就算能重聚，也不复当年把酒言欢的心境。他们都老去了，柳永也老去了。曾经的青春岁月，一去不返。有什么能留下呢？又有什么能带走呢？

坠欢莫拾，酒痕在衣。

柳永在《戚氏》中写道：

帝里风光好，当年少日，暮宴朝欢。况有狂朋怪侣，遇当歌，对酒竞留连。别来迅景如梭，旧游似梦，烟水程何限。念利名，憔悴长萦绊。追往事，空惨愁颜。漏箭移，稍觉轻寒。渐呜咽，画角数声残。对闲窗畔，停灯向晓，抱影无眠。

一边行走在三十多年前时常流连的街道巷陌之间,一边慢慢地回想那些年的时光——多么疯狂的青春啊。一幕幕朝欢暮宴、对酒当歌的画面,就在柳永的身边闪现又消散。他错身而过的,是漫随流水的一梦浮生。

柳永哀伤地喃喃自语道:"狎兴生疏,酒徒萧索,不似少年时。"终究不似少年时了呀。喝酒的搭子没有了,冶游饮宴的兴致也没有了。都老啦,都玩不动啦。

旧游似梦,真不愿醒来啊。

后来,柳永又担任了一些官职,级别都不算高,官终至屯田员外郎,从六品。世又称其"柳屯田"。

大约在1053年,柳永去世。相传柳永死后,歌伎们每年清明节都会相约一起祭奠柳永,携带酒食为他扫墓,并且相沿成习,称为"吊柳七"或"吊柳会"。后人在柳永墓前题诗云:"乐游原上妓如云,尽上风流柳七坟。可笑纷纷缙绅辈,怜才不及众红裙。"

或许对柳永而言,这辈子也没有什么遗憾了。

理想他追求过,虽然屡次失败,可他没有放弃,最终暮年及第;仕途他努力过,虽然官职不高,可他尽心尽力,得到百姓爱戴;佳人他爱过,虽是青楼女子,可他真心相待;风月他吟过,虽被贬斥批判,可他享受写词。

良辰美景他看过,红尘俗世他潇洒走过。回顾一生,只有该走的路都走了,该看的景都看了,该做的事都做了,那么离开的时候就离开了,不会再有遗憾。

在柳永的生命中,即便热闹处有不被理解的凄凉,可他寂寞处也有一人独美的风光。他是俗世中一个不得志的小官,却也是文坛上千古留名的一代词宗。历史记住了波澜壮阔的宏伟叙事，记住了秦皇汉武的丰功伟绩，历史也记住了柳永，记住了他想诉说的千种风情，记住了"杨柳岸，晓风残月"，记住了"忍把浮名，换了浅斟低唱"，记住了"衣带渐宽终不悔，为伊消得人憔悴"。

世间走一遭，如此足矣。

日京岁舡

范仲淹

(989—1052)

在江湖与庙堂之间

一

　　淄州长山县，小镇青年朱说一脸茫然地呆坐在后山的一块石头上，如同一尊雕像。山间一如往常寂寥无人，很空很静。周围古树参天，一阵秋风吹过，叶子纷纷落下，有几片飘落到了朱说的头上和肩上，可他似乎没有察觉，依旧是被定住般一动不动。

　　对这个身世平凡的年轻人来说，大中祥符四年（1011）是一个重要的年份，因为此刻他正在思考一个重要的问题：我是谁？

　　并非朱说一时兴起想要钻研这个经典的哲学问题，而是因为他刚刚得知一个埋藏了二十年的惊天秘密。今早在家时，朱说的两个兄弟又放着家中做好的饭菜不吃，拿了钱准备去下馆子，生性节俭的朱说忍不住开口劝道："哥啊，咱爹赚钱不容易，还是省着点用为好。"他的兄长翻了个白眼，冷冷地回敬了朱说一句："我们花的是朱家的钱，跟你个外人有何关系？"

　　朱说脑中轰的一声，瞬间愣住："外人？原来我竟真的不是朱家人？"

往日的点点滴滴浮现在眼前，难怪朱氏兄弟从不与他亲近，难怪邻里总在背后悄悄议论。朱说之前也偶有困惑，直到今日兄长的一句话，直接击中他心里隐隐不安的那个点。原来真是如此。自己不是朱家的亲生孩子，叫了二十年"爹"的淄州长史朱文翰，自然也不是自己的亲爹。

那么，我是谁呢？这个困惑于自己身世的青年，在山中独自坐了良久。纠结再三后，他决定去问母亲。还好，娘是亲娘。他从母亲口中得知了真相——

朱说本是范家人，祖籍苏州。他的亲爹范墉，曾是吴越官员，跟随吴越王钱俶归降大宋后，入仕宋朝，任武宁军节度掌书记。范墉有一妻陈氏，一妾谢氏，朱说就是范墉和其妾谢氏所生。淳化元年，范墉卒于任所。由于小妾在家族中是没有地位的，所以很快谢氏母子就被大娘子陈氏扫地出门。亲生父亲去世时，小范才两岁。谢氏在孤苦无依之下，只好带着年幼的小范，改嫁当时在江南任职的朱文翰。小范改从继父之姓，取名朱说。母子俩在朱家一过便是二十年。

母亲哽咽着道来一切，朱说听得泪流满面，自以为的岁月静好，原来是母亲在负重前行。还有继父朱文翰，这么多年对自己视如己出，供吃供穿供读书，不是亲爹，却胜过亲爹。

朱说暗暗发誓，要用功学习，考取功名：一来报答母亲和继父的养育之恩；二来有朝一日能认祖归宗，用回原本的姓氏，不再受人冷嘲热讽；三来自年少便心怀治世平天下的青云之志，今日一事，只会激励他努力，努力，再努力。

这一次，他要拿回属于自己的一切。

直到六年后，天禧元年（1017），二十九岁的朱说迎来了升职的好消息：他调任为集庆军节度推官，从九品。随之而来的另一个好消息是，在向朝廷递交了言辞恳切的申请书后，皇上终于批准他可以归宗复姓，堂堂正正地用回本姓。这一天，朱说等了整整六年。

至此，他正式更名为范仲淹。

天空一声巨响，范仲淹闪亮登场。

二

这就是写下了"先天下之忧而忧，后天下之乐而乐"的一代名臣范仲淹，被后世称赞为"北宋第一臣""北宋第一完人"的范仲淹。然而，在范仲淹正式成为"范仲淹"之前，他只是一个握着一手烂牌的小镇青年——生父早亡，母亲改嫁；出身普通，家境平平；寄人篱下，受兄弟排挤——拥有一个惨得不能再惨的逆风开局。

这一手烂牌，是如何打出王炸的呢？

幸运的是，小范有一个明理慈爱的母亲和一个仁厚善良的继父。这两位优秀的长辈，若是联手出一本家庭教育读物——《一代名相养成记》，一定会受到历朝历代无数父母的追捧。这对夫妇深刻实践了"在物质上穷养孩子，在精神上富养孩子"的养儿理论，并成了这句话的成功典型案例。

从范仲淹有记忆起，他听母亲说过最多的一句话就是："我儿，一定要多读书。"谢氏自己并没有接受过什么教育,但她深信知识可以改变命运。在母亲的教导下,小范从小就是个爱读书的好孩子,一心向学。并且,谢氏身上坚韧隐忍的品性,也在潜移默化地促进了范仲淹高尚人格的养成。

如果说母亲是他人生中最初的引路人,那么继父就是他学业上的鼎力支持者。朱家并不富裕,一家之主朱文翰只是个地方小官,工资微薄,还要养活妻子和好几个孩子,可他对于继子的成长教育,却非常舍得花心思和金钱。朱文翰不仅让小范到家乡当地的醴泉寺拜高僧为师,学习《左传》《战国策》《史记》等科考重点资料,他还很注重小范的兴趣培养,应试考试要搞定,德智体美也要全面发展。

朱文翰曾延请著名古琴家崔遵度教小范弹琴。在习琴期间,小范同学向崔先生请教:"师父,琴理是什么呢?"崔遵度答道:"清厉而静,和润而远。"小范回去后便反复琢磨先生的话,从习琴中得出了一番感悟:"清厉而弗静,其失也躁;和润而弗远,其失也佞。弗躁弗佞,然后君子,其中和之道欤。"可见范仲淹从小学习就能举一反三,爱思考,爱钻研。师父领他走进门,他就自己沉下心来刻苦修行。

学啥啥都行,干啥啥都精。

继父朱文翰越发觉得小范孺子可教,便又请同在淄州做官的好友张蕴教小范剑术。后来范仲淹无论走到哪里,衣物可以不带,琴剑必须随身。古琴曲中,他独爱《履霜》——踏霜,而后知寒冬将至。

除了父母的后天栽培,小范自身也拥有很强的内驱力。早年继父辗转各地做官,一家人跟着四处迁居。尽管有着颠沛流离的童年,小范同学也从未耽误过读书学习。继父在湖南安乡做知县时，范仲淹就在当地的太平兴国观读书，寒暑不倦。小范对于洞庭湖的万千气象，已没有太多记忆，可他清晰地记得每晚苦读诗书时，那连绵不绝的芭蕉夜雨声。后来朱文翰调官长山县令，带一家人回到长山，生活才算安定下来。

范仲淹十五岁那年，被举为学究，并受到长山县名儒姜遵的夸赞："这位小学究虽年少，可真是个奇人啊，他日不惟为显官，当立盛名于世。"得到认可的小范并没有骄傲膨胀，反而一如既往地谦逊低调。在醴泉寺攻读诗书时，他为了节省开支，就用家中送来的米煮粥，一次煮一锅，等到粥放凉凝固后，用刀划一个十字，切为四块，早晚各吃两块，再去后山挖一些野菜，切碎后撒上盐搅和搅和，一顿佐粥的大餐便做好了。如此这般，坚持了整整三年。

真是一个狠人。后世"划粥断齑"的典故，便是来源于小范少年时清俭求学的事迹。

他这般珍惜读书的机会，大概因为对范仲淹来说，书籍让他经历了从未有过的生命体验，文字让他领略了未曾涉足的山山水水。他可以跳出此时此地的限制，可以看见更广阔的世界。所以，即便读书条件艰苦，小范也甘之如饴。

他将孔子的学生颜回作为榜样，"一箪食，一瓢饮，在陋巷，人不堪其忧，回也不改其乐"。就算生活清苦，只要能读书，我就很快乐啦。

即便陷入泥淖，依旧可以抬头仰望星空。书籍便是他的星空，圣贤之言，振聋发聩，是沉寂夜空中的一声惊雷，也是无边黑暗里的一盏明灯，照耀着他年少孤独的心。

以中有足乐者，不知口体之奉不若人也。纵然居陋室，穿布衣，饮粗茶，食淡饭，可是心中是富足的，灵魂是充盈的，这是一种"不足为外人道也"的快乐。

青少年时期的范仲淹，生活中除了读书，还是读书。有时为了避开醴泉寺中纷纷来往的香客，他会去后山的一个石洞前独自看书，这里是属于他的小天地。天光透过枝叶的空隙洒在小范身上，斑驳的光影将他的脸分割成明和暗。空山不见人，但闻几只灰雀时不时的鸣叫声。灰雀们在他头顶的树枝间来回跳跃，抖落些许羽毛和灰尘，凝神沉思的少年在明暗之间如梦初醒。

寂静山中的时间流逝得很慢很慢，小范的心也变得很静很静。

小镇青年范仲淹憧憬着外面的世界。他深知，只有读书，才能让他走出去，走到开阔的、明亮的地方——汴京，那是所有读书人心中无比神圣的存在，安放着多少文人士子匡君辅国的治世理想和平步青云的宦途之梦。小范将自己的志向妥帖地安置好，放在内心深处。未到时机，不必言说。

二十三岁那年，范仲淹意外得知了自己的身世来历，感愤不已。他不愿再顶着模糊的名字、暧昧的身份，过寄人篱下的生活。

他想自立，想做自己。小范决意离家远行，到当时全国最好的大学之一——应天府书院学习深造。范仲淹眼含热泪拜别家人，踏上了异乡求学之路。他并未携带太多细软，唯有琴剑傍身。

年轻人清瘦的脸上写满坚毅，眼中尽是凛然正气。此去，定要考中功名，衣锦还乡，不负继父厚望，报答母亲恩情。

更重要的是，找到自己，认识自己，成就自己。

这是人生的必修课，纵然旅途寂寞，也要独自坚定地走下去。

范仲淹的身影逐渐从母亲殷切的目光里消失，命运的齿轮从此开始转动。

三

北宋共有四京，即东京开封府、西京河南府、北京大名府和南京应天府。位于南京的应天府书院，与白鹿洞书院、岳麓书院、嵩阳书院合称宋初四大书院，可以算得上宋朝时的清华大学、北京大学、浙江大学和复旦大学。应天府书院提供免费教育，这里的学生大多是家世贫寒却胸怀大志的好学之士，学风严谨，学术气氛浓厚。到这样的学院读书，既可以听名师传授知识，又可以和同学切磋学问，还有大量的史书经卷可供阅览。学院的基本课程是儒家经典，以《诗》《书》《礼》《易》《乐》《春秋》六经为教材。

范仲淹跋山涉水而来，当他风尘仆仆地站在书院门口时，胸中仿佛有一种即将喷薄而出的力量。他在心里默默地对自己说："不想遗憾离去，那就拼尽全力。"

范仲淹十分珍惜这来之不易的读书机会，他比以往更加勤勉，终日埋首于书籍之中，还给自己定下了魔鬼学习计划——只要学不死，就往死里学。

"冬月惫甚，以水沃面，食不给，至以糜粥继之。"冬天的晚上学累了，就用冰凉刺骨的冷水洗一把脸，人被冻得一哆嗦，自然也就精神了。和往常一样，他的一日三餐还是熬一锅粥，待粥凝固后平分成四块，早晚各吃两块。至于好不好吃，吃不吃得饱都无所谓，能够维持基本生命体征就行。

"昼夜苦学，五年未尝解衣就枕。"整整五年，几乎都和衣而眠。脱衣穿衣都是在浪费宝贵的时间，熬不住了就趴着睡会儿，眼睛一睁开就接着学。

"其起居饮食，人所不堪，而公自刻益苦。"范仲淹夜以继日地读书，他的起居饮食之艰辛，正常人都觉得难以忍受，他却毫无怨言，只心无旁骛地埋头苦读，如同一台冷漠的学习机器。

对范仲淹来说，努力只能及格，拼命才会优秀。只有发疯式地拼命，才能出人头地，完成心中所愿——自立门户，归宗复姓。这是他成为自己的初级阶段。

在熟读圣贤书后，小范的心里扎下了一个更为宏大的理想：匡扶社稷，为国为民。他的心中，除了小我，还有大我；除了修身齐家，还有治国平天下。这是他成就自己的终极目标。

小范的刻苦学习，引起了他一个官二代同学的钦佩和同情："范兄真乃吾辈楷模啊。"官二代同学给小范送去了许多美味可口的饭菜，可是几天后饭菜都放坏了，也不见范仲淹尝一口。那同学很诧异，不解地问："范兄为啥不吃呢，是不领我的情吗？"范仲淹回答道："多谢你的好意，只是我吃粥已经吃习惯了，若是这次吃了你送来的美味，以后还能吃得下清粥吗？一旦耽于享受，就没法专心念书了呀。"官二代听后，自愧不如，对范同学更是敬佩。

大中祥符七年（1014），宋真宗驾临应天府，同学们都十分激动，赶去一睹天子真容。范仲淹却表现得很淡漠，自顾自地埋头刷题。有个同学兴冲冲地对范仲淹说:"范兄,一同去吧!那可是当朝官家!人生难得一见呢!"范同学淡定地回道:"我就不去了,过些日子再见,也不迟。"

次年,范仲淹以"朱说"之名参加科考,一举中第,得到了宋真宗的亲自接见。站在金銮宝殿上的小范,隐隐有些激动。他没想到一年前随口说下的话,竟这么快成了真。

果然不迟。

春风得意马蹄疾,一日看尽"汴京"花。一起策马京城游赏春色的同科进士中,有一个名叫滕宗谅,字子京的年轻人。范仲淹与他一见如故,相谈甚欢。两人自认识后常有诗文唱和,关系越来越亲密。

范仲淹人生中的第一份工作,是广德军司理参军,负责掌管讼狱、案件事宜,官居从九品。拿到朝廷录取通知书的范仲淹欣喜不已,他喃喃自语道:"娘,儿子有出息了,可以拿俸禄给您养老了。"

上任前小范回到家乡,此时他的继父朱文翰已去世多年,范仲淹郑重地拜见了朱氏一族的长辈,他向各位乡亲的多年关照表示了感谢,又对朱氏兄弟做了一番安排后,便将母亲接往广德悉心奉养。

天禧元年,范仲淹因治狱廉明,刚正不阿,受到朝廷的一致好评,改集庆军节度推官。这一年,他决意复姓更名。在上书朝廷的奏表中,范仲淹引用了自家先祖范蠡和范雎不得已而改姓的典故,来表明自己的心迹:"名非霸越,乘舟偶效于陶朱;志在投秦,入境遂称于张禄。"

——皇上您看,春秋战国时的范蠡辅佐越王勾践灭吴之后,泛舟五湖,远走他乡,更名为陶朱公;范雎在魏国受到诬陷,逃到秦国后,改名为张禄,藏于市井等待时机。下官和他们一样,改掉本姓都是不得已之举啊。范仲淹言辞恳切,朝廷便批准了他的请求。

在二十九岁这年,范仲淹终于可以光明正大地对外说:"各位好,在下姓范,名仲淹,字希文。"他递出去的名片和递给朝廷的文书,都可以大大方方地署上"范仲淹"三个字。

——我拳拳在念的亲爹,感谢您的生育之恩,儿子终于拿回了咱家的姓氏,认祖归宗,日后定兴盛范氏一族。九泉之下,您可以安息了。

范仲淹复姓改名后,仍念继父朱文翰的养育之恩,于是"乞以南郊封典,赠朱氏父太常博士,朱氏子弟以荫得官者三人。并于孝妇河南置义田四顷三十六亩,以赡朱族"。

——我慈爱宽仁的后爹,感谢您的养育之恩,儿子终于光耀门楣,不负您厚望,也安顿好了朱氏一族,九泉之下,您也可以安息了。

对于两个爹,范仲淹至此都无愧于心了。

从发现真实身世到正式归宗复姓,从寄人篱下到站上朝堂,从无名籍籍的小镇青年到政绩优秀的大宋公务员,范仲淹这一路走来,付出了太多太多。

但他的人生道路,远不止于此。

范仲淹在完成了归宗复姓、赡养母亲的个人愿望后，便将接下来的人生，都付与了大宋的朝堂与百姓。从踏上官场的那一刻起，他就立下了"以天下为己任"的政治抱负，并将半生所学的圣贤之道，悉数付诸实践。

天禧五年（1021），范仲淹调任泰州西溪盐仓监，掌管盐税。其好友兼同榜进士滕子京被分配的第一份工作也在泰州，担任海陵从事。刚上任，滕子京就写信邀请范仲淹来自己的清风堂相聚："来吧兄弟，看看我工作的地方怎么样。"范仲淹欣然前往，并在聚会上即兴赋诗，写下《书海陵滕从事文会堂》：

东南沧海郡，幕府清风堂。
诗书对周孔，琴瑟亲羲黄。
君子不独乐，我朋来远方。
言兰一相接，岂特十步香。
德星一相聚，直有千载光。
道味清可挹，文思高若翔。
笙磬得同声，精色皆激扬。
栽培尽桃李，栖止皆鸾皇。
琢玉作镇圭，铸金为干将。
猗哉滕子京，此意久而芳。

好一个"君子不独乐"。滕子京很珍惜地把这首诗裱起来，挂在清风堂内，并将清风堂改名为文会堂。

拜访过好友后，范仲淹立刻投入到工作之中。他深知盐铁把控着国家的经济命脉，盐税是国家财政收入的三大支柱之一，而他所任职的泰州西溪，则是淮南盐的主要产地。泰州的盐业享誉中原，从汉代起，吴王刘濞就在这里"煮海为盐"。唐朝开元年间，朝廷置海陵县为监，一年煮盐四十五万石，产量居东南海盐产区十监之首，至唐大历年间，"海陵盐税，天下居半"。

盐业直接影响着国民经济和政权的稳定，所以从中央下派的盐官就非常重要了。

范仲淹一上任就深入盐场视察，沿途经过田地，他听到田边一群农民在捶胸顿足地大哭："苍天啊，俺的心血全都泡汤了啊！"范仲淹赶忙上前问原因。原来是因为唐时修筑的海堤年久失修，多处溃决，导致海潮倒灌，卤水充斥，淹没田地，退潮后万亩良田尽数变作无法耕作的盐碱地。

田地，是百姓的养家糊口之本。一旦毁坏，多少人将无以为生，流离失所，甚至家破人亡。

经过范仲淹的进一步调查，他发现海潮还席卷了楚州、泰州、扬州各地盐场，冲毁盐灶，毁坏房屋，致使庐舍飘零、人畜伤亡，沿海百姓叫苦连天。范仲淹忧心如焚地驻足海边，咸腥的海风吹在他满面愁容的脸上，遥望茫茫的大海和白花花的滩涂，他的眼前又浮现出了百姓们痛哭流涕的悲惨情状。

范仲淹下定决心，重修捍海堰，根治海潮洪水之害。一个字，"干"就完事了！

他当即回到住所伏案疾书，上奏朝廷请求拨款重筑捍海堰。然而范仲淹此时只是一介芝麻小官，在皇上面前还说不上话。再说，那个年代想让统治者花钱兴修水利工程谈何容易？乾兴元年，宋真宗驾崩，宋仁宗即位。新君继位，有一大堆事情要处理，自然顾不上搭理一个从八品地方小官。

　　递给朝廷的奏疏都石沉大海，范仲淹有些苦恼。滕子京听说好友在工作上遇到了困难，便赶来帮忙，与范仲淹一同商议修堤事宜。两人一合计，认为此事还得找上面的人帮忙，才能让官家听进去。于是范仲淹又上书他的直系领导——泰州知州张纶，痛陈海堤利害。经过范仲淹同志的多番慷慨陈词，他终于争取到了张纶大人的鼎力支持。天圣元年（1023），张纶奏明朝廷，宋仁宗调任范仲淹为兴化县令，全面负责修堰工程。

　　经过不懈努力，终于如愿开工了，沿海百姓终于有救了。范仲淹熬了多日没睡的眼睛布满血丝，眸中却透出炯炯的光芒。

　　他亲率上万名士兵和民夫奋战在一线，滕子京从旁协助。当年秋冬，正当工程有条不紊地进行之时，一场雨夹雪的风暴突然袭击了海岸。一时间狂风大作，暴雨如注，海面掀起了数丈高的惊涛骇浪，冲断了新堤，人们四处奔逃，呼叫哀号，乱作一团，范仲淹也慌了手脚。在这紧要关头，唯有滕子京临危不惧，跑上工地高处，他一边组织无关人员向安全地带疏散，一边责令各队士兵坚守岗位，并率先以身赴险，与兵民一同捍卫海堤。范仲淹在现场看得目瞪口呆，不禁心生敬意："我兄弟，真牛啊。"

　　修堤期间最为艰难的时刻，滕子京义不容辞地和范仲淹站在了一起。两人至此成为莫逆之交。

就在范仲淹热火朝天地指挥修建海堤之时，突然传来噩耗，他的母亲谢氏去世了。他悲恸万分，世界上最牵挂他的那个人走了，从此，他没有母亲了。

天圣四年（1026），范仲淹告别了好友滕子京，辞官守丧，临近尾声的修筑工程由张纶继续主持完成。修好后的捍海堤坝，一年又一年地保护着农田庄稼和盐业生产，当地百姓感念于范仲淹为之付出的努力和心血，将其命名为后世闻名的"范公堤"。

丁忧守孝的范仲淹，居住在南京应天府。闭门居丧的日子里，他感到一颗心变得很空很空。自己的事业初现曙光，终于有能力奉养亲人，可母亲还没享几年福，就已不在人世。

树欲静而风不止，子欲养而亲不待。

一时沉浸在悲伤中的范仲淹告诫自己，伤心也好，痛苦也罢，绝不可意志消沉。母亲在天有灵，肯定也希望自己不忘初心，有所作为，必须振作起来。走下去，带着母亲的教诲与期盼走下去，带着自己的志向与理想走下去。

无人扶我青云志，我自踏雪至山巅。

五

天圣五年（1027），朝中红人晏殊因为忤逆刘太后之意，被贬知应天府，相当于南京的最高长官。他听说了范仲淹在泰州兴修水利的优秀事迹,对之十分欣赏:"这位朋友很不错呀,与我是一路人。"于是晏殊邀请范仲淹到府学任职,掌应天府书院教席。

晏殊出生于991年,范仲淹出生于989年,虽然晏殊比范仲淹还小了两岁,可他此时的资历可比范仲淹深多了,晏殊十五岁就获得了同进士身份,在官场已经混了二十多年,而范仲淹二十七岁才成为进士。若是论资排辈,晏殊可以算是范仲淹的老前辈了。

不过对范仲淹来说,他也不是职场新人了。入职已有十多个年头,范仲淹管完刑狱管盐税,管完盐税管水利,管完水利又管教育。他的几份工作跨了不同行业、不同领域,哪里需要他,他便到哪里去。范仲淹一心只想做好大宋朝廷的螺丝钉,做好人民百姓的好公仆。哪怕还未进入政局的核心区域,只要做的事情有利于民生,他都乐此不疲。

这一次晏殊的邀请,正合他意。书院,会培养出未来管理百姓、匡扶社稷的官员,是解决民生大计的源头;而教育,则是提升官吏素质的关键渠道。

范仲淹收拾好心情,回到应天府书院,投身于教务的主持工作中——本人范螺丝钉,来为母校添砖加瓦了。

水利工程师摇身一变教导主任,范老师为书院制定了严格的校规校训,并以身作则,自己经常住在书院的宿舍里,与学生保持同样的作息,以便监督偷懒懈怠的学生。一心督学的他,简直比临考的学生还勤勉。

"公常宿学中,训督有法度,勤劳恭谨,以身先之。"早起学习坚持不了?没事,老师陪你们一起。

同时，范仲淹也很注重学生的思考和应试能力，他常在课堂上教授完新知识后，给学生出题，进行随堂检测。不过，为了防止题目太难而令学生望而却步，进而惧怕学习思考，范仲淹都会自己先按题目作一篇赋，掌握其难易程度和着笔重点，好令诸生快速提高写作水平。

"出题使诸生作赋，必先自为之，欲知其难易及所当用意，亦使学者准以为法。"觉得题太难不会写？没事，老师先来写一遍。

范仲淹还鼓励学生积极关注时政要点，谈论天下大事，他时不时与学生一同针砭时弊，每次谈到社会痛点问题，范仲淹便口若悬河，奋不顾身般慷慨陈词。他还在书院中发表振奋人心的演说："同学们，汝等为国家未来之栋梁，当以天下为己任。书院之宗旨，并非只是教会各位做文章而已，更重要的，是要培养汝等崇高的品德、不屈的气节，成为以家国百姓为自身责任的士大夫。"

当时士大夫崇尚品德、慎独自律的追求，便是由范仲淹开始倡导的，应天府书院的学风焕然一新，范仲淹也声誉渐响。此时他已年近四十，从小范变成老范。

晏殊看着这个比自己大两岁的后辈老范，一脸欣慰："我果然没有看错人，大宋需要这样的人才。"没多久晏殊被召回中央，官拜御史中丞。他心里已有了决断，来日要找机会向朝廷举荐范仲淹。

1027年，仍在丁忧期间的范仲淹，正在筹谋着一件大事，他准备好好向皇上反映一下自己的政治主张。在认真梳理了自己一直以来的政治变革思想后，他将政见写成一篇洋洋洒洒的万字文《上执政书》。伏在案前奋笔疾书的老范心中很坚定，是时候劝皇上做出些改变了。

虽然仁宗之治向来为后世称道,但对当时的臣民来说,这是一个内忧外患的时代。宋朝冗员、冗兵、冗费的问题始终难以解决,而且从立朝之初就定下了重文轻武的国策,军事力量日渐衰弱,北方异族虎视眈眈,澶渊之盟后连燕云十六州都收复不回来了。再加上朝堂一直以防弊之政为立国之法,只求稳定,不求革新,到了宋仁宗一朝,宋立国已有近七十载,长期因循守旧之下,积弊颇深,危机四伏。

范仲淹的《上执政书》一针见血地提出了目前大宋的几个现实问题:"今朝廷久无忧矣,天下久太平矣,兵久弗用矣,士曾未教矣,中外方奢侈矣,百姓反困穷矣。"

言外之意就是天下太平很久了,可是皇上您要居安思危啊。很久不打仗了,很久不用兵了吧?北狄西戎要是趁机打来了,如今的武备力量还能抵御外族入侵吗?还有,王公大臣的生活那么奢侈,百姓就贫困了,您还觉得国富民强吗?朝中若有奸臣扰您清听,您还能听得进去忠臣的仗义执言吗?

针对这一系列问题,范仲淹又提出六点变革措施:"固邦本,厚民力,重名器,备戎狄,杜奸雄,明国听。"也就是加强军备,安抚将帅;改革吏治,裁撤冗官;开除奸臣,以清君侧。

写完《上执政书》,老范就将它递给朝廷了。这个做法无疑是非常大胆的,且不说朝廷有"守丧不言国事"的规定,范仲淹这些年做的都是地方小官,本是不够资历去和官家商议国事的。再者说,文章中一连串犀利辛辣的言论和暗促促的灵魂拷问,难保不把好脾气的宋仁宗惹得勃然大怒。但是范仲淹毅然决然地直言进谏了,憋了这么久,不说不行。他的态度很明确:"皇上,您最好是听我一言,若是不听——大不了我就掉个脑袋呗。"

为了吾国吾民,拼了!

六

幸运的是,宰相王曾对万言书极为赞赏,向宋仁宗大力推举范仲淹。早就对范仲淹欣赏不已的晏殊也瞅准时机,在宋仁宗面前一一陈述范仲淹的既往政绩,宋仁宗听了连连点头表示赞许。天圣六年十二月,宋仁宗征召范仲淹入京,任其为秘阁校理,负责官中图书典籍的校勘和整理,相当于皇家图书管理员。

终于,在地方待了十多年的基层小干部老范,迎来了人生的一大突破——进入京师中央工作。此时的范仲淹,前有杰出政绩,后有高官赏识,照理说只要老老实实地做好他分内的事,青云之路应当会走得很稳。然而,老范偏要搞出点事情来。

天圣八年(1030),宋仁宗二十一岁,已经是个大小伙子了,可刘太后依然把持朝政,不愿放手,宋仁宗只能继续当他的傀儡小皇帝。朝中百官碍于太后的滔天权势,对此事都睁一只眼,闭一只眼。

图书管理员老范却看不下去了,直接跳出来上书一封《乞太后还政疏》,大声疾呼太后还政于宋仁宗,从此"以享天下之养"。老范在奏疏中说得很不委婉:"太后您这都独揽大权多久了,皇上已经长大成人,而且既聪明又机智,您还紧抓着朝政不放,这不合礼法呀。您老人家就别操劳了,还是好好安享晚年吧。"

这一出,等于扔了个炸弹出来,整个朝堂都沸腾了。刘太后气得直跺脚:"哪儿来的显眼包呢?就你有意见,没看别的大臣都装作看不见吗?"

晏殊得知他欣赏的老范冒死上疏后,不禁汗流浃背,劈头盖脸说了他一通:"哎呀我天,你小子倒是不怕死,直言不讳,就没考虑考虑你晏兄吗?我可是你的举荐人啊!万一太后追究起来,咱俩都得完犊子。"

范仲淹倒是十分坦然,回了一封长信《上资政晏侍郎书》给晏殊,表明这么做的缘由和自己的态度立场:"侍奉皇上当危言危行,绝不逊言逊行、阿谀奉承,有益于朝廷社稷之事,必定秉公直言,虽有杀身之祸也在所不惜。"这一番话令精于世故的晏殊也深深无语:"是这么个理儿,可我还想多活几年呢。"

此事闹得太后很生气,后果自然很严重。来自太后的压迫感满满,老范成天感觉脖子凉飕飕的。在被刘太后下令贬出京城前,范仲淹主动提出离京为官:既然朝堂不容我,那我就去地方做点实事,为人民百姓好好服务吧。溜了溜了。

新工位还没坐热乎,老范就收拾东西走了。

朝中一众官员送他到城外,大家喝酒饯别,同事们安慰他说:"范君此行,极为光耀!"——老范你确实猛啊,说出了我们不敢说的,勇气可嘉,十分光荣!

正常人被贬官降职,免不了都会心情抑郁一阵子,或者发发牢骚吐槽一下。然而范仲淹却是波澜不惊，淡然如水。升职或降职，进入朝堂或退居江湖，他似乎都不因此而感到喜悦或悲伤。他的忧与乐，一直牵系在百姓民生和国家发展上。

接下来的三年，范仲淹便在边远小县做通判。虽处江湖之远，他还是坚持不懈地向宋仁宗上疏，又是反映地方民情，又是评议政事。宋仁宗见这老范为国家百姓操碎了心，不禁有些动容。直到明道二年，太后驾崩，宋仁宗亲政，才又把范仲淹召回京，拜为右司谏，专掌规谏讽喻，官居七品。

这个职位很适合总爱直言进谏的范仲淹，老范信心满满，一定要干出个名堂来！

此时宋仁宗有了实权，群臣开始揣测上意：官家之前当了那么多年太后的提线木偶，估计受了贼多委屈，这下终于守得云开见月明，咱们赶紧一起说太后的过失，让官家开心开心。于是大伙纷纷上疏，细数刘太后执政期间的诸多过错。

照常理，范仲淹曾遭太后发落，更应该抓住这个机会，落井下石，以报当年被贬官之仇。然而老范的做法又一次惊呆了众人。

他也向宋仁宗进言，却是帮太后说话："太后受先帝遗命，养护您十多年，虽然热爱权力，秉政多年，但也该感念她老人家的功劳，咱们朝中还是别说太后的坏话了，成全其美德。"宋仁宗听后，心想这个老范真是与众不同，有点意思。他采纳了范仲淹的建议，下令朝廷内外不得对太后之事说三道四。

这年七月，天下大旱，蝗灾蔓延，江淮和京东一带尤其严重。蝗虫毁坏了庄稼，百姓只能挖野草、剥树皮吃，饿得奄奄一息。老范最见不得百姓受苦，得知消息后他着急忙慌地奏请朝廷派人视察灾情。可是宋仁宗头疼的事情一大堆，一时就没顾得上范仲淹的奏疏。老范直接急了，竟当着宋仁宗的面质问道："敢问陛下，如果宫中停食半日，您该当如何？"

敢逆龙鳞，轻则贬官，重则丢命，老范当然知晓这个道理，可是在他看来，百姓的性命大过天，心既存民，自然无所畏惧。

宋仁宗本性宽仁，听了老范的话后幡然醒悟，可他看着梗着脖子义正词严的范仲淹，实在有些无语："又是你个倔驴老范，也不给朕一点面子，真是胆大包天。不过说得在理，是朕先前疏忽了，此事刻不容缓。朕便派爱卿前去安抚灾民吧。"

范仲淹如同一道正义的光降临灾区，他在开仓赈济灾民后，还将灾民充饥的野草带回朝廷，以警示王公权贵戒除骄奢之风。宋仁宗见了后哭笑不得，好好好，这是找了个纪检委员来管朕啊。

老范在朝中依旧我行我素，一遇到为民请命、家国大义之事，就跟吃了熊心豹子胆一般不要命。他在官场混了十余年，不是不懂圆滑世故那一套，做个有点能力又事事顺从领导心意的下属，升职加薪自会轻而易举，平步青云也是水到渠成。

只是老范不愿做一个只会巧言令色哄皇上开心的弄臣，他心中始终有一份不可动摇的信念，那便是为天地立心，为生民立命。

有些话，明知会影响仕途，还是要去说；有些事，明知会累及自身，还是要去做。

道之所在，虽千万人，吾往矣。

七

明道二年是多事之秋，没过俩月又出事了。

郭皇后得知盛宠的尚美人在背后和宋仁宗说自己坏话，气急之下，上前就要扇尚美人耳光。护花使者宋仁宗赶忙挡在爱妃身前，于是郭皇后的一巴掌，便不小心打在了宋仁宗的脖子上。被皇后误伤的皇帝恼羞成怒，正在气头上，宰相吕夷简之前就跟郭皇后有过节，这次趁机报复，他串通内侍，强烈建议宋仁宗废后。

宋仁宗自己也表示有意废后，当年他是被刘太后硬逼着立郭氏为后的，如今他得掌大权，积压已久的逆反情绪终于爆发。消息传出后，一众朝臣虽觉得废后不妥，但大多数人不想惹恼皇上而给自己招致罪罚，愿意站出来为皇后说话的人寥寥无几。

就在这时，不怕死的老范又跳出来了。

范仲淹直言上疏道："皇后无错，不应被废。况且废后历来乃昏君所为，陛下此举无异于自毁圣明，是想当昏君吗？"

他还率领其他敢于进言的台谏官一起，请求面见宋仁宗争取一番。众人齐刷刷一片跪在垂拱殿外等候召见。宋仁宗才不愿意见他们，就派吕夷简出来应付。吕宰相位高权重，一人之下万人之上，谁敢和他过不去？

没想到的是，范仲淹当众与高了自己好几个级别的吕宰相愤慨相争："人臣于帝后，犹子事父母也。父母不和，固宜谏止，奈何顺父出母乎？"——咱们做臣子的，应当像侍奉父母那样侍奉帝后。如今你爸妈吵架，你不劝架也就算了，咋还顺着你爸要抛弃你妈呢？

这番话把吕夷简撑了个面红耳赤，他无言以对。老谋深算的吕夷简为了稳住局面，便让范仲淹等人第二天上殿时再向皇上进言，然后他转头就向宋仁宗狠狠告了一状："御史谏官伏阁请对，哪是太平盛世应有之事？简直不成体统，应当全部贬逐！"

宋仁宗被这一番闹腾彻底搞烦了，便顺应了吕宰相的意思。次日清晨，正当老范斗志昂扬地准备上朝继续理论时，内侍传来圣旨：范仲淹等人贬为外官，即刻押送出京赴任。老范这下傻眼了，说好给个机会让我劝劝陛下的！降职降薪事小，可不能让领导做出废后的糊涂事啊。

然而最终台谏官们还是没能力挽狂澜，宋仁宗下诏："皇后以无子愿入道观，特封其为净妃、玉京冲妙仙师，赐名清悟，别居长宁宫以养。"

而带头"聚众闹事"的范仲淹，被降职为睦州知州。

第二次遭贬，还是有许多同僚士大夫并不忌讳得罪吕宰相，到城外设宴为老范饯行，纷纷称赞道："范君此行，愈觉光耀。"——老范真行，又一次直言谏诤，置自身荣辱于不顾，值得吾辈敬仰啊！

老范淡淡一笑："不就是贬官嘛，多几次就习惯啦。"

前往睦州赴任的路上，范仲淹在心里默默复盘了一下自己一路走来的宦途：已经入职宋廷将近二十年，也算是老员工了。可是官场这一套游戏规则，自己还是玩不明白。明明一心为国为民，可动不动就得罪大领导，被降职减薪、贬官外放，太难了。都说我太耿直，可是忠言逆耳利于行呀。要不然提早退休？闲云野鹤，倒是逍遥自在。

经过一路颠簸,终于到达睦州。睦州,即桐庐郡。江南美景,果然不负盛名,老范操劳多时的心,瞬间被美景所治愈,他有感而发,一口气写下《萧洒桐庐郡十绝》,其中一首为:

萧洒桐庐郡,千家起画楼。
相呼采莲去,笑上木兰舟。

风光秀美的桐庐,是个养老休闲的好地方。范仲淹虽是个工作狂,但到底不是台工作机器,自然也喜欢游山玩水。他在诗中坦言,自己"素心爱云水"——看一看云卷云舒,赏一赏流水落花,多么美滋滋的小日子,谁不喜欢?可老范也知道,总有比"小我"更重要的"大我",值得他付出一切,甚至用一生为代价去寻觅和追求。

路漫漫其修远兮,绝不能半途而废。

在睦州安顿下来后,范仲淹立刻写了一封《睦州谢上表》,向皇上报告自己已到任。奉表中,他先表明自己直言进谏的决心:"理或当言,死无所避。"——理之所在,哪怕付出生命也要说出来。再向领导表明他一心为社稷的忠心:"乐道忘忧,雅对江山之助;含忠履洁,敢移金石之心。"

景祐元年,苏州发生水灾,情势危急。在睦州待了不到半年的老范,又接到了朝廷的调令。由于范仲淹在泰州任职时有过修堤治水方面的工作经验,朝廷便将他调任苏州治水。

老范牌螺丝钉,又上线了。

八

范仲淹一到任苏州，便积极展开救灾抢险的工作，事事都想亲力亲为，忙得跟个陀螺一样团团转。这一年老范已四十六岁，不再是身强体健的青年人了。可年过不惑的他，还是和三十六岁那年修筑泰州堤坝时一样奋不顾身。

双鬓斑白的范仲淹，脸上都是风吹日晒的沧桑痕迹。他穿着朴素到甚至有些寒酸的衣裳，风里来雨里去，指挥着民众救治水患。

若不说，谁能想到这个亲临一线忙前忙后的中年男人，是苏州的最高行政长官？

在苏州治水期间，为了治标还治本，老范带领民众疏通五条河渠，兴修水利，导引太湖水流入大海。此举措造福一方民众，一代又一代的苏州百姓受惠于此，不再遭受水灾的侵扰。

水患平息后，老范便在苏常一带视察。江岸游人如织，几个锦衣绣袍的公子哥正兴冲冲地谈论着，此时正是品尝鲈鱼的最佳时节。范仲淹驻足江边，望着茫茫的远方，但见江面上风急浪高，水流湍急，可江中有一叶渔人的扁舟，在汹涌波涛间忽浮忽沉，上下颠簸。老范的心不禁为渔人揪了起来，他赋下《江上渔者》一诗：

江上往来人，但爱鲈鱼美。

君看一叶舟，出没风波里。

人们只知鲈鱼鲜美,却不知风波中的渔民为生计奔波的险境与艰辛啊。

范仲淹每到一处,首先关注的就是当地百姓生活得好不好。他的心很小——当个地方官就满足了,只要能治理好一方百姓,让人们过上好日子,如此足矣;他的心又很大——天下苍生,民间疾苦,尽在他的眼中和心中。

衙斋卧听萧萧竹,疑是民间疾苦声。只要老范在一日,必要百姓衣食丰。

在苏州做太守时,范仲淹还充分利用当年他在应天府治学的经验,大力创办学府,为国家培育人才。老范在苏州南园买了一块地,本来打算给自己安个家的,可风水先生和他说,此乃风水宝地,必定世代出公卿。范仲淹听后心想:"我在这儿安家,那就只有我一家独享富贵,不如在此建个学舍,让天下学子都来这里受教育,培养出世世代代的贵人,如此多好。"

于是,老范慨然贡献出自己的这块地,在上面建了一座规模宏大的府学。此后著名学者纷纷来这里讲学,众多英才也赶赴苏州求学,一时间盛况空前。

景祐二年(1035)十月,范仲淹因治水办学有功,业绩突出,被调回京师,升职为吏部员外郎、权知开封府。范仲淹到任后,大力整顿职场,剔除弊政。

要不说范仲淹有资本犯倔脾气,敢于公然撑皇帝和太后,他的工作能力确实出众,让人不得不服。没几个月老范就把开封府治理得井井有条,"肃然称治",时称"朝廷无忧有范君,京师无事有希文"。

可就在范仲淹稳坐开封府第一把交椅、前途一片光明之际，他又忍不住犯"老毛病"了——路见不平，冒死进谏。

最近老范敏锐地发觉，宰相吕夷简利用宋仁宗对他的倚重，培植党羽，任人唯亲，把他的门生亲信一个个破格提拔起来。新近入职升官的，全是老吕的关系户。对于吕夷简的这种做法，范仲淹很有意见：好你个老吕，是要整朋党这一出吗？若是来日结党营私，排除异己，必然会把朝廷搞得乌烟瘴气。皇上看不清形势，可我老范眼里容不得一粒沙子。

范仲淹仔细分析了官员队伍的情况，并将其绘制成《百官图》，进献给宋仁宗，同时对吕夷简的用人制度提出尖锐批评。老范苦口婆心地劝说宋仁宗要制定任免规则，好好管理官员升迁之事：陛下，得把权力关进制度的笼子里啊。

对范仲淹而言，生命不息，说真话的勇气不止。

吕夷简见范仲淹又蹦出来和自己对着干，直接火了："你小子就不能消停消停？这是要和老夫死磕到底啊。好，我奉陪。"

吕宰相不甘示弱，反过来讥讽范仲淹陈旧迂腐，并给他扣了三顶帽子——越职言事、荐引朋党、离间君臣。两人在朝堂上你来我往争论个没完，范仲淹接连写了四篇文章，开撕老吕，怒斥他为人奸诈，以权谋私。由于老范言辞太过激烈，把宋仁宗吵烦了，再加上宋仁宗本就偏心于老臣吕夷简，这场辩论赛，范仲淹以失败告终。他再次被贬官，贬到饶州任职。

这是范仲淹第三次降职离京了，前来相送的同事较之前两次少了许多，毕竟大家都有些畏惧吕宰相的滔天权势。只有老范的几个忠实拥护者依旧不离不弃，载酒前来为他饯行，并再次称赞道："范君此行，尤为光耀。"——范兄此去，虽败犹荣，我们永远支持你，看好你。

再次经历了人生大起大落的老范，倒是十分看得开，他笑着对同事们说："我现在已经是第三次'光耀'了，下次诸位再来，记得准备一只美味的烤全羊为我送行啊！"

别人被贬官都愁眉苦脸，老范倒好，一脸坦然豁达，与同事们举杯畅饮，谈笑风生。

范仲淹接连三次被贬，他的好友梅尧臣看不下去了，专门作文《灵乌赋》劝他："老范啊，你这一天天的，净瞎说什么大实话啊。兄弟我劝你少说话，少管闲事，自己逍遥就行，躺平摸鱼不好吗？"

范仲淹虽感动于好友的挂念，却仍坚持自己的心志。他回作《灵乌赋》，道出了铿锵有力的八个大字：

"宁鸣而死，不默而生。"

言下之意很明了：

不在沉默中爆发，就在沉默中灭亡。该说的话，我一定要说。一己之身，死不足惜。

九

范仲淹五月离京，八月到达饶州。奔走风尘三个月，年迈五十的老范身子骨有些支撑不住了，刚到饶州就一病不起，总是头晕目眩，还时不时昏倒。

不过即使在病中，他还是一到任就立即向皇上汇报情况。在《饶州谢上表》中，老范再次坚定地表明了自己的心迹："许国忘家，亦臣自信……此而为郡，陈优优布政之方；必也入朝，增謇謇匪躬之节。"——我老范已经把自己上交给国家了，在地方我就为百姓施行仁政，在朝堂我就为国君忠直进谏。

一入谏诤司，鸿毛忽其身。原谅我这一生仗义执言说真话，这个毛病，改不了了。

地方政务不如京城繁忙，饶州又暂未有天灾人祸，所以老范在饶州时的工作稍微清闲了一些，可以养养病，看看风景，写写诗词，给自己放个小假。饶州位于鄱阳湖畔，山有林麓之利，泽有蒲鱼之饶。湖光山色，温婉沉静，浸润了老范劳碌奔波的一颗心。同其他文人一样，范仲淹也喜欢寄情于诗词之间。

刚下了一场秋雨，夜空明月高悬，月光倒映江面。老范作《郡斋即事》一诗：

三出专城鬓似丝，斋中潇洒胜禅师。
近疏歌酒缘多病，不负云山赖有诗。
半雨黄花秋赏健，一江明月夜归迟。
世间荣辱何须道，塞上衰翁也自知。

已经三次遭贬谪，难免两鬓生霜。不过在饶州的日子真是难得潇洒自在，流连秋色，听雨赏花，明月夜的习习凉风，一江水的粼潋波光,多美,当举酒以歌之。只是近来体弱多病,不宜饮酒,还好可以写诗作赋,暂寄情志。

老范虽被贬斥多次,却并未多么焦灼痛苦。既然身处江湖之远,那就听一听江湖夜雨,看一看花开花落。没什么值得焦虑的,只要活着,一切都能重来,一切都有转机。

况且,于他而言,一己之身的荣辱得失,何足道哉?

等到身体养好一些,范仲淹便又投入到工作之中,他最关心的就是当地的教育事业。刚病愈的老范四处奔走,为创办州学选择合适的校址。

老范登临当地的芝山顶,俯瞰全城,信心满满道:"以东湖为砚,以督军台为印星,以妙果塔为文笔,建学于此,二十年当出状元。"于是立即实施了兴办饶州郡学的计划,虽然还未办成,他就奉命调任其他地方,但好在继任者顺利完成了老范未竟的事业。饶州新学落成后,少年子弟纷纷来此求学,当地教育事业愈加兴盛。饶州郡学内栽有柏树十八株,当地人感念范仲淹办学之举,称其为"范公柏"。

孟子曰:"君子有三乐,而王天下不与存焉。父母俱存,兄弟无故,一乐也;仰不愧于天,俯不怍于人,二乐也;得天下英才而教育之,三乐也。"范仲淹虽遗憾地不得一乐,却拥有孟子所说的第二乐和第三乐。他的心中很充实,很满足。

就在老范一心治理地方,忙得不亦乐乎之时,朝堂出大事了。

十

宝元元年（1038），原本臣服于宋的西北党项政权首领嵬名元昊独立称帝，建国号大夏（史称西夏），正式与宋朝撕破了脸。此时西夏国的疆域，东据黄河，西至玉门，南临萧关，北抵大漠。显然，野心日益膨胀的嵬名元昊并不满足于此。

次年，为了扩大版图，也为了逼迫宋朝承认西夏的地位，嵬名元昊率兵进犯北宋边境。初闻此消息，北宋君臣并未太过担忧，甚至还有点不屑。呵，你个偏安一隅的小小党项政权，还敢建国称帝，真是活腻歪了，看我大宋轻轻松松灭了你。

大宋遂积极抵抗，起兵讨伐。

然而宋廷没想到的是，西夏军队兵强马壮，能征善战，而宋军则一直疏于秣马厉兵，兵卒懒散，军心涣散，远不敌西夏强兵，被打得节节败退，狼狈不堪。三川口之战，宋军大败，西夏乘胜追击，集兵于延州城下，准备攻城。

不承认我大夏？那就打到你承认为止。

铮铮铁骑踏起苍茫尘烟，纷飞战火响彻西北边境。

消息传至京城，举朝震惊。宋仁宗这下慌了。

早在十多年前，范仲淹进谏朝廷的《上执政书》中，就尖锐地指出了"兵久弗用，则武备不坚"，并提出应当学习秦汉王朝，平常没有战争时也不要懈怠，训练储备精兵猛将，以"备征伐之急"。

可宋仁宗偏不听。这下可好，打不过西夏，中原岌岌可危，朝中一时也找不出可用之人。宋仁宗这时想起了远在越州的范仲淹，一个诏令下去：老范，快回来，朕需要你。

国家有难，范仲淹自然义不容辞。五十二岁的老范吭哧吭哧地赶回京城，与韩琦一同被任命为陕西经略安抚副使，协助安抚使夏竦共同抵御西夏进犯。

一路奔波到达延州后，范仲淹亲自视察，发现宋军军备废弛，战斗力薄弱。老范虽是文官出身，却熟读兵家之道，深谙用兵之法。他决定更改军队旧制，分部训练，轮流御敌；并精兵去冗，将老弱病残的兵卒都放回家去，集中力量训练有战斗力的士兵，力求培养出一批所向披靡的精锐之师。范仲淹还在军中提拔重用了许多立功的将士，如大将狄青、种世衡等人。

此外，老范认为对付西夏需要以防御为主，不可冒失进攻。"严边城，使之久可守；实关内，使无虚可乘。"他调兵遣将，整修边寨，主要修筑承平、永平等边关要塞。

除了备战措施外，范仲淹还充分发挥他的特长：治理百姓，安定民心。老范积极恢复生产，安定所辖区域。西北边境战事不断，各少数民族深受其扰，因此范仲淹花了大量精力对周边的少数民族表示友好，派兵保护他们的安全，再以朝廷之名犒赏拉拢。边疆人民在老范的治理下安居乐业，人心渐渐靠向宋廷。

百姓苍生，乃江山之本。水可载舟，亦可覆舟。范仲淹深知这个道理。

康定元年（1040），老范的好兄弟滕子京也被调来支援，他担任甘肃泾州知州，负责防御西夏东侵。十多年前，两个人一起在泰州修筑海堤，如今，又在同一战线上并肩作战。虽然两人各自紧锣密鼓地备战，不得时常见面，但是老范想到好友也在前线为国排忧解难，心便安定了许多。

滕子京的能力，老范很清楚。隔着苍茫尘烟，他仿佛看见了好友如当年抵挡风暴时那样从容不迫，沉着应战。

人生难得一知己，何况还是共同进退的生死之交。

康定二年（1041）正月，宋仁宗一直急于战胜西夏，扳回一局，他焦灼不已："派出去老范、韩琦等人这么久了，咋迟迟没动静呢？赶紧给我打呀！"于是下令陕西各路一同发兵讨伐。范仲淹大叫不好，心说皇上怎么又犯糊涂了，这是要在同一个地方摔倒两次啊。他赶忙上疏："陛下，不可操之过急，要先加强边防守备，对西夏徐徐图之。"宋仁宗寻思也有道理，就暂时按下了进攻的想法。

是年二月，鬼名元昊进兵渭州，宋仁宗再也按捺不住了，朝中君臣求胜心切，决定启动反攻计划。范仲淹拼了老命极力劝说，可惜朝廷只认为是老范怯懦，不敢和西夏正面对抗。

同样主张进攻的韩琦，派出几乎所有主力战将，率领军队在六盘山下的好水川伺机破敌。然而宋军远远低估了对手的实力，骁勇善战的西夏军队排山倒海而来，势不可当，宋军再次大败，伤亡惨重，战死一万余人。

早春的塞外依旧雨雪纷纷，天大寒，一片萧瑟苍凉之景。退兵途中，上千阵亡将士的家属夹道痛哭，为烈士招魂。韩琦亦悲痛哭泣，悔恨不已："若当初听老范一言，不冒失进攻，或许如今也不会酿成如此惨剧。"

噩耗传到汴京，宋仁宗怒极，一肚子的火没处发，便下令贬谪夏竦、韩琦和范仲淹等人。老范被贬为耀州知州，五月改知庆州兼管勾环庆路都部署司事。接到圣旨的他无奈地笑了笑："对于被贬官,老夫早就习惯啦,陛下你开心就好。"

他干净利落地收拾好东西,走马上任。面对皇上的责罚,范仲淹并未想着为自己辩解半句——出兵讨伐从来就不是他的主意,战败的责任却要他来背锅。

范仲淹心心念念的,都是如何抵御西夏。至于他个人的得失,无所谓。

到庆州任后,为了进一步巩固边防,老范下令修筑大顺城以遏制西夏军的进犯,同时修葺多个军事要塞,切断敌方通路,形成一道坚固的防线。

此地的羌族势单力薄,多次为嵬名元昊所利用,范仲淹便亲自接待羌族酋长,与他推心置腹地谈话:"你放心,有我老范在一日,必尽心尽力护你族人周全。"

老范说到做到,大力实行惠民政策,给羌族百姓发放农具和粮食,帮助其重拾生计,还下令修筑十二座旧要塞,将之改建为城池,以使流亡的各族百姓回归。在范仲淹的诚心相待与布施仁政之下,羌族最终决定脱离西夏的统治,转而为宋朝效力。羌族人民都很喜欢这个帮他们排忧解难的老范,亲切地称他为"龙图老子"——范仲淹时任龙图阁直学士,而"老子"有尊敬之意。

转眼已是秋天。

边关的春是那么短暂,烽火狼烟,战事不休,春风不度玉门关。边关的秋是那么漫长,月色凄清,满目萧然,角声满天秋色里。

戍边两年多的范仲淹,有些思念家乡了。登高望远,但见一片秋色连绵不绝,芳草萋萋,斜晖脉脉。想到自己羁旅异乡多时,又逢清秋时节,老范不由得生出无限伤感。一首《苏幕遮》,欲启于嘴边：

碧云天，黄叶地，秋色连波，波上寒烟翠。山映斜阳天接水，芳草无情，更在斜阳外。

黯乡魂，追旅思，夜夜除非，好梦留人睡。明月楼高休独倚，酒入愁肠，化作相思泪。

极目苍穹，成群的大雁正匆匆往南飞去，不曾为谁停留。黄昏时分，军中号角吹响，与瑟瑟风声、战马嘶鸣声，一齐涌入耳中。远处，层峦叠嶂掩映着如血的残阳，苍茫暮霭笼罩着紧闭的孤城。饮一杯浊酒，生出离愁无限，不知千万里之外的亲人，可还安好？不知同在军营的好友滕子京，可还安好？

老范心中感慨万千，落笔而成一首《渔家傲·秋思》：

塞下秋来风景异，衡阳雁去无留意。四面边声连角起，千嶂里，长烟落日孤城闭。

浊酒一杯家万里，燕然未勒归无计。羌管悠悠霜满地，人不寐，将军白发征夫泪。

夜晚，军营中传来了悠远的羌笛声，老范躺在床上辗转难眠。这两年操劳军事熬白了须发，何日才能回家洗一洗沾满尘土的衣裳？

还不是时候。

想起曾经共同作战，如今身死沙场的一众军士，范仲淹老泪纵横。多少无辜的生命，陨落于这个无尽的秋日。血洒边关的将士们，再也看不到故乡来年的大好春色。

可怜无定河边骨，犹是春闺梦里人。

西北之患未平，家国难安，百姓难安，逝去将士的魂魄难安。怎能安心还乡？

老范暗自发誓："不破西夏终不还。"

十一

庆历二年（1042），嵬名元昊率领军队兵分两路，再次大举攻宋。定川寨之战中，宋军第三次大败，将领战死十六人，士兵惨死近一万人。嵬名元昊乘胜挥师南下，进逼中原。

闻讯后的宋仁宗感到眼前一黑："完犊子了，要是老范在就好了，朕也不必如此担忧了。"

就在整个朝堂张皇无措之时，范仲淹亲率六千兵马赶来救援，并急调大将种世衡带领数千士兵驰援。老范训练出的队伍精锐善战，如同神兵天将，但为时已晚，西夏军在渭州屠掠一番后，撤出边境。

宋仁宗得到消息后大喜："我就知道老范一定行的！"遂加封范仲淹为枢密直学士、右谏议大夫，复置经略安抚招讨使。

老范完美诠释了不会带兵打仗的教育家，不是一个优秀的水利工程师。作为一个全能型跨领域人才，无论是一开始的兴修水利，还是后来的教书办学，再到如今的排兵布阵，范仲淹样样都出色完成。西夏军中纷纷传言："今小范老子腹中有数万甲兵，不比大范老子可欺也！"大范老子指的是前任知州范雍。

此后宋军继续采取范仲淹的防御战略：在宋夏交战地带，构筑堡寨，加固边防；整顿军队内部，严明军纪，淘汰老弱，对士兵进行严格的军事训练；对沿边少数民族居民，采取怀柔政策，严立赏罚公约。

在韩琦和范仲淹的主持下，边防日益稳固，士气日盛，军备日精，战局开始有了变化。西夏再也不敢小觑宋军，当时流传的民谣曰："军中有一韩（韩琦），西贼闻之心骨寒；军中有一范（范仲淹），西贼闻之惊破胆。"

驻守泾州的滕子京也很给力，他不仅将一方治理得井井有条，而且在对抗西夏中战功卓著。这年十一月，在范仲淹的举荐下，滕子京升职为天章阁待制，加环庆路经略安抚使，接替范仲淹担任庆州知州。

这么多有能力、有胆识的宋朝臣子戍边西北，嵬名元昊再也不敢轻举妄动。此外，由于西夏在对宋战争中损耗颇为严重，战事渐渐休止。

庆历三年，西夏请求议和，去除帝号，对宋称臣。马蹄扬起的滚滚烟尘，暂时平息了下来，烽火狼烟尽散，又见青天朗日。

宋仁宗龙颜大悦，把在对抗西夏中立了大功的范仲淹召回京城，大加封赏，提拔老范为枢密副使，即枢密院的二把手，官居正二品，掌管国家军政要务。宋仁宗越看范仲淹越喜欢，老范真有能耐，解我大宋燃眉之急，许他枢密副使一职还是低了点，得再升官。

是年八月，宋仁宗升范仲淹为参知政事，位同副相。老范在他五十五岁的这一年，站上了权力的制高点，他从一个没背景、没家世的小镇青年，一路打怪升级，成为皇上最看重的臣子之一。

老范不禁回想起近三十年前登科及第后，那个初次踏上金銮宝殿的年轻小范，一时间恍若隔世。那时的他，春风满面，青春年少，眼中尽是昂扬的斗志；如今的他，满脸沧桑，鬓发生霜，从小范变成了老范。可他眼中的斗志丝毫不减半分，一如当年模样。

这些年，范仲淹在朝堂与江湖之间来来去去，皇上平日里临朝问政的垂拱殿内，亦沾染了几分他四处奔波的风尘。

老范有多少次冒死进谏，宋仁宗就有多少次想把他扔出去的冲动。

"陛下，太后把持朝政，不合礼法。"

"陛下，蝗灾蔓延，民不聊生，请开仓赈灾。"

"陛下，皇后无错，不该草率废后。"

"陛下，吕相用人唯亲，易生朋党之患。"

"陛下，对付西夏当以守为攻，不可贸然进兵。"

…………

范仲淹喋喋不休的声音萦绕在垂拱殿的房梁之间，宋仁宗嘴上说着老范真烦人，可他内心深知，范仲淹一心为国为民。他的存在，是大宋朝堂的一颗定心丸，是国家危难时刻的一根救命稻草。

老范的话，一定要听。

平定西北边事后，宋仁宗想在内部搞改革，他多次召见范仲淹、富弼等人，征询天下大事。范仲淹很欣喜，难得官家主动提出想听老夫的谏言,那为臣就不客气啦。他与富弼、欧阳修、韩琦等人,一同发起了"庆历新政"。

这个团队的班底,可以说是非常无敌。范仲淹,实力担当,作为政治、经济、军事、文化样样精通的全能选手,义不容辞地担任起了团队的负责人;富弼,大宋谈判专家,曾在宋夏交战契丹乘虚而入重兵压境之时,自请出使契丹,以出色的外交辞令,不战而屈人之兵;欧阳修,文学圈扛把子,"唐宋八大家"之一,古文改革运动领袖,百科全书式的文化巨星;韩琦,北宋政坛不倒翁,相辅三朝,拥立二帝,乃"两朝顾命定策元勋"。

大宋庆历新政天团,人员已就位,随时准备出击。

十二

大领导宋仁宗交代了要尽快拟定一份改革方案,老范的团队便夜以继日地工作,很快呈上了新政纲领《答手诏条陈十事》,其中的十条改革思想,凝结了几位忠臣名相多年来为官参政的智慧与心得。

明黜陟:朝廷官员的升职考核机制,不再单看资历年限,更要看重为政业绩。业绩优秀者,可破格提拔。而长期摸鱼、无所作为的混子员工,全部开除。

抑侥幸:严打关系户,限制恩荫制度,防止中高职级的员工随意将自己的兄弟子孙塞进朝廷,垄断官位。

精贡举：科举考试不再只考死记硬背，而是注重考生的理解能力，要能阐述经书的意义和道理。考生必须在州县学校接受过正规教育，才可应考。

择官长：加强对于官员的考察，严格遵循一定标准，衡量评定员工完成岗位职责任务的能力与效果。

均公田：公平分配员工收入，按等级发放职田。调整过高收入者的职田数量，调配给低职级低收入者，使其生活能够达到温饱标准。

厚农桑：奖励农桑，鼓励乡县官员在当地大力发展农业。

修武备：在京城地区招募男丁服兵役，兼职辅助正规军。

减徭役：节省统治者和朝廷高层的吃穿用度，减免老百姓的赋税徭役。

覃恩信：落实朝廷的惠民政策，监督各相关部门有效执行。拖延及违反者，从重处罚。

重命令：确保颁布的法令不再朝令夕改，烦而无信，一旦颁行，必须严格遵守。

庆历三年范仲淹主导的庆历新政，如今已过去了九百八十多年。可是细看这些改革措施，其中很多都具有超越时代的先进性、启发性和建设性。无论是官员治理方面，还是富国强兵方面，都是以民生为本，要减轻人民负担，要重视百姓赖以为生的农业，要深刻落实惠民政策，要激励地方官员干实事，为百姓谋福祉。而且对于当时宋朝的冗官困境，一针见血地提出了澄清吏治的应对措施，严考核，求公平，即便有激进之处，却如同一记惊雷，炸响了当时北宋看似海晏河清实则弊病丛生的太平盛世。

方案一出，经宋仁宗批准后便立即实施。首先在淮南、京东等重要地区任用优秀人才为地方官，令其各司其职，再将业绩考核不达标的官员裁撤。范仲淹翻阅着在职官员簿册，越翻眉头皱得越紧："居然有这么多尸位素餐的官员，拿着朝廷的工资，却毫不作为。"老范黑着一张脸，堪比包青天，他毫不留情地一笔勾去不称职者。一旁的富弼不无担忧地说："范兄每勾一笔，恐怕就会有一家人痛哭啊。"范仲淹决绝地回答道："一家哭总好过一方百姓哭。"

新政中，各地州县纷纷创办学校，教授经世致用之学，以便学生可以学到具有实用性的知识技能。范仲淹还革新了太学的教育模式，聘请名儒到太学执教，创立分科教学，建立学科的必修、选修制度，培养专业人才。

然而，就在新政有条不紊地进行之时，反对新政的保守派拦路杀出。

新政实施后，恩荫大大减少，升官机制愈加严格，引起了许多人的不满：本来说好我儿子进入职场后能享受特殊待遇的，如今工作都没着落了。老子一辈子辛辛苦苦给朝廷打工，不就是为了子孙日后能混得容易点吗？这可恶的老范，气杀我也！

毁谤新政的言论逐渐增多，指责老范的团队是"朋党"的议论再度兴起。宰相章得象联合台谏官员反对新政，夏竦攻击范仲淹、欧阳修等人为"朋党"，说他们"欺罔擅权""怀奸不忠"。老范团队自然奋力反击，欧阳修上疏《朋党论》，直言："君子与君子以同道为朋，小人与小人以同利为朋。"保守派再次回击：凭啥相信你说你是君子，守的是道义忠信，而非利禄财货？我看你们就是以利相倾，是为小人之朋党！

一场没有硝烟的战争蔓延整个宋廷。每次大刀阔斧的改革，必定会受到既得利益者的强烈反抗，引起阶级矛盾与社会阵痛。

触动利益远比触动灵魂更难。

宋仁宗静观两方吵得天翻地覆，不发一言。他心中生出怀疑："难道老范等人，真在结党营私？"宋仁宗对新政隐隐有了退意。

老范察觉到了皇上的犹疑，可他还想再坚持一下。庆历四年（1044），范仲淹上书奏请扩大相权，由辅臣兼管军事、官吏升迁等事宜，进一步加强改革的深度和广度。宋仁宗未予正面回复。是年六月，边事再起。老范担忧边境战事，只得暂缓新政，请求外出巡守，宋仁宗批准，任命其为河东、陕西宣抚使。

庆历五年（1045）正月，反对声愈加激烈，宋仁宗对新政的热情逐渐降至冰点。

事情没搞成，还惹得领导不满，舆论纷纷，于是一大波降职裁员潮来临了。范仲淹被罢参知政事之职，降职为资政殿学士、知邠州，兼陕西四路安抚使——官职虽降，但身兼数职，要做的工作还是很多。富弼、韩琦和欧阳修等人，亦被罢免职务，从中央体系中除名，调任地方。

历时仅一年有余的新政夭折在襁褓之中。老范团队的成员陆续离京，为这次改革画上了一个迷茫的问号——

危机四伏的大宋王朝，前路该何去何从？

十三

当老范在坎坷的仕途上艰难前行时，他的铁哥们滕子京，也没好到哪里去。庆历新政中的保守派知道滕子京和范仲淹关系亲密，为了打击老范等人的势力，便诬陷滕子京滥用官府钱财，在朝野大加毁谤弹劾，一时间闹得沸沸扬扬。

尽管后来此事被查明是一则冤案，当时的滕子京却面临着极大的困境——贪污公款，这可是重罪。老范心急如焚，与欧阳修等人在皇上面前为好友极力辩白求情，终于有了点效果，最后滕子京仅官降一级，被贬知虢州。

庆历四年春，朝中仍有人不断上奏参劾此事，致使滕子京再次被降职降薪，贬为岳州太守。滕子京当然很委屈，可他与范仲淹是一样的秉性和风格，被贬到哪里，就在哪里好好做事，造福一方百姓。到巴陵后，他把个人得失抛之于脑后，风风火火地投入到工作之中，主持修筑防洪长堤，又重修岳阳楼，兢兢业业，勤政爱民，受到当地百姓的一致好评。

滕子京与范仲淹常有书信往来，只有在面对好友老范时，他才会袒露心中的脆弱："范兄，你近来可好？反正我不太好，被冤枉、被贬谪，心中实在委屈。还好岳州景色秀美，能让人暂时忘记糟心事。特别是登临岳阳楼时，俯瞰巴陵胜状，真是美极了。范兄何时来岳州游玩？老弟定好好招待。愿范兄一切安好。"

而此时的范仲淹，即便想去岳州看望好友游览盛景，也没了心力。陕西任上的老范，为西北边事殚精竭虑，彻底病倒了。边塞严寒，病体难愈，宋仁宗体谅老范，便让他出任邓州知州。

庆历六年，年近六旬的范仲淹抵达任所邓州，他接来妻儿，一家人终于团聚。在邓州的三年，是老范一生中最为惬意的时光。邓州民风淳朴，政事简单，公务并不繁忙。老范时常偷得浮生半日闲，看看书，赏赏花，弹弹古琴。

他还是独独钟爱于那曲《履霜》，多少年来不曾变过。踏足地上霜，常思坚冰至。

邓州任上，老范营建了百花洲，重修了览秀亭。百花洲修好后，老范将其辟为园囿，与民同乐。他在《定风波》一词中写道：

罗绮满城春欲暮，百花洲上寻芳去。浦映□花花映浦，无尽处，恍然身入桃源路。

莫怪山翁聊逸豫，功名得丧归时数。莺解新声蝶解舞。天赋与，争教我辈无欢绪。

春光真好，不如归隐世外桃源，远离朝堂纷争，管他呢。可是，真能置家国百姓于不顾，独善其身吗？真能丢下民间疾苦不管，一人独乐吗？

老夫做不到啊。

君子不独乐。孟子曾经曰："乐民之乐者，民亦乐其乐；忧民之忧者，民亦忧其忧。乐以天下，忧以天下。"

既然如今无法留在天子身边，为其分天下之忧，那便回归老本行——教书育人吧。"得天下英才而教育之"，这让老范很满足、很快乐。他设立了花洲书院，闲暇之余就到书院教教课。看着一众苦读诗书的年轻子弟,老范十分欣慰。他不禁想起几十年前,自己也是这样,终日埋头于经籍书卷之中。

岁月不饶人呀。当年的青春少年,如今已成半老头子。宦海浮沉三十余年,一生就这么过去了。

还好,这一生为家国百姓做了些事,培养了些人才,也算不负此生啦。

这日范仲淹又收到了滕子京的来信:"范兄,病体可还痊愈?闻君已顺利抵达邓州,得家眷相聚一堂,真乃大喜。若得空,可否帮老弟一忙?岳阳楼重修事毕,唯缺一篇文赋,以记颂此功绩。范兄高风亮节,文采斐然,自是作此文的最佳人选。拜托啦,范兄。老弟在此谢过。"

随信附有一幅《洞庭晚秋图》。

老范不禁哑然失笑:"这子京老弟,还挺贴心,知道老夫没去过岳阳楼,所以赠画一幅,让我看图写作呢。好!既然兄弟开了口,那便恭敬不如从命。"

范仲淹当即文思如泉涌,援笔立就了一篇千古流芳之作——《岳阳楼记》。

此文中,老范先是交代了写作背景,并且大赞了好兄弟滕子京的优秀政绩:

"庆历四年春,滕子京谪守巴陵郡。越明年,政通人和,百废具兴,乃重修岳阳楼,增其旧制,刻唐贤今人诗赋于其上,属予作文以记之。"

没见过岳阳楼和洞庭湖也无妨,假装去过嘛。按照宋代人的习惯,写"记"以及散文一类的文章,本人并不一定要身在其地,主要是通过这种文章记事、写景、记人，借景抒情，托物言志：

"予观夫巴陵胜状，在洞庭一湖。衔远山，吞长江，浩浩汤汤，横无际涯，朝晖夕阴，气象万千，此则岳阳楼之大观也，前人之述备矣。然则北通巫峡，南极潇湘，迁客骚人，多会于此，览物之情，得无异乎？"

老范虽然未曾观赏过巴陵郡的洞庭盛景，可这整个大宋江山，尽在他的眼中和心中。他为这江山的美好而开心：

"至若春和景明，波澜不惊，上下天光，一碧万顷，沙鸥翔集，锦鳞游泳，岸芷汀兰，郁郁青青。而或长烟一空，皓月千里，浮光跃金，静影沉璧，渔歌互答，此乐何极！登斯楼也，则有心旷神怡，宠辱偕忘，把酒临风，其喜洋洋者矣。"

可他更为朝堂之上的钩心斗角、谗言佞语而忧愤：

"若夫淫雨霏霏，连月不开，阴风怒号，浊浪排空，日星隐曜，山岳潜形，商旅不行，樯倾楫摧，薄暮冥冥，虎啸猿啼。登斯楼也，则有去国怀乡，忧谗畏讥，满目萧然，感极而悲者矣。"

即便仕途坎坷，接连遭贬，范仲淹依旧固执地守着一颗古仁人之心，不以一己之身的荣辱得失而悲喜，一心只牵系着百姓民生与江山社稷——"不以物喜，不以己悲，居庙堂之高则忧其民，处江湖之远则忧其君"。

所以，范仲淹这一生所奉行的，便是《岳阳楼记》那句振聋发聩之语：

"先天下之忧而忧，后天下之乐而乐。"

十四

之后的几年，疾病缠身的老范仍然发挥着自己最后一点光和热。皇祐元年（1049），范仲淹调任杭州知州。他感到自己时日无多，必须为后人做打算。他拿出一生积蓄，在老家苏州购买千亩良田，并将之全部捐出，设立范氏义庄，用于保障范氏家族后代子孙的生老病死、婚丧嫁娶、教育和科举所需费用。这是中国古代家族信托的雏形，延续近千年而不衰。

年过花甲的老范，眩转之疾复发，愈加严重。有时陷入昏迷的他，脑海里会飘过自己一生的旅程——

寒窗四年，誓要归宗复姓，登科及第以赡慈母。缊袍敝衣，清粥淡饭。书海无尽，苦读不休。漫漫长夜，不知疲倦。金榜题名，一朝扬眉。

饮冰数载，志在兼济天下，兢兢业业以利百姓。修筑海堤，整治水患。赈灾济民，兴学育才。心系苍生，日夜谨事。造福一方，尽得民心。

热血一生，愿为家国尽瘁，奋不顾身以匡社稷。冒死进谏，坚守大义。针砭时弊，引领新政。戍守边关，平定叛乱。不惜己身，为国为民。

三年后，即皇祐四年（1052），老范调任颍州，扶疾上任，行至徐州，与世长辞，享年六十四岁。范仲淹的墓碑上，宋仁宗亲书"褒贤之碑"，赠兵部尚书，谥号文正，追封楚国公。

据传，洪武年间，有位叫范文从的御史直言进谏，撑得朱元璋龙颜大怒，老朱本来脾气就不好，被触怒后当即下令处死此人。问斩前，朱元璋照例翻了下名册，当他看到范文从的籍贯时，突然一愣，急忙将其提审到面前。

"你祖上是何人？"

"回皇上，先祖乃范仲淹，臣是他的十二世孙。"

老朱一听，竟然态度秒变："爱卿不用去死了，朕还要重重地赏你。"说罢他立刻赦免了范文从，还赏了他五方锦帛作为五道免死金牌，其上有朱元璋的亲笔御书："先天下之忧而忧，后天下之乐而乐。"

正是范仲淹的那句千古流芳之语。

宋朝的范仲淹和明朝的朱元璋之间，隔了整整一个元朝。朱元璋在范仲淹去世三百年后，仍给了范公后人极大的面子。可见范仲淹的人格魅力，绵延百年，连老朱都为他倾倒。

其实范仲淹的官职，并未做到位极人臣的地步。可多少帝王将相，都以范仲淹为人生榜样。王安石誉其为"一世之师，由初迄终，名节无疵"，司马光大赞他"前不愧于古人，后可师于来哲"，朱熹称其为"天地间气，第一流人物"。

得到世人如此高的评价，或许是因为老范身上那股舍生取义的力量。

范仲淹年轻时学过剑术，常负剑在身。进入宦途后，他手中已无剑，心中却是剑气凛然。这股剑气，让他敢于忤逆天子为民请命，敢于带领兵马抵御西夏进攻，敢于大刀阔斧革除弊政。

他当然怕死，可他更怕民间疾苦无人理会，怕外敌入侵百姓遭殃，怕隐患未除江山倾覆。对范仲淹而言，生命固然可贵，可生命之上，还有他所坚守的大义。"生，亦我所欲也；义，亦我所欲也。二者不可得兼，舍生而取义者也。"

若为心中大义而死，则死得其所，人生无憾。

老范是一介文官，可他凭着心中的凛然剑气，成为奔走于江湖与庙堂之间的大侠，为百姓苍生，义无反顾；为社稷安定，舍生忘死。

侠之大者，为国为民。范文正公，当之无愧。

云山苍苍，江水泱泱，范公之风，山高水长。

欧阳修

(1007—1072)

何以慰风尘

一

滁州多山，其中一山名为琅邪山。琅邪山风光甚好，茂林修竹，郁郁葱葱，青黛含翠，幽深秀美。山间有一眼清泉，名唤酿泉，潺潺流水倾泻而出。泉水之上，有一古朴别致的小亭子，唤作醉翁亭。

这日天朗气清，惠风和畅，山间传来阵阵笑语。循声望去，一众男女老少正围绕着醉翁亭各自玩乐，有的赏景，有的投壶，有的唱歌，有的对弈。黄发垂髫，皆怡然自乐。醉翁亭中更是热闹，石桌上摆着果蔬糕点与一壶美酒，几个后生正行酒令，吟诗作赋，谈笑风生，好不快活。还有一个鬓染霜雪的中年大叔，耳边簪着一朵牡丹，风度翩翩，笑吟吟地坐在年轻人之间。杯中酒未尽，他却已有几分醉态。

一个年轻公子道："太守大人，今日休假吗？得此雅兴悠游于山间，与民同乐，好是惬意呀。"

簪花大叔摆摆手，醉醺醺地说："谁说是休假？老夫现在正上着班呢。"

年轻公子调侃道:"大人此言何解?饮宴游乐也叫上班吗?我还以为您老人家又翘班了。"

簪花大叔哈哈大笑道:"与民同乐,正是本官的工作内容。"

有一老者闻言上前,举起酒杯道:"欧阳贤弟,老夫看你杯中之酒放了半天了,是要'养鱼'吗?人生得意须尽欢,莫使金樽空对月啊。"

簪花大叔慢悠悠地吟道:"醉翁之意不在酒,在乎山水之间也。山水之乐,得之心而寓之酒也。"

这个中年大叔,正是醉翁亭之醉翁,滁州太守欧阳修是也。

庆历六年的某天清晨,欧阳公起床后,见窗外艳阳高照,春意盎然,便生出了带领百姓外出郊游的念头:春光甚好,待在府中任由案牍劳形岂不辜负?琅邪山间的醉翁亭已修好,独乐乐不如众乐乐,当携滁人一起游赏。

绝对不是不想工作,与百姓同乐,也是本官工作内容中重要的一部分。

于是他遍邀各行各业代表,很快召集一行人浩浩荡荡地出发了。鸡皮鹤发的老者拄着拐杖走走停停,稚气可爱的小童拉着母亲蹦蹦跳跳,风华正茂的青年放声高歌,衣袂飘飘的姑娘轻声嬉笑。文人士子,渔者樵夫,冠盖商贾,三五成群行进于山林之中。

沿途风景如画,"野芳发而幽香,佳木秀而繁阴"。欧阳修一边欣赏着风景,一边随意与同游群众攀谈,问问老人家的身体、年轻人的学业,再问问家家户户有无需要帮助之处。

"小李,来年的乡试准备得如何了?"

"孙大妹子,令堂的咳疾可有好转?送去的药吃了吗?"

欧阳修

一三九

"老张,你家的猪产崽可还顺利?"

"王大爷,春耕种田还需要人手帮忙不?"

欧阳公虽为一州之长官,却从来不是摆出高高在上的姿态,而是切实关心着老百姓的日常生活。他一直奉行着"宽简而治"的工作方针,治事简易,宽而不纵,简而不略,绝不为了谋得政绩、求取声誉而折腾百姓。

写文、种树、游园、造亭子、带领百姓一同春游踏青,欧阳修似乎过着躺平式的生活,松弛感满满。表面上看来,他没有什么突出的政绩,可实际上,人民群众在他的治理下过得和乐又轻松,大家都十分爱戴这个喜欢簪花的太守大人。

滁州素来民风淳朴,清平无事,欧阳修对此有一套自己独特的为政模式:"吾所谓宽者,不为苛急;简者,不为繁碎耳。"这里说的宽简为政可不是偷懒摸鱼,而是"居敬而行简",节用而爱民。如果一个地方本就没什么天灾人祸、棘手之事,那何必为了刻意显露政绩而去搞劳民伤财的形象工程呢?

无为,就是最好的有为,不扰一方百姓而使其安居乐业,正如明君垂衣拱手而天下治。"日与滁人仰而望山,俯而听泉,掇幽芳而荫乔木。"如此治民,岂不更好?

看着百姓怡然自得的样子,欧阳修很是欣慰。"人知从太守游而乐,而不知太守之乐其乐也。"自己治理的一方人民过得快乐,他便也真心地感到快乐。

其实这段时间,欧阳修是遭到朝中政敌造谣诬陷,才被贬官到滁州的。本来心情很郁闷,但人生总要给自己找点乐子。于是欧阳公便簪着花,喝着酒,带着众人游山玩水。

无论生活如何无趣，做个有趣的人。认清生活的真相之后，依旧热爱生活。这就是欧阳修一直以来奉行的处世态度。

有趣的灵魂，需要修炼。欧阳修从出生起，就开始了这场为期一生的修炼之旅。

二

景德四年六月，四川绵州的欧阳家喜得一儿，取名欧阳修。其母郑氏虚弱地躺在床上，一脸欣慰地看着襁褓中的小小婴儿。其父欧阳观是老来得子，这一年他已有五十六岁，在知天命的年纪，终于迎来了欧阳家的独苗。他抱起儿子喜不自胜："祖宗保佑，我终于当爹了！"

此时欧阳老爷子在绵州担任军事推官，主管刑狱工作。他勤政敬业，清正廉洁，并且待人豁达大度，喜宾客，好施与，平日里时常四散家财，扶贫济困，招待亲朋。

虽然乐善好施值得赞扬，可欧阳观挣得并不多，做完好人好事后剩余的工资，养活娘儿俩都有些勉强，一家三口的日子过得紧巴巴的。两年后，随着小女儿的降生，欧阳家的生活更加拮据，一家之主欧阳观只能拼了命地工作赚钱。

大中祥符三年（1010），欧阳观调任泰州军事判官，兢兢业业的他经常秉烛办案至深夜。由于工作太过辛苦，积劳成疾，欧阳观六十岁不到便卒于任上，扔下了妻子郑氏和年幼的儿女相依为命。本就捉襟见肘的家庭，如今更是雪上加霜。欧阳老爷子没留下什么积蓄，失去了庇护和经济支柱的孤儿寡母，该何去何从？

为了活下去，更为了让儿女健康长大，郑氏决定前去随州投奔欧阳修的叔父欧阳晔。欧阳晔在随州任推官二十余年，为人正直，廉洁奉公，家中亦并不宽裕，只能为郑氏一家提供温饱上的支持，而无法为欧阳修提供太多学习上的帮助，没有额外的钱送他去学堂，更请不起家庭教师辅导其学习。

郑氏心想："不行，我修儿绝不能耽误了读书学习。只有多读书，才能拥有改变命运的机会。"于是她自告奋勇，担任欧阳修的启蒙老师。郑氏出身于江南的名门望族，知书达理，是受过教育的大家闺秀，所以她能有这样高的觉悟：家庭教育要从娃娃抓起，母亲就是最好的老师。

因为太穷，家里买不起纸笔，这位充满智慧的女子便用荻秆当笔，在沙地上教欧阳修读书写字："天、地、人、上、中、下……"郑氏手把手地带着欧阳小朋友边写边读。

天上的流云缓缓而过，天光云影共徘徊于池水之中，池塘边葱茏的荻草茂盛生长。春去秋来，一丛丛荻草由绿转黄，摇曳在瑟瑟秋风里。深秋，这种生命力极强的高大禾草仍未偃息。当欧阳修冒着冷风、握着荻秆埋首识字时，飞雪般的荻花便轻轻地飘落到了他的头发上，好似一出程门立雪。

池边的荻草与欧阳修一同生长，寒来暑往，岁岁年年。在稚嫩的诵读声中，沙地画荻的孩童，慢慢长成了天资聪颖的好学少年。

而草根少年最终实现人生逆袭的转折点，是在他十岁这一年。

没钱买书的欧阳修，只好到邻里家借书来读，往往一本书读完，字句与文义也能尽数默记于心中。随州城中，有一大户人家李氏，欧阳修就是在李家，读到了唐代大文人韩愈的文集。

年幼的他读到韩愈气势磅礴、汪洋恣肆的文章，惊于其言之深厚雄博，感于其文义之浩然无涯："我的老天，这也太强了！虽然有些地方还看不懂，但就是感觉贼厉害。昌黎先生，永远的神！"

欧阳修幼小的心灵受到了强烈冲击，韩愈之文，让他打开了新世界的大门。少年欧阳修成为韩愈的铁杆粉丝，他爱死了昌黎先生大江大河般浑浩流转的文章，日日手不释卷，夜以继日地诵读。欧阳修心里埋下了一颗种子：日后，定要成为韩昌黎那样的不平则鸣之人，写出他那样的文以载道之作。

韩愈曾说："大凡物不得其平则鸣。草木之无声，风挠之鸣。……人之于言也亦然，有不得已者而后言。"

在十岁出头的年纪，欧阳修就将《左传》《春秋》等书烂熟于心，他所作的诗赋文章，下笔老练，有如神助，不似出自少年人之手。其叔父欧阳晔有次读到欧阳修写的文章，称赞不已："咱家出了个小神童呀，将来定会光耀门楣，名扬天下。"

数年后，十七岁的欧阳同学信心满满地参加了家乡的州试。州试，是地方举行的一级考试，通过者方能参加礼部试。州试题目对欧阳修来说是小菜一碟，他挥笔立就，然后满心期待着下一场考试。

可没想到，这次考试欧阳修竟名落孙山，原因有些离谱——他文赋中的个别韵脚，超出了官方规定的诗赋押韵标准范围。虽说这篇文赋写得极好，其中的奇警之句后来在文人圈中广为流传，可因循守旧的考官，还是不由分说地一笔将他黜落。

欧阳修感到很无语，居然不是因为观点、内容、立意不好，而是因为韵脚不合标准。可韵脚本就是修饰文赋所用，重修饰而轻内容，这不是本末倒置吗？以后我定要改革文风，一扫华而不实之风！

三

又是三年的用功苦读。天圣四年，欧阳修再应州试合格。第一关顺利通过，来到第二关——礼部考试。次年春天应考，欧阳同学不幸落第。他多年来以其偶像韩愈通达流畅、直白真挚的散文为榜样，可当时北宋科考青睐的是骈文，讲究声律的协调、辞藻的绮丽、词句的对仗和用典的繁复。若是一篇文章以上这些做得不足，就算内容再充实、立意再深远，也难以金榜题名。

欧阳修有些沮丧，他自言自语道："真得作流于形式之文吗？罢了罢了，识时务者为俊杰，科考喜欢啥样的文章，我就写啥样的文章吧。"

欧阳同学不得不暂时向考试要求的八股文低头，开始寻访时文名师。经朋友介绍，他决定前往拜谒当时的文章大家胥偃。欧阳修没钱买礼物，就带了一些自己的诗稿文章作为见面礼。胥偃为人和善，平时的兴趣爱好就是鼓励和提携有才能的年轻后辈。他读了欧阳修的文章后，啧啧称奇道："这样的人才居然会被埋没？我绝对不允许此事发生。"

胥偃当即决定收欧阳修为徒,他对欧阳同学循循善诱,谆谆教导,毫无保留地把自己的经验传授给这位天赋异禀的年轻才子。欧阳修的时文写作,在胥老师的耐心指导下进步飞速,应付考试已绰绰有余。这年冬天,胥偃回京述职,顺便带着欧阳修出席各类社交活动,结识京城有头有脸的高官名流,为欧阳修积攒人脉与名气。

天圣七年(1029)春,由胥偃保举,欧阳修参加了国子监的解试,在国子学的广文馆试、国学解试中均获第一名,成为监元和解元,又在第二年礼部省试中再获第一,成为省元。

二十四岁的欧阳修第一名拿到手软,名动汴京城。一路披荆斩棘的他,终于杀到了最后一轮殿试,由当今官家宋仁宗亲自担任主考官。入围殿试的选手无论表现如何,都不会被淘汰,而是分出名次。而万众瞩目的状元,也将从中决出。

激动人心的时刻就要到来了,京城中无论是名士文人圈,还是平民百姓,都在讨论着前三甲将会花落谁家。其中,欧阳修的呼声极高,不少名门望族已跃跃欲试,打算为自家待字闺中的大小姐榜下捉婿。若能抢个状元做女婿,那可是天大的荣耀。

然而,殿试放榜的那一日,前三名中都没有欧阳修的名字。新科状元的桂冠,被拦路杀出的一匹黑马——鲜有名气的王拱辰夺得。而人气最高的欧阳修,居然只得了第十四名。时任主考官的晏殊后来透露:"欧阳修未能夺魁,并非才华不够,而是因为这个小伙的锋芒过于显露,众考官欲挫其锐气,激励其成才,才给了这个差强人意的名次。"

不管怎么说，能够冲出重围进入殿试的士子，都已称得上人中龙凤，何况第十四名也算不错。天圣八年五月，欧阳修被授为将仕郎、试秘书省校书郎，充任西京留守推官。将仕郎为文官中最低一级的从九品下芝麻小官，还好是在四京之一的西京洛阳任职，工作在一线大城市，机遇自然会更多。

对少年得志的欧阳修来说，未来如同一卷缓缓展开的洁白宣纸，只等他饱蘸了淋漓的墨汁，在其上尽情书写描画他拥有无限可能的人生。

欧阳修的老师胥偃对这个结果十分满意，第二年，决定将自己的宝贝闺女嫁给欧阳修。自古已有名望的前辈，扶持草根出身的后辈，像极了一场场风险投资——在这个人一无所有的时候，花钱供其读书考试，花精力亲自指导栽培，再为其打点各路关系，砸进去许多银子和心血。至于项目回报率如何，还得看这个后辈是否争气，若能蟾宫折桂，鲤鱼跃龙门，被封个一官半职，并且一路青云直上，进入朝堂，那就算是投资阶段性成功。

像胥偃这个项目，属于投资初现成果后，又加大了投资力度，把自家闺女都投进去了，直接一跃成为项目大股东，从此与欧阳修利益绑定，荣辱与共。

当然，在胥偃看来，他决定帮助欧阳修，主要是因为真心赏识这个初露锋芒的年轻人，正如伯乐识得千里马。欧阳修是幸运的，遇到了欣赏自己的胥偃，不仅在其辅导下考取了功名，还娶到了知书达理的大家闺秀胥小姐。

人生四大喜事之二的"金榜题名时"和"洞房花烛夜"，欧阳修在二十四五岁年纪轻轻时就接连收入囊中，可谓人生赢家。对早年丧父又家境清贫的欧阳修而言,久旱了那么多年,如今喜事接踵而至,自然算是逢到了一场又一场的甘霖。

此时的欧阳修春风得意,是否能"他乡遇故知"也就无所谓了。因为,有新的知己正在前方等着他。

天圣九年(1031)三月,欧阳修抵达了牡丹盛开的洛阳城,拜见了他的直属领导,西京留守钱惟演。这个钱大人的身份可不简单,他是五代十国中吴越国最后一任君王钱俶的儿子,如今已年过半百。钱惟演手下人才济济,除了欧阳修,还有尹洙、梅尧臣、苏舜钦等人。

欧阳修就是在这里,遇见了他一生的知己梅尧臣。

他后来写下《书怀感事寄梅圣俞》,忆及与梅尧臣初次相见的情景:"三月入洛阳,春深花未残。龙门翠郁郁,伊水清潺潺。逢君伊水畔,一见已开颜。"——暮春时节的洛阳,春深似海,飞花满城。我在清溪潺潺的伊水畔,遇见了梅圣俞。一见到他,我就情不自禁地露出笑容。

满城飞花似雪,落在两个年轻人的薄衣轻衫上。拂去落花,仍留满身清香。落花时节又逢君,多么美好。

梅尧臣也挥墨道:"春风午桥上,始迎欧阳公。"两人相见恨晚,恨不得天天在一起讨论文学,谈古论今。上班第一天,本应去钱惟演大人府上报到,结果两个人高高兴兴地手拉手去爬山了——"不暇谒大尹,相携步香山"。玩得很开心,如同被放回山林的猿猴一般——"自兹惬所适,便若投山猿"。

山间林深不见人,只有他们俩坐在树下畅谈诗歌与梦想。两个年轻人的眼睛都是亮亮的,志趣相投的他们似乎有说不完的话。

白头如新,倾盖如故。今日识君,如逢故人。

年少轻狂的欧阳修,虽是初入职场的新人,但一点也不想老老实实地待在办公室上班,而是成天拉着同事们翘班外出游玩。至于工作,做完手头的活儿就算完事,剩下的时间,自然是要付与花月春风。良辰美景,岂可辜负?

当然,欧阳修和他的小伙伴们也不是单纯游山玩水,大自然的美景给了他们创作诗词歌赋的灵感,多少惊艳世人的名篇佳作都是出自湖光山色之中。后来欧阳修就是在游赏山水之时,写下了举世名篇《醉翁亭记》。

钱惟演大人对此倒是十分宽容,从不责罚翘班的下属。钱老爷子也是爱好诗书之人,自称"平生惟好读书,坐则读经史,卧则读小说,上厕则阅小辞,盖未尝顷刻释卷也"。——上厕所的时候都要翻阅小辞,手不释卷。

钱大人知道好文章皆藏于山水之间,所以爱惜人才的他,很支持有才华的年轻人自由创作诗文,追求文学理想,不会以条条框框的官僚制度和行政琐事去约束他们。他还专门辟出一个院子作为举办文学交流沙龙的场地,等于是在告诉下属,你们可以不上班,好好研究文章诗赋就行。

有一次，欧阳修和同事上嵩山游玩，到龙门时突然下起了鹅毛大雪。他们不禁有些发愁：雪天路难走，可明天还得上班，咋整？忽然，欧阳修于茫茫烟霭中，看见有人骑着马冒雪渡水而来，定睛一看，竟然是上司钱惟演派来的厨子和歌伎，负责给他们做饭和助兴，并带老钱的口谕道："同志们登山辛苦了，你们可以在山上多留一阵赏雪，府里公事简易，不用急着赶回来。"

如此神仙上司，真是人间难得几回闻。

在钱惟演的鼎力支持下，欧阳修、苏舜钦等年轻才子无琐事缠身，有了充足的时间研究诗文创作。

流连于洛阳山水之间，欧阳修深深爱上了这里的牡丹。代表富贵的牡丹，向来被看作世俗大众的喜爱对象，而文人雅士，一般会为了彰显自己的风雅意趣，而喜欢梅花、莲花、菊花这种气质清绝出尘的花朵。比如说陶渊明爱菊花，王安石爱梅花，《爱莲说》的作者周敦颐就直言说："自李唐来，世人甚爱牡丹。予独爱莲之出淤泥而不染，濯清涟而不妖。"——普罗大众都喜欢牡丹花，真是太俗气了。我就不一样了，只喜欢小众的莲花。我们家莲花多么清新脱俗，和外面的那些妖艳花卉可不一样。

同在文人圈的欧阳修才不搞脱俗那一套，他大大方方地承认："我就是爱牡丹，姹紫嫣红的牡丹，富贵艳丽的牡丹。我不仅喜欢观赏牡丹，还为牡丹写文作赋，研究牡丹的种植方法，再把牡丹花戴在头上。啊，牡丹，我爱你。"

欧阳修专门写了一篇《洛阳牡丹记》，文中他大赞牡丹花的美丽姿态，以及牡丹带给这一座城市的狂欢。"洛阳之俗，大抵好花。春时，城中无贵贱皆插花，虽负担者亦然。花开时，士庶竞为游遨，往往于古寺废宅有池台处为市井,张幄帘,笙歌之声相闻。"

这就相当于,欧阳修作为一位精英人士,他朋友圈中的其他人,都喜欢高尔夫、古典钢琴曲、米其林餐厅这种高大上的东西,可欧阳修的一大爱好,却是所谓俗气的、市井的、大众审美的事物,比如洛阳的牡丹花,再比如描摹男欢女爱的俗艳词。

欧阳修会像流行歌曲之王柳永一样,写一些接地气的艳词,譬如《南歌子》:

凤髻金泥带,龙纹玉掌梳。走来窗下笑相扶,爱道画眉深浅入时无。

弄笔偎人久,描花试手初。等闲妨了绣功夫,笑问双鸳鸯字怎生书?

这样赏花写词的快乐日子,并没有持续太久。钱老爷子在朝中遭人恶意弹劾,被贬汉东郡。西京留守一职,由名臣王曙接任。

前来送别老领导的欧阳修等人,哭得稀里哗啦的,送了一程又一程,谁也不愿离开。

送君千里,终须一别。到了洛阳南郊的驿馆中,众人把酒话别。老钱也落泪了。这样一群真性情、有才华的下属,他也舍不得。况且文人之间总是心意相通,他们于彼此,是跨越了年龄鸿沟的忘年知己。

从钱惟演离去开始,欧阳修在接下来的漫长岁月里,经历了无数痛心的生离和死别。前面这段时间他走得似乎太顺了,根据"运气守恒定律",欧阳修接下来的人生路,就要变得崎岖坎坷了。

五

钱老爷子走后,新任领导王曙作风严谨,驭下严格,他自然是看不惯以欧阳修为首的一群下属天天自由散漫的样子,于是把他们叫到跟前训话:"你们知道寇莱公晚年遭祸是因为啥吗?就是不好好上班,成天饮酒作乐导致的!"寇莱公指的是北宋名臣寇準,也是王曙的岳父大人。

一时间众人都吓得不敢吭声,只有欧阳修心直口快道:"依我之见,寇莱公之所以倒大霉,不是因为贪图享乐,而是因为一把年纪了还不退休,不给年轻人腾位置!"

一句话把王大人撑得无话可说。不过王曙也是宽宏大量之人,很快他就发现了欧阳修的过人才华,理解了这个小伙子锋芒毕露是有资本、有底气的。

明道二年,梅尧臣因公调离洛阳。欧阳修感到花团锦簇的洛阳城一下子变得空荡荡的。老领导走了,好朋友也走了。他想起梅尧臣还在洛阳的时候,两人时常携手遍赏美景。落寞不已的欧阳修写下一阕《浪淘沙》:

把酒祝东风,且共从容。垂杨紫陌洛城东。总是当时携手处,游遍芳丛。

聚散苦匆匆,此恨无穷。今年花胜去年红。可惜明年花更好,知与谁同。

花开得再好，也没人一起看了。想他，想他，还是想他，我的好兄弟。

既然当年的福可以双至，如今的祸也就绝不单行。妻子胥氏生子未满月，便病重离世。欧阳修难以释怀这丧妻之痛，哪怕一年后想起胥氏，他依然泪流不止，离愁别恨一齐涌上心头，凝成一首《玉楼春》：

尊前拟把归期说，未语春容先惨咽。人生自是有情痴，此恨不关风与月。

离歌且莫翻新阕，一曲能教肠寸结。直须看尽洛城花，始共春风容易别。

命运馈赠给他的，如今都一一收回。

为了纾解悲痛的心情，欧阳修将全部心力放到了工作上。这一段时间，洛阳官场都在谈论一条重磅新闻——三年前惹毛刘太后的范仲淹被调回京城，担任右司谏。大家都在等着看，敢于硬刚大领导的老范，这次又要搞出什么花样来。欧阳修一直很崇拜老范仗义执言的勇气，他也在期待着榜样老范这次回归朝堂的表现。然而两个月过去了，仍然一片风平浪静。

欧阳修坐不住了，直接写了一篇洋洋洒洒的《上范司谏书》，铿锵有力道："立殿陛之前，与天子争是非者，谏官也。"——称职的谏官，敢于在朝堂上直言进谏，与天子争辩是非曲直。可是范先生，您到任都俩月了，一点动静也没有，到底称不称职啊？

上来就是一番灵魂拷问。老范比欧阳修大了将近二十岁，官职也略高，他阅毕此书后，非但没有责怪欧阳修言语冒昧，反而还很欣赏他的为官之道和满腔热血。两人因此结缘，开始互通书信，关系愈加亲近。

范仲淹曾立下以天下为己任的济世理想，这条路他走得很辛苦。值得庆幸的是，在这场打怪升级之旅中，他又喜获了一个志同道合的知己好友，这为他之后推行新政打团战，奠定了坚实的基础。

而欧阳修此时还是个职场新人，作为一棵有实力的好苗子，他在端正了上班态度、不再贪玩翘班后，就轻轻松松迎来了升职。这年十二月，欧阳修升为八品承奉郎。

景祐元年三月，欧阳修西京任满，入东京述职。他的第二任领导王曙很欣赏其才能，便向顶头上司宋仁宗举荐。是年闰六月，欧阳修被授予京官，正式进入朝廷，担任馆阁校勘，参与编修《崇文总目》。

一颗朝堂新星冉冉升起。这个优秀的单身青年引起了朝中许多老父亲的注意，他们纷纷想把自家闺女嫁与他。同年，欧阳修依照礼制续弦谏议大夫杨大雅之女为妻，夫妻二人十分恩爱。

可惜好景不长，杨夫人也是个红颜薄命的女子，在和欧阳修成婚一年多后就去世了。欧阳修亦是痛心不已多时，忆及当年元夕，夫妻俩还一同携手游赏于高低错落的花灯之间，看那"凤箫声动，玉壶光转，一夜鱼龙舞"的佳节美景。如今，阴阳两隔，只有一个伤心人，失魂落魄地游荡在繁华热闹的市井街头。欧阳修洒泪而作《生查子·元夕》：

去年元夜时，花市灯如昼。月上柳梢头，人约黄昏后。

今年元夜时，月与灯依旧。不见去年人，泪湿春衫袖。

这是欧阳修不断告别的三年，太多的生离与死别，充斥着他不堪重负的生命。多少人匆匆而来，陪他走过一段美好的路途，然后又匆匆离去。欧阳修一个人站在原地，将他们留下的零碎回忆，仔细地收好，并珍藏于心。

人生自是有情痴，此恨不关风与月。

六

景祐三年（1036），朝廷出了件大事。

权知开封府范仲淹献上《百官图》，抨击宰相吕夷简任人唯亲。吕宰相反唇相讥，向宋仁宗告状说老范越职言事、荐引朋党、离间君臣。范仲淹连上四章，痛陈时政弊端，因言辞过于激烈，惹毛了宋仁宗，遂被降职为饶州知州。朝中的正义之士，如秘书丞余靖、太子中允尹洙等人，纷纷进言相救，然而身为谏官的高若讷，不仅对此事一言不发，还为了迎合位高权重的吕宰相，落井下石地附和道："范仲淹是咎由自取，活该被贬。"

这可把欧阳修气坏了，倒不是因为他是老范的小迷弟，而是纯粹看不惯高若讷一介谏官，却未秉公言事，反而冷眼旁观，可谓大大地失职。欧阳修怒写一封《与高司谏书》，直言道："出入朝中称谏官，是足下不复知人间有羞耻事尔。所可惜者，圣朝有事，谏官不言，而使他人言之。书在史册，他日为朝廷羞者，足下也。"——您身为谏官，却对范仲淹被贬之事三缄其口，还每日昂首挺胸出入于朝堂之中，毫无愧色，您要脸吗？此事被写入史册，日后令朝廷蒙羞的，就是阁下了。

欧阳修还在文中说："愿足下直携此书于朝，使正予罪而诛之，使天下皆释然知希文之当逐，亦谏臣之一效也。"——要不然您带着这封信去找皇上，把我也降罪杀了吧。若能借此让天下人知晓范仲淹被贬的原因，也算是您身为谏官的一点功劳。

阴阳怪气之味十足，变着花样而又不失礼貌地骂人。

此时的欧阳修不过是个校勘书册的小小编辑，却敢在路遇不平时，狂撑他的职场前辈高司谏，简直不是来上班的，而是来整顿职场的。欧阳修贯彻落实了其偶像韩愈的做人原则——遇不平则鸣，碰见不公义之事，冒着被降级处罚的危险，也要站出来仗义执言，无所畏惧助范公。如此大义凛然，年纪轻轻已有范公那种"虽千万人，吾往矣"的劲了。

高若讷被气得血压飙升，自然去找宋仁宗怒告御状。撑人一时爽，代价却是惨重的。为逸言所蒙蔽的宋仁宗认定欧阳修也是老范的朋党，把他踢出了中央编制，贬到了夷陵当县令。

夷陵，位于湖北宜昌长江西陵峡畔，与京城隔着千山万水，且深居内陆，相对闭塞。被贬至此的欧阳修，心中不是没有过苦闷。本应在政治舞台施展大好才华，试问天子我的文章好不好；如今却在这个远离朝堂的小县城，果林的老汉问我橘子甜不甜。唉，郁闷哪！

这时他收到了好友梅尧臣寄来的慰问书信，信末附上了一首铿铿有力的《古意》：

> 月缺不改光，剑折不改刚。
> 月缺魄易满，剑折铸复良。
> 势利压山岳，难屈志士肠。
> 男儿自有守，可杀不可苟。

知我者，圣俞也！欧阳修默默地将此诗诵读了一遍又一遍，心中感慨不已："仁人志士，总有一份坚守，纵有千山万岳压顶来，我自不屈不折不言弃。"

欧阳修很快调整好了心情，积极投身于当地的建设之中。他大力倡导文明开化，教民礼让，摈除简风陋习；又推行拆茅屋、建瓦房，实现人畜分居；还着力整顿吏治，重审冤案。夷陵渐渐被他治理得井然有序，焕然一新。

闲暇之余，他寄情山水，吟诗作赋。夷陵是个风光极佳的好地方，只是在全国不太出名。欧阳修便化身夷陵的旅游形象大使，写下《夷陵九咏》，花式夸赞这里的好山好水，并邀请梅尧臣等好友一同畅游峡州。他还发现夷陵有很多土特产，便写信向朋友安利道："又闻好水土，出粳米、大鱼、梨、栗、柑橘、茶、笋。"

看着一天天变好的夷陵，欧阳修欣慰地笑了。他尝了一口当地百姓送他的橘子——真甜呀，甜到了心里。

夷陵之行，欧阳修得以"周达民事，兼知宦情"，他对治理百姓和为官之道都有了新的认识和体验，并立誓"自尔遇事，不敢忽也"，他变得更加谨慎负责，不再是之前那个咋咋呼呼的职场小白了。

又是一年春深似海，欧阳修不禁想起牡丹盛开的洛阳城。当年在洛阳的他们，是多么意气风发。那段知己在侧的青春岁月，是欧阳修一生中最为美好的回忆。

少年把酒逢春色，今日逢春头已白。什么时候能再回去，遍赏满城春色呢？

即便回不去洛阳，也想再和昔年的故交重逢于江湖。只是梅尧臣仕途也不甚得意，这些年来因公务辗转流离于多地。欧阳修给老友寄去一首诗："行当买田清颍上，与子相伴把锄犁。"——圣俞兄，咱俩退休后就一起买块地，相伴养老吧。在青山与稻田间，陪彼此走过最后的人生旅途。

这个愿望很美好，却也很遥远。

当下的欧阳修，仍然是孤零零一个人。他乘着一叶孤舟，任其西东。看着两岸的千峰万树、流云苍烟，他轻轻地感叹道："曾是洛阳花下客，野芳虽晚不须嗟。"

七

宝元元年，西北党项首领鬼名元昊称帝，建立西夏。双方外交关系彻底破裂，西夏发兵南下攻宋。异族的铮铮铁骑踏碎了边境的和平安宁，也惊醒了宋廷的盛世清梦。武备废弛的宋军无力抵抗，节节败退。两年后，因西夏战事吃紧，范仲淹被召回京师。

康定元年初，五十二岁的老范东山再起，出任陕西经略安抚副使。他想起了当初为自己出头而被贬官的欧阳老弟，于是辟他为掌书记，辅佐自己实现平定西夏大计。老范有信心，带上好兄弟一起干，来日一定可以混出个名堂来。

欧阳修闻命，却笑着推辞道："昔者之举，岂以为己利哉？同其退不同其进可也。"——当年帮范兄，我又不图啥。不能今日老哥你一人得道，我就也跟着鸡犬升天。裙带关系这一套，咱别搞。

很快，欧阳修由于在地方政绩不错，被召回汴京，复任馆阁校勘，继续编修《崇文总目》。而此时，他的范大哥，正在西北边境一边操练军马，一边筹谋着一件大事。

庆历三年，范仲淹戍边有功，被调回京师，同年拜为参知政事，高居副宰相之位。如今，天时地利人和，是时候开启团战了。这一年，老范作为带头大哥，以富弼、韩琦作为左膀右臂，再加上欧阳修、蔡襄等志同道合之辈，开启了一场轰轰烈烈的庆历新政。

多少年后，当欧阳修变成一个苍颜白发的老头子时，他还是会常常想起这段激情燃烧的岁月。同官尽才俊，正当盛年的他们，把所有热血、所有才华、所有精力，都付与了这场风起云涌的政治革新。

他们日日聚在一起讨论时事，钻研对策。面对北宋的沉疴顽疾，范仲淹新政天团提出了十条应对措施：明黜陟、抑侥幸、精贡举、择官长、均公田、厚农桑、修武备、减徭役、覃恩信、重命令。中心思想就是要严格规定官员的考核任用制度，破除官场的陈规旧习，打造一个高效廉洁的官僚体系。

欧阳修作为革新的辅助之一，充分发挥了他文笔好、口才佳的优势，火力全开，连上多道奏疏，提出肃清吏治、改革军事、改革贡举法等主张。宋仁宗听得连连点头，采纳了大部分意见，下令从试点地区开始实施新政。殿堂上的欧阳修与范仲淹相视一笑——取得了阶段性的小胜利，是多么振奋人心。

他们仿佛为政局注入了一股新鲜血液，重新振作了萎靡的朝纲。

然而，形势很快急转直下。新政触碰到了贵族官僚的利益，因而遭到他们的强烈阻挠。特别是其中的"明黜陟"和"抑侥幸"，又是要整顿官场，开除长期摸鱼、尸位素餐的官员，又是要限制恩荫制度，不许在位官员随意把亲朋好友塞进朝中任职，并规定恩荫出身的子弟必须经过一定的考试，才能获得职位。

这场新政，将会砸掉多少人的饭碗？谁也不甘心坐以待毙。于是反对派纷纷捏造新政天团结党营私的言论，天天向宋仁宗打小报告：陛下，这帮人合起伙来，是要算计您啊！他们整天聚在一起开小团体会，绝对有猫腻，八成是在互相勾结谋取私利。朋党之患，不可不防啊！

宋仁宗感觉自己的心里很纠结。一方面，老范乃朝廷的股肱之臣，一直以来忠心耿耿，怎么也不像是结党营私之人；另一方面，自古帝王最忌讳臣子结党，圣人早就说过"君子不党"，历代朋党之祸数不胜数，轻则党同伐异，互相攻击，使政局混乱，重则沆瀣一气，谋朝篡位，令江山倾覆。

老范一伙人，到底是不是朋党？宋仁宗急需一个答案。

正在新政进行得如火如荼之际，宋仁宗召集了新政天团的所有成员开大会。在会上，大领导看似漫不经心地问道："自古小人多为朋党，难道君子也结党吗？"

正常人面对这个问题，肯定是赶紧附和皇上："陛下您说得对！只有小人才结党，结党的都是小人！我们可是君子，绝不结为朋党！"

然而，心中坦荡的老范竟直言不讳："微臣在边防之时，见到英勇善战的人自为一党，怯懦退缩的人也自为一党。在朝堂上，正邪两党同理。陛下只要用心体察，一定可以分辨忠奸。假如是结党做有益社稷之事，那又有啥不好的呢？"

欧阳修对于老范的发言认同不已："我大哥说得真好！真是英雄所见略同。"

宋仁宗却是一肚子的火："好啊，这帮人果然在结党，自己都承认了，看来确凿无疑。结为朋党，能干什么好事？"

君臣不欢而散。

正当朝中朋党之论甚嚣尘上时，欧阳修奋起反击，发表了他的千古大作《朋党论》，为朋党正名，再次论证了这个在当时"离经叛道"的观点——君子有党。

首先，欧阳修推翻了"小人多为朋党，而君子无党"的说法："然臣谓小人无朋，惟君子则有之，其故何哉？小人所好者，禄利也；所贪者，财货也。当其同利之时，暂相党引以为朋者，伪也；及其见利而争先，或利尽而交疏。"——我认为小人并无朋党，君子才结党。小人之间因利而聚，暂时假装成为朋党，但那都是假的，利尽就散了，甚至还会反过来互相残害，哪能叫朋党呢？

接下来，他力陈"君子有党"的观点："君子则不然，所守者道义，所行者忠信，所惜者名节。以之修身，则同道而相益；以之事国，则同心而共济，始终如一，此君子之朋也。"——君子就不一样了，那是基于道义名节，才结为"君子之朋"。同舟共济，始终如一。

最后，他向宋仁宗提出建议："故为人君者，但当退小人之伪朋，用君子之真朋，则天下治矣。"——所以陛下，您应当斥退他们那些假的小人朋党，任用我们这样真的君子朋党。如此，天下就能治理好了。

之后欧阳修还引用了大量名人事例来论证自己的观点，通篇文章逻辑严密，无懈可击。唯一的问题是，文中的每句话，都在宋仁宗的雷区疯狂蹦跶。

结党，不仅仅是宋仁宗的雷区，更是封建时代大多数帝王的雷区。清朝雍正帝读了欧阳修的《朋党论》之后，火冒三丈，特意写了一篇《御制朋党论》来反驳欧阳修的观点，中有一句："设修在今日而为此论，朕必诛之以正其惑世之罪。"——简直是妖言惑众，欧阳修要是我朝的臣子，朕必定杀之而后快。

宋仁宗看后，自然也是勃然大怒："我哪知道你们到底是君子之朋还是小人之党？说来说去，你们还是在结党，还结得如此理直气壮！结为朋党，就是大错特错，错无可赦。贬贬贬，全给我贬出去！"

八

庆历五年，范仲淹、韩琦、富弼三大"C位"主力战将相继被降职外放，新政天团惨被团灭，凝聚了他们无数心血的庆历新政宣告失败。而欧阳修作为辅助，还没轮到他受责罚。正在河北都转运使任上的欧阳修却迫不及待了:"我们团队的成员都被贬官了,我怎么能独善其身?理应共同进退。麻烦陛下把我也贬了吧!"

与此同时,欧阳修又作一篇《论杜衍范仲淹等罢政事状》,一方面力证老范等人的忠贤,另一方面吐槽扰乱视听的小人:"夫正士在朝,群邪所忌,谋臣不用,敌国之福也。今此数人一旦罢去,而使群邪相贺于内,四夷相贺于外,此臣所以为陛下惜之也。"——忠正之士在朝中时,"群邪"和敌国便有所忌惮,不敢轻举妄动。陛下如今罢免了忠臣良相,朝中"群邪"和异族外敌可就开心死了,都在举杯庆祝。陛下,您可长点心吧。

这下心术不正的新政反对派坐不住了,说谁是"群邪"呢?好你个欧阳修,嘴可真损哪。走着瞧吧,说坏话谁不会啊。你不是声称君子"所惜者名节"吗?那便找机会让你名节尽失。

接下来,欧阳修便遭遇了他职场上的一大毁灭性打击——被人诬陷和自己的外甥女张氏私通,而张氏为人收买后竟供认不讳。

犯罪嫌疑人张氏的身份有些复杂,她是欧阳修的妹妹的丈夫与其前妻的女儿。从血缘上来说,和欧阳修并没有关系。不过妹妹的丈夫去世后,欧阳修不忍见其妹母女无所依靠,便接到了身边照顾。张氏及笄之时,欧阳修为她安排了一门亲事——自己的远房侄子欧阳晟,欧阳晟忠厚老实,且有个小小官职,算是其终身可依之人。没想到张氏婚后作风不正,一而再再而三地出轨,与下人私通,被戴绿帽的欧阳晟恼羞成怒,直接将张氏扭送至官府。

本来此事和欧阳修没有半毛钱关系,然而审理此案的官员名叫杨日严,从前因为贪赃枉法,曾遭到欧阳修的弹劾,对此怀恨在心。如今得知犯妇乃是欧阳修的外甥女,立刻想到公报私仇,指使手下教唆张氏，并以严刑相逼。

于是这个案子就这么攀诬上了欧阳修，屈打成招的张氏一口咬定，自己未出阁时，就与舅舅欧阳修有染。

欧阳修正人君子的人设瞬间崩塌。

如此炸裂的桃色新闻一出，举国震惊。素来以忠直刚正著称的文坛大咖欧阳修，私下竟如此污秽不堪？即便此事还未盖棺论定，吃瓜群众都在茶余饭后谈论着这桩丑闻：塌房了塌房了，没想到欧阳修居然是这种人。

欧阳修也傻了眼："啥情况啊？怎么我突然成了绯闻男主角？"

光有口供，无法定案。于是朝中"群邪"开始折腾作妖了，扒出了一首据说为欧阳修早年写的《望江南》：

江南柳，叶小未成阴。人为丝轻那忍折，莺嫌枝嫩不胜吟。留着待春深。

十四五，闲抱琵琶寻。阶上簸钱阶下走，恁时相见早留心。何况到如今。

欧阳修的政敌们纷纷跳出来指责词中的"叶小未成阴"，指的不就是欧阳修的外甥女吗？还"恁时相见早留心"，原来早就惦记上了啊。欧阳修，你可真是个伤风败俗、禽兽不如的东西！

造谣一张嘴，辟谣跑断腿。面对这一通诬陷，欧阳修有口难辩。年少轻狂那几年，是写了些有关歌伎与男女之情的艳词，可是试问一众风流才子，谁的笔下不曾写过美人与春情？这首《望江南》不过是将怀抱琵琶的少女，与早春时节的嫩柳新枝做类比，怎么就扯到他染指外甥女了？

虽说身正不怕影子斜，清者自清，可古代君子最看重名节，如今欧阳修丑闻缠身，名誉受损，心中难免不郁闷。他很清楚，这次事件不过是看不惯他的政敌们导演的一出闹剧。在多年为官和参与新政的过程中，他因刚直不阿、疾恶如仇得罪了不少人。如今被诬陷中伤，似乎是逃不掉的命运。

"艳词门"事件持续发酵，闹到了皇上那里。宋仁宗其实并不相信欧阳修会做出如此伤风败俗之事，他心想："永叔这家伙，虽然有时说话太直把人气得够呛，但人品是没话说的。"

经过多方审查，都没有找到欧阳修与他外甥女发生不伦私情的证据，可深陷"艳词门"的欧阳修，还是被以"有伤风化"为由，贬黜出京，到滁州任职。

欲加之罪，何患无辞？欧阳修望着远处的巍峨宫阙，苦笑着摇摇头。职场难混啊，本想肃清吏治，整顿官场，没想到不仅成效甚微，还把自己的前途都搭进去了。

也罢，那就远离朝堂，去江湖之间当个世俗自在人吧。

平芜尽处是春山，行人更在春山外。

九

在新政理想破灭、桃色丑闻缠身的这一年，欧阳修带着母亲郑老夫人,来到了位于江南的滁州,担任太守一职。滁州多雨,他的心也像连绵不绝的雨天,阴郁潮湿。

铺满青苔的小径,直通幽深的山林,欧阳修呆呆地站在原地,望着迷蒙细雨中深不可测的前路,陷入了沉思——

梦想的幻灭,来得那么迅疾无情。曾经期望着站在朝堂上"与天子争是非",与老范那样的有志之士一同鼎新革故,改天换地。可政敌的诬告与诽谤,却如同四面八方而来的利箭,防不胜防。一个不小心,已是万箭穿心。

为了排遣愁绪,欧阳修漫步于山林之间。他想起五十年前,宋太宗时期的名臣王禹偁,也曾被贬滁州。欧阳修一直将王禹偁视作人生榜样,仰慕其"传道而明心"的散文、"耿然如秋霜夏日"的人格和旷逸豁达的胸怀。王禹偁任滁州太守仅一年有余,因有善政,滁州人甚为爱戴,在琅邪山上立祠祀奉。

欧阳修遂前往拜谒,瞻仰了王禹偁的画像。两人隔着半个世纪,虽然不曾同朝为官,可欧阳修还是感受到了前辈身上那股风霜不可灭的神采与力量。他不禁默默吟诵起王禹偁作的那篇《三黜赋》:"屈于身兮不屈其道,任百谪而何亏。吾当守正直兮佩仁义,期终身以行之。"

欧阳修的内心大为触动:"是啊,王前辈也被贬了那么多次,却并未意志消沉,而是始终固守心中大义,不屈不折,值得吾辈学习!"这次拜谒之旅后,欧阳修很快收拾好心情,担负起太守的职责。

欧阳修治郡,崇尚宽简,注重实际。他认为做一方太守,为的不是拼业绩求升职,而是为了百姓过得好。为官者,当爱民护民,便民助民,而不烦民扰民。滁州民风淳朴,并无天灾人祸,那就没必要大动干戈、劳民伤财，为了自己的政绩搞那些虚头巴脑的形式主义。

《宋史》评价他："凡历数郡，不见治迹，不求声誉，宽简而不扰，故所至民便之。"

看似"摸鱼"偷懒之举，实则是一种大智慧。

欧阳修平常从不去打扰滁州人民清净的生活，只在天气晴朗的时候，召集想要"偷得浮生半日闲"的百姓，带着他们游山玩水："父老乡亲们，今日本官在琅琊山举办野餐会，有吃有喝有活动，统统免费，欢迎同志们加入！"

于是便有了《醉翁亭记》中所描述的"负者歌于途，行者休于树，前者呼，后者应，伛偻提携，往来而不绝者，滁人游也"之情景。欧阳修在建好的醉翁亭中设宴："临溪而渔，溪深而鱼肥；酿泉为酒，泉香而酒洌；山肴野蔌，杂然而前陈者，太守宴也。"野餐会并没有多么丰盛的玉盘珍馐，都是山间取材而做的食物，比如小溪中钓的鱼，泉水酿的酒，山上摘的野菜。这场宴会是朴实而接地气的，没有丝竹管弦之乐，但是百姓玩得也很开心："宴酣之乐，非丝非竹，射者中，弈者胜，觥筹交错，起坐而喧哗者，众宾欢也。"

看到人们如此快活自在，作为太守的欧阳修心中是欣慰满足的："人知从太守游而乐，而不知太守之乐其乐也。醉能同其乐，醒能述以文者，太守也。太守谓谁？庐陵欧阳修也。"

与民同乐，这是儒家不懈追求的政治理想，而欧阳修用他的宽简而治、无为"躺平"，轻轻松松就实现了政清人和、与民偕乐的终极目标。

在滁州的岁月，是欧阳修遭遇了重大变故之后的一场治愈心灵之旅。他寄情于这大好的山水之间，将官场的纷扰、人生的不如意通通抛之脑后。拒绝内耗，抵制内卷，纵然生活一地鸡毛，依然不忘给自己找乐子。他看一朵路边的小花如何"发而幽香"，看山间之朝暮如何晦明而变，看"日出而林霏开，云归而岩穴暝"。

空山寄此身，陶陶且天真。

两年多后，欧阳修滁州任满，临行时，全城百姓为他送行。欧阳修亦不舍，作下一首《别滁》：

花光浓烂柳轻明，酌酒花前送我行。
我亦且如常日醉，莫教弦管作离声。

接下来的数年，欧阳修辗转于扬州、颍州、应天府任职。他的官位逐年高升，从地方太守做到了四京之一的南京应天府一把手。正当一切都慢慢好起来之时，又一打击轰然而至。

皇祐四年三月，母亲郑夫人与世长辞。欧阳修悲恸不已，离职服丧。母亲陪伴他走过了四十多年，从他年幼时用荻秆一笔一画地教他认字读书，到他成年后仕途不顺时用心宽解安慰，母亲郑氏，一直是他生命中最重要的人。

郑夫人虽是柔弱女子，却心志坚毅，乐观豁达，处忧困而不怨艾。欧阳修后来在悼念父母的祭文《泷冈阡表》中，回忆起自己被贬夷陵时，担心委屈了母亲，而郑夫人却言笑自若道："汝家故贫贱也，吾处之有素矣。汝能安之，吾亦安矣。"——咱们家本就贫贱，我已经习惯这种日子。我儿若能安乐对待，为娘亦能安乐处之。

人生就像一场漫长的告别。在四十六岁这一年，欧阳修告别了他的母亲。羁旅在外多年，慈母撒手人寰，故交星散天涯。

这一年，老友范仲淹也因病离世。欧阳修想起曾经与老范一同走过的峥嵘岁月，不禁怆然泪下。他接受了老范儿子的委托，为范仲淹撰写神道碑铭。那段与范公并肩作战的日子，是艰难却又光辉的。他需要认真地回忆，再将心中汹涌的情志与怀念，化作克制而又真挚的文字。

接下来的路，欧阳修将带着已逝之人的遗愿，继续走下去。理想未竟，壮志未酬，还好即便范公倒下了，还有欧阳公站起来。欧阳公的背后，伫立着千千万万的仁人志士。他们一代又一代地将家国大义薪火相传，纵然阻碍重重，被撞得头破血流，可他们永远不会放弃，永远不会倒下。

关关难过关关过，前路漫漫亦灿灿。

十

至和元年（1054）五月，欧阳修在服丧期满后，被召入朝中。此时的他已在外辗转十余载，须发皆白。宋仁宗与欧阳修许久未见，如今看到他已生华发，心中不免酸楚，当面安抚备至。

欧阳修刚回朝，当年的政敌便按捺不住，编造谣言加以陷害。还好有忠贞的臣子进言相劝皇上，欧阳修才被留下得以重用。他被委任为翰林学士，与宋祁等人共同修撰《新唐书》，又自撰《新五代史》。埋首于浩瀚书卷中的岁月，是寂寞而又充实的。

身边的人来来去去。有好友被任命为扬州太守,即将离京赴任。欧阳修为他饯行时,不禁想起自己庆历年间在扬州为官一方时的日子。那年他在扬州西郊修建了一座古朴的平山堂,还在堂前亲手栽种了一棵柳树。平山堂乃清幽僻静之所,游目骋怀,可凭栏望青山;寄情诗酒,有明月入樽来。

处江湖之远时,总有于山水之间找寻乐趣的机会,虽是被贬之身,心却可旷然飘逸如流云。而如今身居庙堂之高,伴天子左右,难免会遇到青蝇点素、谗言是非。当年静听晨钟暮鼓的时光,一去不返了。欧阳修作下一阕《朝中措》:

平山阑槛倚晴空,山色有无中。手种堂前垂柳,别来几度春风。文章太守,挥毫万字,一饮千钟。行乐直须年少,尊前看取衰翁。

不知当年新柳,如今是否已繁茂成荫,亭亭如盖?

嘉祐元年(1056),得到欧阳修举荐的梅尧臣,被任命为国子监直讲及《唐书》编修官。他从南方赶来京城时,欧阳修亲自去迎接。此时的梅尧臣已在官场失意多年,京中无人识他。而欧阳修,即便数次被贬,历经宦海浮沉,却也位列朝堂重臣,且在文坛独领风骚,得万众景仰。百姓都不明白,为何大咖欧阳公,要如此礼遇这个不知名的瘦老翁呢?

对欧阳修来说,莫逆之交,看重的从来不是身份地位,而是人品才华。梅尧臣的诗写得极好,有"宋诗开山祖师"之称。欧阳修年轻时,就跟着梅尧臣学习作诗。少年与君初相识,一生相交做知己。

对于老友欧阳修的帮助，梅尧臣很是感动，写下了"世人重贵不重旧，重旧今见欧阳公"的动人诗句。

嘉祐二年（1057）正月，欧阳修知礼部贡举，主持省试，负责为朝廷选拔优秀的青年才俊。梅尧臣在其推举下，担任科举考试的阅卷老师。

庆历至嘉祐年间，太学盛行一种以怪诞、务虚为特点的科考时文，许多职场候选人为了炫耀自己的与众不同，而刻意剑走偏锋，求深务奇，故弄玄虚。还有人为了显示自己的博学，专门使用生僻的词语典故，使文章艰涩难懂，读都读不通。

他们的心态大概是，考官你看不懂吧？看不懂就对了，这就是本人文章高深之所在。如果不让我考中，那就说明你作为考官，能力不到位，水平太拉胯。

欧阳修才不吃这一套，还治不了你们这群故作高深、不说人话的小崽子？凡是假大空文风的，统统不要！

为了遴选出真正有才学的考生，欧阳修大力整顿科考，调整录取标准，积极改革文风，摈弃辞藻华丽而内容空洞的西昆体，以及险怪艰涩的太学体，倡导内容经世致用、语言晓畅通达的文以载道之作。

还记得十岁那年，欧阳修初次读到昌黎先生的文集时，他年幼的心中就埋下了将韩愈之文发扬光大的种子。如今，经过他多年的不懈努力，这颗稚嫩的种子终于破土而出，并日益枝繁叶茂。

正是矫正文风、整顿科考之后，许多有真才实学的考生才得到机会脱颖而出。就是从这一年开始，欧阳修成为大宋第一伯乐，他慧眼识得千里马，推举的每一位人才，皆是后来名震千古的政治领袖或文坛大咖。从宰相之才的王安石、司马光，到文学奇才苏门三杰、曾巩，这些风云人物，全都得到过欧阳修的赏识和拔擢。

唐宋八大家中，北宋占六人，其中五人皆为欧阳修举荐，还有一人，便是他自己。

其中的曾巩，是欧阳修十多年前收下的学生，当年寂寂无闻的小透明曾巩，写了封信给蜚声文坛的欧阳修，想要拜其为师。欧阳修读完信后，对曾巩的观点与文采称赏不已，很快回信加以指点，并将其收入门下，悉心栽培。

只是曾巩并不善于写科考青睐的华丽骈文，这些年来屡试不第，沉寂多时。直到他的恩师欧阳修成为主考官，改革科举文风，三十九岁的高龄考生曾巩，才满怀希望地又一次参加了考试。

嘉祐二年的科考结束后，身为点检试卷官的梅尧臣，正对所有考生的试卷等级进行初步评定。阅卷过程中，他看到一篇《刑赏忠厚之至论》，全文平易晓畅，气势如虹，不禁惊为天人，赶紧拿给主考官欧阳修批阅。当时的考卷为防作弊，都是密封糊名的。欧阳修阅毕此文后，亦颇惊其才，认为很有可能是弟子曾巩所写。

欧阳修心中泛起纠结：曾巩可是我的得意门生，若第一名给他，不就有以权谋私之嫌了吗？罢了罢了，老夫只能忍痛割爱了。曾同学，委屈你啦，为师只能给你个第二名。

欧阳修为了避嫌，便将此卷取为第二，将原本第二名的卷子取为第一。结果试卷拆封后，才发现这篇《刑赏忠厚之至论》的作者是苏轼。欧阳修欣喜不已："这个小伙子真是了不得啊，后生可畏！老夫必当好生栽培一番！"

欧阳修和苏轼这两位文坛巨匠，就以这种奇妙的方式，相遇在了历史浩瀚无涯的洪流之中。

世间千里马常有，伯乐却不常有。这次欧阳修慧眼相中的，可不止苏轼这一匹千里马。

嘉祐二年的进士录取名单，可谓盛况空前，是中国古代科举史上最为星光璀璨的一榜。除了人气巨星苏轼及其弟苏辙、欧阳公弟子曾巩，还涌现了大量千古风流人物。光是后来位列宰执的，就有吕惠卿、章惇、曾布等人，还有写下了"为天地立心，为生民立命，为往圣继绝学，为万世开太平"的儒学宗师张载，以及程朱理学的奠基者、"二程"之一的程颢。

如此熠熠生辉的龙虎榜，千百年来唯此一例。

多亏了欧阳公，群星得以闪耀于夜空之中，照亮大宋的政坛与文坛。

十一

在所有中榜进士中，欧阳修最为欣赏的便是苏轼，他不遗余力地提携当时名不见经传的小苏同学，视其为衣钵传人。作为"海内文宗"的欧阳修，在当时是最具权威的文坛领袖，他所肯定赞美的文章，很快就能火遍整个大宋文人圈，他所认可提拔的文坛新秀，很快就能声名鹊起，占据汴京城的热搜前三名。

欧阳修时常向人夸赞苏轼的优秀，他曾向梅尧臣感叹道："读轼书，不觉汗出，快哉快哉！老夫当避路，放他出一头地也！"——苏轼的文采好得让人直冒汗，老夫当给此人让路，让他尽情施展才华！

欧阳修同时也意识到，长江后浪推前浪，前浪很有可能被拍死在沙滩上。他欧阳修已经老了，就要给新生代才子让位了。欧阳修内心隐有一番惆怅，他对自己的儿子叹息说："儿啊，有苏轼这样的优秀后辈，三十年后，世人再不会传诵你老爹的文章啦。"

这种伤感自身的念头只是一闪而过，而发现人才的激动和喜悦却久久不能平息。欧阳修很欣慰："老夫有接班人啦，大宋文坛的第一把交椅让给苏轼，老夫很放心。"

欧阳修带着小苏去拜访朝廷重臣韩琦与富弼，这两位都是曾与他在庆历新政中共同作战的好兄弟，现在皆为宰相级别的大人物。只是当年他们新政天团的带头大哥范仲淹，如今已不在人世，欧阳修十分遗憾地对苏轼说："恨子不识范文正公。"

若是范公还在，该多好。他一定也会为文坛后继有人而开心。

经过欧阳修的宣传营销，苏轼很快在文人圈中崭露头角，文名渐盛。

苏轼对于恩师欧阳修的知遇之恩，自然是感激不已。欧阳修是他从小就无比倾慕的文章大家，苏轼后来在追忆恩师的悼文中说："轼自龆龀，以学为嬉。童子何知，谓公我师。昼诵其文，夜梦见之。"——我刚换牙时，就超级崇拜欧阳公，不仅白天诵读欧阳公的文章，晚上睡觉还会梦见欧阳公。

苏轼深情回忆起与欧阳修第一次见面时的情景："公为抚掌，欢笑改容。此我辈人，余子莫群。我老将休，付子斯文。"苏轼和弟弟苏辙进士及第后，一同到主考官欧阳修府上拜谢。苏轼终于见到了他魂牵梦绕的欧阳公。初次见面，欧阳修抚掌大笑着对小苏说："你我志同道合，等我年老退休了，就将文章之道都传授给你。"

苏轼对欧阳修和梅尧臣两位恩师深怀感恩之情。他大赞欧阳修"以救时行道为贤，以犯颜纳谏为忠"，即便谗言攻讦，也只能"折困其身"，而不能"屈其言"。苏轼亦为恩师的文章所倾倒，评价欧阳公之文："论大道似韩愈，论事似陆贽，记事似司马迁，诗赋似李白。"

嘉祐四年（1059），苏轼返回京城时，途经夷陵。他想到欧阳公曾在夷陵做过太守，便专门前去拜访峡州太守为欧阳修所筑的至喜堂，回顾欧阳公当年风采。后来苏轼又从少数民族同胞处买得蛮布弓衣，上面织着梅尧臣的《春雪》诗，赠予欧阳公。

次年，朝廷举行制科考试筛选杰出人才，欧阳修以"才识兼茂"举荐小苏同学参试。苏轼果然不负厚望，一举夺魁。从一介默默无闻的眉山士子，到名动京师的明日之星，苏轼最初的崛起，离不开恩师欧阳修的慧眼识才与鼎力拔擢。

若无欧阳修，恐怕也难以成就大宋顶流、千古第一文人苏轼。

这一年，就在欧阳修的事业宛如开了挂一般蒸蒸日上之时，他又遭受了人生的一大痛击——好友梅尧臣身染重病，猝然长逝。欧阳修痛不欲生，他翻阅着梅尧臣曾写给他的诗篇，不禁老泪纵横。

老虽得职不足显，愿与公去欢乐同。欢乐同，治园田，颍水东。

圣俞兄，咱们说好退休后一同去颍州买块田养老的，怎么你先丢下我走了？这个约定，终究是落空了。

还好的是，那些一同游赏洛阳牡丹，一同寄情湖光山色，一同以诗词相互砥砺的日子，全都真真切切地存在过。还记得伊水河畔，玉树临风的梅尧臣渡水而来，吟着诗，唱着歌。欧阳修默默自语道："昔逢诗老伊水头，青衫白马渡伊流。"

那时他们还年轻，还是鲜衣怒马的少年公子。那样美好的回忆，足以照亮他们生命中每个昏沉黯淡的时刻。

人生聚散长如此，相见且欢娱。

对很多人而言，今生能遇见，已是上上签。

十二

是年十一月，欧阳修升职为枢密副使，次年闰八月转户部侍郎、参知政事，自此得以位列宰执，跻身中央最高权力决策层。两年后，宋仁宗崩于福宁殿，由于宋仁宗无嗣，便以濮王赵允让之子赵曙继位，是为宋英宗。

宋仁宗也是倒霉，几个亲生儿子先后全部夭折了。所以赵曙年幼时就被收养于宫中，相当于过继给了宋仁宗。即位后的宋英宗赵曙面临着一个严肃的问题：朕应该如何称呼亲爹濮王呢？

这个问题放在现在看来，实在有些无聊。可在注重礼法的宋朝，这属于一件牵动国运与政局的大事。宋英宗自然想让自己的生父濮王尊享皇家礼遇，享"皇考"之名。然而"皇考"的称呼，一向只有先皇才配拥有。濮王又不是皇帝，怎么能叫"皇考"呢？

于是朝中两个党派的臣子，开始激烈讨论宋英宗生父的名分问题。这场吵翻了天的辩论赛，前后持续近一年半，是"濮议之争"。

以韩琦、欧阳修等宰执大臣为首的中书派认为，濮王是宋英宗的生父，宋英宗理应称其为皇考，这没毛病。皇帝的亲爹，难道还不能尊享"皇考"称号了？

而以司马光为首的台谏派则认为，濮王是宋仁宗的堂兄，宋英宗应称其为"皇伯"。若称濮王为"皇考"，岂不是大宋凭空多出一个皇帝？这完全不合礼法啊！

此次争论，表面上是人情与礼法之争，实际上是宰辅权威与谏官势力之争。韩琦、欧阳修等宰执为少数派，而台谏官则是人多势众。欧阳修作为少数派的代表人物，自然成为言官们攻讦的靶子。弹劾他的奏折不断递到宋英宗面前，台谏官们上疏道："豺狼当路，击逐宜先，奸邪在朝，弹劾敢后。"——欧阳永叔这个糟老头子坏得很，陛下，请严惩"奸邪"欧阳修！

这次"濮议之争"，以欧阳修一派以少胜多收场。然而两派之争，并未偃旗息鼓，反而愈演愈烈。欧阳修不愿再执着相争，上奏请求自贬外放，可还没等到批准，宋英宗就于治平四年（1067）突然辞世，宋神宗登基。

这下，欧阳修更加无法全身而退了，一场风暴悄然来临。他曾提拔过一个叫蒋之奇的官员，本来他们属于同一战线。可蒋之奇看到台谏官们来势汹汹，欧阳修成为众矢之的时，便急于和欧阳修撇清关系。见风使舵的蒋之奇开始了他的骚操作，逮到机会上疏弹劾欧阳修"帷薄不修"，与其儿媳吴氏有染。

所谓"帷薄不修"，是个委婉说辞，暗指家庭男女关系混乱。这四个轻飘飘、文绉绉的字就像一颗重磅炸弹，北宋政坛顿时炸开了锅。一场攻击欧阳修犯下"禽兽不为之丑行，天地不容之大恶"的职场霸凌就此拉开了序幕。

欧阳修向来直言不讳，遇不平则鸣，这些年在朝堂上得罪了不少人。曾与欧阳修有过节的官员趁机纷纷进言，虽无证据在手，却大肆对其进行口诛笔伐。不明真相的吃瓜群众对欧阳公的滤镜碎了一地，也盲目跟风批判抨击。刚过六十岁的欧阳修，再次面临着声名狼藉的可怕境遇。

这一事件，和二十多年前那起"盗甥案"如出一辙，都是捕风捉影，毫无真凭实据，也都是抓住欧阳修个性风流放逸，年轻时爱写艳词、宴饮游乐的"黑历史"而大做文章。

年过花甲的欧阳修，暮年再次遭遇被造黄谣，已是身心俱疲："怎么又是同一出呢？这些人就不能换个花样吗？"

政敌们很清楚，男女绯闻这个花样，针对欧阳修很管用。一直以来，欧阳修都是大家公认的正人君子，是许多士大夫的精神偶像。编织一出桃色丑闻，不仅可以击碎他多年来爱惜羽毛、人品贵重的形象，还可以击垮欧阳修的心理防线，让他自动退出朝堂。

深受打击的欧阳修罢工在家，闭门不出，并连上多道奏折，请求宋神宗彻查此事。一层一层地查下去，原来是欧阳修的小舅子犯事受审，本来想请欧阳修帮忙把他捞出来。可欧阳修不仅没为他求情，反而要求秉公处理。小舅子因此怀恨在心，便污蔑欧阳修与儿媳有不伦关系。此等无中生有的流言蜚语，被蒋之奇听到后便以讹传讹，成为一众政敌攻击欧阳修的利器。

最终真相水落石出，宋神宗下令将蒋之奇和传谣之人都降职外调，同时张榜朝堂，宣布之前的弹劾都是"空造之语"，"皆狂澜而无考"，并且请欧阳修莫计前嫌，尽快回朝上班。

可是，再次因为桃色绯闻被诬陷的欧阳修，已然生出退出朝堂的想法。官场险恶，他终究无法彻底改变这种不良风气。欧阳修不断上奏，请求退休，理由便是"唯有早退以全晚节"。

大领导自然不愿业绩突出的优秀员工就此隐于山野，对其离职申请假装看不见。无奈欧阳修接连上表请求致仕，最后宋神宗只得同意他卸任要职，远离庙堂，并给他安排了较为清闲的地方工作。接下来的数年，欧阳修便在亳州、青州等地辗转为官。他的一把老骨头，实在有些禁不起折腾了。

直到熙宁四年（1071）六月，欧阳修终于得以太子少师的身份致仕，归居于他心心念念的颍州。这是他与老朋友梅尧臣约定一同退休养老的地方。

"欢乐同，治园田，颍水东。"

言犹在耳，只是斯人已逝。

十三

二十多年前在颍州做官时，欧阳修刚过不惑，正当盛年。满怀

理想的他经历了新政失败、绯闻缠身、从中央被贬到地方后,不禁有伤逝流年之感,于是自嘲鬓发染霜,写下一曲《浣溪沙》:

堤上游人逐画船,拍堤春水四垂天。绿杨楼外出秋千。
白发戴花君莫笑,六幺催拍盏频传。人生何处似尊前!

如今,故地重游的欧阳修,成了名副其实的白发老翁。他的身份与境遇,与当年早已大不相同,只是那颗喜爱白发戴花的赤子之心,依旧未曾改变。欧阳修晚年多病,身患眼疾、齿疾,可他仍爱喝酒。年轻时酒量不好也要喝,年老多病时,还是贪恋杯中之物。

鬓华虽改心无改,试把金觥。旧曲重听,犹似当年醉里声。

暮年的欧阳修,总会想起年轻时遇到的那些人、那些事。这大半生,他始终以范文正公为人格榜样,他们的理想是肃清吏治,重振朝纲。那段一同发起新政的峥嵘岁月,即便蒙尘数十年,依然能在欧阳修的心湖中激起千层浪。而这一群仁人志士立德、立功、立言的不朽风华,不仅振奋了宋朝的士风,更是振奋了后世一代又一代的人。这股力量磅礴且持久,能够穿透千年,惠泽百世。

他们不曾随波逐流,没有被这个世界改变;他们坚守心中大义,终于让世界有所改变。

熙宁四年,苏轼任杭州通判。赴杭途中,他与弟弟苏辙特意去颍州拜访闲居的欧阳修。苏轼看到白发苍苍、病容憔悴的恩师,心中泛起无限酸楚。他提醒老师要保重,切勿忧劳伤身。

欧阳修见到了当年的两位得意门生,自然是喜不自胜。他告诉苏轼兄弟,自己取号为"六一居士",并解释道:"吾家藏书一万卷,集录三代以来金石遗文一千卷,有琴一张,有棋一局,而常置酒一壶。"苏轼问:"这是五个'一'呀,为何说是'六一'呢?"欧阳公笑答:"以吾一翁,老于此五物之间,是岂不为'六一'乎?"

苏轼、苏辙在恩师的陪同下,游览了当时颍州四县十镇。他们游历淮上,泛舟西湖,欧阳修很开心地为苏轼兄弟介绍着颍州的人文风物,师生三人把酒言欢,畅谈古今。

在颍州停留二十余日后,兄弟两人与恩师依依话别。没想到,这一别,竟是永诀。

一年后,欧阳修在家中与世长辞,享年六十六岁。在杭州的苏轼接到老师在颍州去世的讣告,哀恸不已。他因公事无法前去吊唁,便在西湖孤山借一僧舍设位祭奠,怅然落泪。

元丰二年(1079),苏轼路过扬州,专门到访欧阳修任扬州太守时修建的平山堂。他看到堂内墙壁上老师龙飞凤舞的书迹仍在,当年欧阳公在堂前栽种的柳树也已繁茂成荫,可师生俩却天人永隔。此时欧阳修已去世七年了,苏轼亦年过不惑。多少如水的岁月,就这么匆匆流过去了。

人生如梦啊。

苏轼不由得哀思如潮,挥笔立就一首《西江月》,悼念他的恩师欧阳修:

三过平山堂下,半生弹指声中。十年不见老仙翁,壁上龙蛇飞动。

欲吊文章太守,仍歌杨柳春风。休言万事转头空,未转头时皆梦。

在苏轼的记忆中，欧阳公依旧是那个言笑晏晏的老翁。

有一幕情景，在夜深人静时，总是一次次在苏轼的眼前重现：

欧阳公苍颜鹤发，戴着他最爱的牡丹，坐在青山绿水之间。他的手中有美酒，眼前有稻田，心里有诗篇。他的身旁，还坐着另一个老翁，正是他的挚友梅尧臣。两个老头子在一块儿谈笑风生，他们虽已皱纹满面，可眼睛都是亮亮的，似乎有说不完的话。

一如当年那样。

日景岁航

王安石

(1021—1086)

孤臣

这场旱灾来势凶猛，从上一年的秋冬即已开始，迅速蔓延全国。晴朗的天空下蒙着一层挥之不去的阴霾。没有甘霖的滋润，庄稼大片大片地死去，茫茫田野颗粒无收。熙宁七年（1074）的大宋山河，赤地千里，哀鸿遍野。

日头酷烈，炙烤着人们空洞的双眼，贮存的粮食已吃得精光，米缸缸底亮得能照出人影。大米吃完了，吃野菜；野菜吃完了，吃野草。很快土地都变得光秃秃了，树皮也未幸免于难。这一片地区的食物吃完了，就另寻他处找吃的。大批的流民四处逃难，衣不蔽体，还有很多人，因为还不起官府的债务，而身戴枷锁，负重前行。人们饿得皮包骨，青黄的面孔透着将死的绝望。

乌鸦的毛色倒是黑亮如绸，散落于荒野的饿殍大大滋养了这种以腐肉为食的鸟类。一群被养得珠圆玉润的乌鸦，懒洋洋地落在皇城宫阙的殿脊上。

金灿灿的宫殿中，宋神宗手捧一卷《流民图》，面色凝重。这幅

《流民图》，正是以灾民扶老携幼、颠沛流离的凄然之景绘制而成的一幅画，画中百姓骨瘦如柴，身无完衣。宋神宗不由得流下泪水："朕的子民，竟过得这般凄惨？"

御膳房端来的饭菜瞬间不香了。宋神宗久久不能缓过神来，他不是不知道旱情严重，毕竟狂风早已裹挟着沙尘席卷京师。可是天子高居庙堂，久处深宫，他只能看到一众后妃娇嫩的俏面都干燥得起了皮，却并未见过百姓吃不上饭、流离失所的人间惨状。

递上来的奏折堆成了山，其中不是没有反映民间疾苦的上疏，只是那么多密密麻麻的字，看得他头都大了。再说天子诸事缠身，千头万绪理还乱，哪有精力件件有着落，事事有回音呢？

而这幅画就不一样了，它带来的视觉冲击力和心灵震撼力，远胜过千言万语。

《流民图》成功抓住了大领导宋神宗的眼球。这幅画，出自一个名叫郑侠的看门小官。由于小郑身微言轻，在皇上面前说不上话，于是机智的他另辟蹊径，将流民逃难的凄然之景绘成了一幅画，并谎称是来自边关的紧急密报，如此，才得以将画卷呈献于宋神宗面前。

敢如此明目张胆地欺骗天子，小郑早就做好了不要命的打算。他在与画卷一同呈上的奏疏中说："如陛下行臣之言，十日不雨，即乞斩臣宣德门外，以正欺君之罪。"——若陛下按照我说的去做，十天内还不下雨的话，就请您按照欺君之罪把我杀了吧。

郑侠请求宋神宗做两件事：第一件，即开仓放粮，赈济灾民；第二件，则是废除王安石新法，以平息苍天之怒。

封建时代讲究天人感应，人间一有什么大变故，便会认为是上天的旨意。

郑侠在奏疏中直言不讳："旱由安石所致。去安石，天必雨。"小郑强烈要求罢免王宰相，停止新法，好像他与老王有什么深仇大恨一般。

而实际上，这位冒死进谏、强烈反对新法的郑侠，不仅与王安石没有私仇，而且曾是老王的小迷弟。当他还是个为了科举考试而日夜苦读的穷学生时，官居江宁知府的王安石就因欣赏其才华而出言勉励："小伙子，你资质很不错，好好努力，来日必有出息。"后来王安石升职为参知政事，立即提拔郑侠为光州司法参军。

那时的郑侠，对王安石的知遇之恩深怀感激，视其为亦师亦友的前辈知己，并身体力行，以王安石为榜样，一心要竭智尽忠，为国为民。

直到老王实行新法，小郑目睹了改革过程中由于操之过急而扰民烦民的种种弊端。譬如青苗法施行过程中，地方官员为求政绩，私自加高贷款贷粮利息，农民们债台高筑，苦不堪言，倾家荡产的大有人在。还有的百姓为了逃避保甲法，担心被拉上战场抗敌，不惜自断手足。

郑侠迟疑了，他曾多次谒见王安石，力劝其停止改革："老师，收手吧。您这个变法问题很严重，看看咱们的大宋子民，如今负债的负债，自残的自残，过的都是啥日子啊？"

一心变法的老王对此不屑一顾："你之所见，过于片面。再说改革哪能不伴随着流血牺牲呢？国富兵强之路，必得经历阵痛。小郑同学，你我话不投机半句多。你不加入为师的变法也就罢了，可别捣乱！"

二人至此分道扬镳。由于变法得到宋神宗的鼎力支持，王安石很快官至宰相，而与新法对着干的郑侠，则被贬为京城安上门的看门小吏。

小郑每天守在城门口，看着城外流民塞道，木茹食草充饥，心痛不已。他孤注一掷，将所见情景绘成一幅《流民图》，冒死呈与天子。宋神宗见此图后，坐立难安，他仿佛听到饥民的哀叹与悲泣回响于垂拱殿内。他反复观图，长吁数次，食不知味，夜不能寐。

这个锐意进取的年轻帝王，抱着励精图治之心，一路高歌猛进，大刀阔斧。直到驻足回首的那一刻，他才猛然发现自己治理下的黎民苍生，并没有活在他想象中的清明盛世里。

而主导这一切的王安石，秉承着"天变不足畏，祖宗不足法，人言不足恤"的超前思想，投身于这场轰轰烈烈的变法之中。他的目标很明确，要去除冗员、冗兵、冗费的"三冗"弊病，实现富国强兵。对于这场大旱，王安石认为天灾不可挡，派人治理即可。可如今，横空杀出了一幅《流民图》，搅得宋神宗寝食难安，进而对变法满腹疑虑。

翌日，宋神宗下令，暂停变法中的青苗法、免役法，废除方田法、保甲法，并发布了一系列免税减刑的救灾措施。消息一出，民间欢呼相贺。三日后，天降大雨。

或许仅仅是凑巧。

"去安石，天必雨。"郑侠之语应验了。王安石看着雨幕，神色惨然。难道，这并不仅仅是凑巧？难道，真的是我错了吗？

这场变法，王安石在很久之前就开始酝酿了。他用自己的一生，去尝试，去争取，去实践。这是一条踏足后便无法回头的路，他本以为路的尽头，是改革春风吹满地，是国富兵强、社稷安宁。可没想到的是，如今闹得鸡飞狗跳，万众抗议。连一向支持他的宋神宗都动摇了。

明明一开始不是这样的。到底哪里出了差错？

一切要从最初说起。

二

故事的开头有些俗套，一个清贫的人家，出了个自幼聪颖、酷爱读书的小神童。没有人能预料到，这个孩子日后会成为一人之下万人之上的大宋宰相，叱咤风云，搅动乾坤，以一人之力，改写王朝的命运。

这个小神童，就是故事的主角，王安石。

王安石，字介甫。宋真宗天禧五年，他出生于江西抚州临川县。他的老爸王益，年轻时就中了进士，为官清正廉明、刚正不阿，虽然只在地方做了几任知县和知州，官职并不高，但其秉公执法、一心为民的工作作风，赢得了当地百姓的爱戴和尊重。王益以身作则的风范，无疑在潜移默化间影响了王安石后来的为官之道。

而小王的老妈吴夫人，是位明事理、有文化的知识女性。王安石后来的好友曾巩，对这位吴阿姨赞叹不已，称其"好学强记，老而不倦。其取舍是非，有人所不能及者"。

王家的条件，本来算不上清寒，只是王益夫妇俩的子女实在太多了。王安石上有两个哥哥，下有四个弟弟以及三个妹妹。夫妻俩每天一睁眼，就是十个孩子嗷嗷待哺。王益以那点微薄的薪水，苦苦支撑着一大家子的开销。他风里来雨里去，拼了命地工作赚钱，一刻也不敢松懈。

少年的王安石，读书过目不忘，下笔如有神助。俗话说"读万卷书，行万里路"，王爸爸意识到，光是两耳不闻窗外事地埋头苦读，对孩子的成长教育是远远不够的。待小王同学长大一些后，王益便带着儿子宦游各地，接触社会现实，体验民间疾苦。

小王同学在乡野间走过夏日的暴晒、秋日的寒霜和冬日的凛风，少年清瘦的面容逐渐变得黝黑粗糙，他的眼神亦变得坚毅深邃。

这场社会实践，令读了一肚子圣贤书的小王，对于修身、齐家、治国、平天下的政治理想，有了更深一层的感悟。他目睹了在各种社会弊病下艰难生存的百姓，心中很不是滋味。因为他自己并非置身事外的旁观者，而是亲身经历的局中人。

寒窗之侧，回荡着风声雨声读书声；少年心中，深藏着家事国事天下事。

小王挥毫写下："此时少壮自负恃，意气与日争光辉。"——年少立志要上天，我与太阳肩并肩。

横冲直撞的少年意气，让他天不怕，地不怕。纵然经历了年复一年的秋霜冬雪，他的心里却始终装着一个生机勃发的春天和一个光芒万丈的盛夏。

他像一株生长在墙角的蜡梅，迎着纷纷大雪凌寒而开，在无人知晓处，暗自散发着幽香。

多少个晚上，王家一大家子挤在小小的屋舍中，其他人都已进入了梦乡，只有王安石还醒着。清冷的月光洒下来，照在少年倔强的脸上，他手握一卷书，在幽暗昏惑中读得如痴如醉。

王安石的家乡有一个叫方仲永的小神童，他年幼作诗成名后，被其父日日带着拜访同县的人，以博取金钱名声，因此耽误了读书，最终"泯然众人矣"。小王听闻此事，遗憾不已，写下《伤仲永》一文，以此督促自己，学习之路，必将永不止步。

而小王对于读书学习的追求与热爱，并非为了迎娶白富美，走上人生巅峰。毕竟，他从来没有那种世俗的欲望。自古才子多风流，何况还是文娱歌舞业十分兴盛的宋朝。文人雅士皆爱沉醉于笙箫酒色之间，可王安石偏偏是一个不沾风月的钢铁汉子。

宋仁宗景祐四年，王安石随父入京，县城少年第一次看见了大城市的繁华。可那些声色犬马、舞榭歌台，并没有吸引他的目光。王安石的眼睛，还是始终如一地扑在诗书之上。

本是风华正茂的翩翩公子，却活得像个清修多年的苦行僧。面对灯红酒绿、诱惑重重的大都市，王安石眼神坚定，内心执着，肉眼可见他身负的使命感。他坚信，只有书籍是他最好的朋友。

直到小王遇到了同在京城的曾巩同学。

曾巩，字子固，比王安石大两岁。两人以文相识，一见如故。与小王相似的是，小曾也有一大堆弟弟妹妹，且同样年少得文名，十二岁写出名篇《六论》。两个少年人惺惺相惜，畅谈诗赋理想，从此开启了一场双向奔赴的友谊之路。

王安石在给曾巩的诗中写道："曾子文章众无有，水之江汉星之斗。"——曾兄的文章写得真好,就像长江汉水那样博大,又如北斗之星那般耀眼。

曾巩也给王安石写诗道:"此言此笑吾此取,非子世孰吾相投。今谐与子脱然去,亦有文字歌唐周。"——王贤弟与我意趣相投,得此知己,人生无憾。

就在王安石沉浸在诗词唱和之中,深感友情美好之时,一个噩耗传来:父亲王益卒于江宁通判任上,享年四十六岁。王益盛年病逝,大概是因为家累沉重,不堪其负。斯时,祖母已七十五岁高龄,而最小的弟弟还在襁褓之中,大哥二哥科考未第,工作仍无着落。上有老下有小的一大家子,如今失去了唯一的经济来源,顿时陷入了巨大的生存压力之中。

十八岁的王安石,一夜之间长大了。

三

王安石虽然不是家中长子,但有责任心的他,在不自觉间挑起了长兄的担子。他很清楚,为了赡养亲眷,自己必须尽快科考及第,踏上仕途,担负起养家糊口的重任。

就算不想追名逐利,可他必须面对惨淡的现实。清风明月下一心读书的日子,一去不复还。王安石后来在寄给友人的诗篇中写道:

辍学以从仕，仕非吾本谋。

欲归谅不能，非敢忘林丘。

没办法，为了家人的岁月静好，只能由他王介甫去负重前行了。那就去考个编制，捧上铁饭碗，努力赚钱养家吧。

庆历二年，二十二岁的小王一举高中进士，夺得甲科第四名。科考就像现代的高考一样，竞争非常激烈。就是这个大才子柳永考了四次都没中，文坛领袖欧阳修也曾落第过的科举考试，小王同学轻轻松松就拿下了。而且，才华出众的王安石，本来被主考官晏殊定为第一名，是当年拔得头筹的状元郎。只是因为小王答卷中有"孺子其朋"一句，惹得宋仁宗不悦，才与第四名互换，最终与状元失之交臂。

"孺子其朋"出自《尚书》，是周公辅佐周成王时说的一句话。那时成王年纪尚小，周公便劝告他说："乖孩子呀，你要学会和群臣融洽相处哟。"很明显该口吻是长辈对小辈说话所用的。而此时宋仁宗已经三十多岁了，王安石不过才二十出头。宋仁宗阅卷后非常不爽："有没有搞错，朕是天子，你这么说话礼貌吗？这小伙子，胆儿够肥，口气够大的啊。"

于是本该大魁天下的王安石，变成差强人意的第四名。不过小王并不在意，对他而言，虚名而已，何足挂齿？他这一辈子，几乎从未和别人提及自己曾经差点考中状元这件事。

及第后，小王被授为淮南节度判官，工作地点在扬州。当时的扬州知府是韩琦，他曾与范仲淹戍边西北，平定西夏之乱，又辅助范公发起庆历新政，与其并肩作战。新政失败后，韩琦自请外任，出知扬州。

老韩虽在边疆经历了多年风沙的洗礼,却并非不拘小节的糙汉子。相反,他对生活细节要求很高,尤其注重外貌管理。韩相公平时宽袍阔袖,美髯长须,他每天清晨的第一件事,就是对着铜镜整理衣冠,梳理头发胡须,严格做到"面必净、发必理、衣必整"。

而老韩的下属王安石,就没那么讲究了。小王由于每晚熬夜读书至天亮,清晨来不及洗漱收拾就匆忙赶去上班,所以经常是蓬头垢面的邋遢模样。韩琦看到这个外表让人一言难尽的年轻人,眉头不禁皱了起来:"这小王,是跑去通宵喝酒寻欢作乐了吧?天天顶着俩黑眼圈,扮演熊猫呢?"

唐宋时期的扬州城,是出了名的声色之地,青楼众多,文人骚客皆爱在此处流连。老韩以为衣衫不整的小王也是去青楼鬼混了,于是叫他来办公室喝茶谈话。韩琦语重心长地说:"小王,你年纪轻轻,前程似锦,应该认真工作学习,争取进步,千万不要自甘堕落、自暴自弃啊。"

王安石一脸蒙圈,愣了半天才反应过来韩琦话中之意。他感到有些无语,却并未急着辩解,只是在多年后向友人默默吐槽:"韩公非知我者。"——老韩终究是不懂我呀。

那么谁是最懂王安石的人?自然是与他意气相投的曾巩了。小曾这几年,一直坚持做两件事:一是在科举之路上摸爬滚打;二是向高官名流推举他的好友王介甫。虽然小曾仕途不顺,参加科考屡战屡败,但他在不知不觉中成为一名优秀的销售人员。而他推销的唯一产品,正是王安石。

此时的王介甫，还是个在文人圈没啥名气的小透明。虽然小王才华横溢，可他又不爱诗酒风流，又不爱外出社交，哪有机会认识当朝大佬。

而曾巩就不一样了，他已得到文坛大咖欧阳修的赏识，并拜在欧阳公门下，成为其得意门生。欧阳修第一次见到小曾，便啧啧称奇，称他为"百鸟而一鹗"——别人都是小麻雀、小黄鹂，但你是翱翔苍穹的老鹰！后来更是盛赞曾巩："过吾门者百千人，独于得生为喜。"他直截了当地告诉小曾："你是为师的最爱！"

曾巩多次写信向老师欧阳修安利小王其人其文："巩之友王安石，文甚古，行甚称文……顾如安石不可失也。"——请老师为我的朋友王安石点个关注吧，他文章写得贼好，人品也贼好。这样的人才，走过路过，千万不要错过。

小曾将王安石的文章编纂成册，随信一同寄给了欧阳修。欧阳公看过小王的文章后，对其很欣赏，点了个大大的赞。他在心里默默记下了王安石这个名字，决定等待合适的时机，向皇上举荐。

在扬州做官的王安石，一头扎进了基层，深入民间，体察民情。他发现大宋看似海晏河清，可太平盛世之下，隐疾重重。官僚机构和军事体系庞大而臃肿，国家花着大把的钱，养着一群吃空饷的官员和毫无战斗力的兵将。财政的亏空，迫使政府不断增加赋税，名目繁多的苛捐杂税，令百姓苦不堪言。

王安石目睹了许多像他一样需要养家糊口的升斗小民，刚赚一点钱，还没来得及给老母亲买药、给孩子交学费，就被要求作为赋税上交给朝廷。至于买田地、买房子，早已成了遥不可及的梦想。

都是在温饱线上苦苦挣扎的打工人，都不容易。

二十多岁的王安石，看着黎民苍生的困境，年轻的脸上挂满了忧国忧民的愁容。他的心中，已在酝酿着一场鼎新革故的大变革。只是现在的小王，还是初入仕途的职场小白，人微言轻，而且许多想法尚在萌芽阶段。他只能勤勤恳恳地积累着地方工作经验，耐心等待时机成熟的那一日。

扬州任满后，王安石作为优秀的青年干部，得到了京试入馆阁的机会。欧阳修有云："其间名臣贤相出于馆阁者，十常八九也。"能够进入馆阁工作，这可是多少职场新人求之不得的大好机会啊。小王同志却果断放弃申请，他认为目前自己羽翼尚未丰满，仍需韬光养晦。

不急，还远远不是踏足朝廷的时候。

四

庆历七年（1047），王安石被调为鄞县知县。鄞县，今宁波鄞州区，而宋朝时的宁波，远不如现在这般富庶繁荣，各种问题层出不穷。他一到任，首先确认工作重心，抓取问题痛点，找出最让民众担忧困扰的节点。那时既没有信访制度，又没有群众热线，想了解民情民意，只能靠两条腿去四处走访。

小王曾写过《鄞县经游记》一文。这篇工作笔记，真实地记录了小王为期十二天的出差调研经历。白天，他在外奔波，考察当地的山川河道，并采访百姓，倾听群众心声；晚上，他借宿在慈福院、广利寺、旌教院等寺庙里，记录一天的见闻及感悟。深夜，他和衣而卧于庙中吱吱作响的床板上。

有时夜雨连绵，雨水透过关不上的窗户洒在小王的脸上，他在迷迷糊糊中胡乱抹了把脸。往后多日，都不必专门洗脸了。

王安石每天一大早出发，有时半夜才回到庙里，一天要走好几个地方。"凡东西十有四乡，乡之民毕已受事，而余遂归云。"在短短数日里，他走遍了鄞县下属的十四个乡。多少个破晓前的黎明和落日后的黄昏，他不辞辛劳地日夜兼程，跋山涉水，用脚步丈量着鄞县每一方土地。

这次走访结束回到家时，王安石已是衣衫褴褛，满面倦容。妻子吴氏看到丈夫落魄得像个乞丐，既心疼又好笑。王安石出生半年多的小女儿看着这个胡子拉碴的爹，吓得哇哇大哭。他憨憨一笑，笨手笨脚地哄了一会儿女儿，然后又钻进书房研究起利民之策。

经过走访调查，王安石发现百姓最害怕的事，便是缺水。而干旱这个问题，有时并非天灾，而是人力有所不逮。于是王县长带着一众乡民，疏浚川渠，兴修水利。"乘人之有余，及其暇时，大浚治川渠，使有所潴，可以无不足水之患。"很快取得了良好的成效。

此外，王安石发现，农民还怕青黄不接的春季。春天时常会发生饥馑，许多富贾豪绅遂趁机重利盘剥百姓。他对此深恶痛绝："有我王县长在，还能给你们这个机会？"

王安石下令，将鄞县官仓里的存粮借贷给百姓，并约定等到秋天有了收成后，增加少量利息，再由百姓偿还。"贷谷于民，出息以偿"，如此，既帮助穷苦人民渡过难关，免遭高利贷的剥削，同时也使粮仓里的粮食可以新旧相易，不致霉坏。这个举措可谓一石二鸟，得到了鄞县群众与上级官员的一致好评。

借贷与民以救荒，这就是青苗法的前身。而鄞县，也成为王安石最先实践其变革思想的试点地区。试点工作取得了阶段性胜利，王安石如同吃了一颗定心丸。他希望将这样的成功经验带到更大的地区，从一个县到一座城，再到举国上下。

只不过，王安石还需要在民间收集更多的试验样本，积累更多的经验，不断打磨改进他想要实施的各种措施。这是一个摸着石头过河的漫长过程，他必须亲自去探索，去体验，去实践。王安石孤身一人，行于这条既阻且长的道路上。

好在，他还年轻；好在，他有一腔孤勇，无畏无惧。

他坚信，前方有光。

除了兴修水利，王安石还在鄞县大力兴办学校，发展教育事业。这些举措，和他的前辈范仲淹在地方当官时的作为很相似。老百姓在王知县的治理下，过得越来越好。

庆历八年（1048），正当王安石在鄞县发光发热时，一个晴天霹雳突然降临——他两岁不到的小女儿不幸夭折了。初为人父的王安石伤心欲绝，正当盛年的他，仿佛在一夜之间变作垂暮衰翁。王安石将女儿葬在了明月松岗处，小小的坟冢里，沉睡着他小小的女儿。

皇祐二年（1050），此时王安石在鄞县任职期满，很快就要离开了。临走前一晚，王安石又一次划着小舟，来到河对岸的坟前，与爱女告别。

此去，长诀。王安石在怆然中写下《别鄞女》：

行年三十已衰翁，满眼忧伤祗自攻。

今夜扁舟来诀汝，死生从此各西东。

失去女儿的伤痛，如烈火焚原，烧得王安石心中一片荒芜。可未竟的理想，又如野火烧不尽的春草一般，日日顽强生长，支撑着他重新振作。逝者已矣，生者还要继续奔波。

次日，王安石与妻子踏上回临川的归程。路过杭州时，他前去攀登了当地著名的飞来峰。在云雾缥缈间，他挥笔写下了一首壮怀激烈的《登飞来峰》：

飞来山上千寻塔，闻说鸡鸣见日升。

不畏浮云遮望眼，自缘身在最高层。

王安石满怀信心，纵有浮云蔽目，他终究会登临顶峰，一览众山小。

次年，王安石任职舒州通判，依旧兢兢业业，勤政爱民。在闲暇之余，他辑录了一部杜甫的诗集。这个已经逝去数百年的唐代大诗人，一直是王安石心中敬慕不已的偶像。他欣赏其气势非凡的诗歌，更为其"大庇天下寒士俱欢颜"的高风亮节而倾倒。他在瞻仰了杜甫的画像后，感慨道：

"宁令吾庐独破受冻死，不忍四海赤子寒飕飕。伤屯悼屈止一身，嗟时之人死所羞！所以见公像，再拜涕泗流。惟公之心古亦少，愿起公死从之游。"

杜甫一生忧心国家命运，关心黎民苍生，其诗其人，深深感染了三百年之后的王安石。而王安石所不知道的是，他那以家国为己任，敢于革新除弊的大无畏精神，也在八百年之后，影响了清朝末年为救亡图存而发起戊戌变法的一众有识之士。

这种精神，为历代仁人志士薪火相传，永不泯灭。

至和元年，王安石从舒州通判任上辞职，在回家探亲的途中游览了褒禅山，写下名篇《游褒禅山记》。

"而世之奇伟瑰怪非常之观，常在于险远，而人之所罕至焉，故非有志者不能至也。"

他的改革之路亦如此。这条路上固然会有重重阻碍，可是为了尽头的无限风光，险远何足道哉？

有志者，事竟成。他坚信。

五

王安石在鄞县及舒州任上，皆是治绩斐然。这样年轻优秀的父母官，自然会引起朝堂中人的关注。宰相文彦博听说小王工作认真负责，又淡泊名利，便推举他入京任职。小王拒绝了，理由是不想激起越级提拔之风。

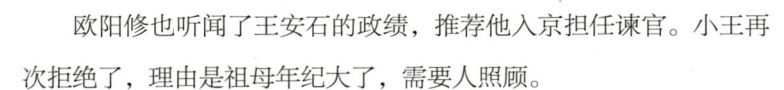

欧阳修也听闻了王安石的政绩，推荐他入京担任谏官。小王再次拒绝了，理由是祖母年纪大了，需要人照顾。

文彦博和欧阳修大为震惊，居然还有人不想升职加薪的？这小王，还挺有个性。

其实王安石在等待一个时机，一个天时、地利、人和的时机。在此之前，他需要养精蓄锐、厚积薄发。地方调研还没做完，经验积累犹嫌不足，变革思想尚未成熟，他仍需努力。

况且，去中央工作虽然离天子更近，说出去也十分光鲜体面，可北宋许多京官的职位皆是清闲有余，却华而不实，中看不中用。王安石更希望，能在地方为老百姓做点实事，造福一方人民。

由于小王工作太过出色，连宋仁宗都听说了地方有一个受万民敬仰的好官：这就是当年那个劝告朕"孺子其朋"的小伙子？果然有几分能力。小王同志，恭喜你成功引起了朕的注意。

宋仁宗当即一纸诏令，任命王安石为集贤校理，相当于国家图书馆高级研究员。这个职位不高，却是升任核心官职的捷径，向来为士子所看重。晏殊、欧阳修等政坛大佬，都担任过集贤校理一职。

没想到，王安石又——又——又拒绝了。他连上四道辞呈，称："伏念臣顷者再蒙圣恩召试，臣以先臣未葬，二妹当嫁，家贫口众，难住京师。"——我小王何德何能得陛下隆恩，只是微臣家庭负担重，而京城消费高，养不起一大家子人呀。王安石还表示："我没参加考试，就被破格提拔，这样有违规矩，非常不好。"

宋仁宗看着辞呈，满脑袋问号："这个王介甫咋这么倔呢？这等好事还推辞？难道是嫌工资不够高？这好办，给你个待遇好、油水多的'肥差'，不就完事了吗？"

欧阳修提议任命王安石为群牧判官，负责管理国家的公用马匹。养马事业在宋朝向来被重视，朝廷下拨的经费多，相关工作人员的薪水自然就比别的部门高。而且马粪常用作肥料和燃料，出售后可以赚一笔外快，算是额外福利。

正当王安石又想找理由拒绝时，欧阳修看不下去了："小王你差不多得了啊，皇上不要面子的吗？先答应下来，以后再放你去地方。"

小王这下不好意思再推辞了，只得谢主隆恩，赴京任职。

当王安石面孔脏兮兮、衣服乱糟糟地出现在朝堂上之时，皇帝和诸位大臣吓了一跳。这就是那个美名远扬的王介甫吗？好一派名士风范，真有竹林七贤那味了。

魏晋时期的名士们，一般都放荡不羁，十天半个月不洗脸洗澡。他们之间还盛行一件雅事，就是穿着宽袍大袖，一边谈玄论道，一边捉虱子，在当时传为美谈。

在京城期间，王安石遇见了与他相爱相杀的"一生之敌"——司马光。

司马光，字君实，年纪比王安石大两岁。他们刚认识时，因为性格相似，志趣相投，成了惺惺相惜的好友。这两位名士，在人生经历上，皆是少年得志，年纪轻轻便进士及第，得到重用；在工作上，皆是兢兢业业，心怀天下，以家国为己任；在生活上，皆是低物欲极简生活的典范，不慕名利，不爱玩乐，不喜酒色，简直到了青灯古佛的境界。

"司马兄不爱喝酒？巧了，我也是！"

"司马兄未纳小妾？巧了，我也是！"

"司马兄不逛青楼？巧了，我也是！"

王安石看到司马光，如同看到他自己。继曾巩之后，他又喜获一位知己好友。

王安石和司马光，在大宋乌烟瘴气的官僚体系中，宛如两股清流一般。他们对酒色财气无欲无求，将全部心力都放在了家国政事上。这样相似的一对好兄弟，时常聚在一起畅谈古今，私交甚笃。

更巧的是，他们还被分配到了一个部门，担任群牧判官。斯时，主持部门工作的是名臣包拯，包青天。宋朝三大名震千古的重量级人物，齐聚于群牧司，连脏兮兮的马场都变得熠熠生辉起来。

群牧司这个部门事少钱多，平日并无繁忙公务需要处理。突然闲下来的王安石，觉得心里空荡荡的。作为一个天选打工人，他不能允许自己闲得发慌。所以公事之余，他便扑在了书堆里，继续研究他的变革之路。

他还是一年到头穿着那一身脏兮兮的衣裳，如此不拘小节，算得上贯彻"上班恶心穿搭"的古今第一人，常常引得同僚侧目、上司不悦。他不仅在外表上不修边幅，在人情世故上，也是我行我素，就算得罪领导，也要坚持真实的自我。

春日里的某一天，群牧司院内的牡丹花盛开，明艳动人。平日里不苟言笑的包大人都起了闲情逸致，决定举行部门团建聚餐。他命手下在院中置办了一桌酒席，与下属一同饮酒赏花。

部门员工争相向包大人敬酒，众人说说笑笑，气氛欢洽热烈。一群举杯痛饮的下属之中，唯有王安石与司马光正襟危坐，面前的酒杯空空如也。包拯心中疑惑，询问道："你俩咋不喝呢？今儿个大伙高兴，不要扫兴。"

王安石和司马光素来不喜喝酒，又都是倔强的性子，当老包劝酒时，两人还是板着面孔百般推辞。包拯再三相劝，司马光不想拂了领导的面子，只好勉强喝了一点。而王安石依然无动于衷："领导，不好意思，我滴酒不沾，恕难从命。"

全场气氛顿时陷入尴尬之中。包拯本来就黑的一张脸，当下更黑了。

王安石却不以为意。他依然故我，依然活在自己的世界里，职场上那些虚与委蛇、圆滑世故之事，他从不搭理。

领导夹菜他转桌，领导敬酒他不喝。

对王安石来说，只要他觉得正确的事，就要坚持到底，不会因为任何人而有所改变。小到生活琐事，大到治国之策，皆是如此。欣赏他的人，说他是"虽千万人，吾往矣"的孤勇者；厌恶他的人，说他是一意孤行的偏执狂。对于这些评价，王安石也一概不理。

将军赶路，不追小兔。

在京中任职的两年，王安石见识到了官场中各种务虚无聊的形式主义、喝酒、饭局、陪领导。小王不愿搅入其中，所以他成日无所事事，时而读书，时而发呆，时而看着天上的流云缓缓而过。被关在马厩中的马儿也是无所事事，咀嚼着干草，眼神空洞，和王安石大眼瞪小眼。

马儿不该被困在这里，它应该奔腾在原野，或是沙场，或是尘烟四起的江湖古道上。

王安石做梦都在挂念着自己曾留下足迹的江南，他用脚步丈量过的土地，土地上生活的人民，如今可还好吗？王安石请求外任多达十余次，急迫地想要做一些有利于百姓苍生的实事。

至于权势利禄，有什么可贪恋的？生不带来，死不带去。这辈子，若能做一些有益苍生之事，也不枉来世间走一遭。

薪水嘛，够养家就行。反正小王就一个老婆吴氏，也不纳三妻四妾。自己又没有啥物质欲望，不召歌伎，不逛青楼。吃穿用度更是无所谓，衣服一穿就是大半年，食物吃进嘴里都是一个味道，只要能填饱肚子就可以。

"在朝不蓄势，在野不蓄钱。"这就是他一生的真实写照。

嘉祐二年，王安石终于请得外任，相继担任常州知州、提点江南东路刑狱等官职。他从管理一个县到管理一个市，再到管理一个省，职位越来越高，前途一片光明。

当别的文人才子都在贬谪之路上越走越远时，王安石却在青云之路上越走越顺。他在当上宰相实施变法之前，几乎从未遇到过任何恶意的阻挠。整个士大夫阶层，都很欣赏他这种为生民立命，而不为己求荣华的品格。司马光评价他："介甫不起则已，起则太平可立致，生民咸被其泽矣。"——王安石同志一旦被重用，天下太平指日可待，百姓苍生有福可享。

王安石成为大宋文人圈共同追捧的精神偶像。唐宋八大家之一的曾巩、史学巨著《资治通鉴》的编纂者司马光、写下《爱莲说》的宋明理学开山鼻祖周敦颐，当年都是王安石的好友，经常给他的朋友圈点赞截图转发。

王安石此时深信，这些志同道合的朋友，将来在他掀起一场轰轰烈烈的变法革新时，皆会与他并肩作战，共创未来。

六

嘉祐三年（1058），王安石调为三司度支判官，掌管财赋的支调。此时的他，已年近不惑，从小王变成了老王。老王这些年辗转各地，在基层沉淀了整整十六年。如今，他有太多的话想要说，有太多的事想去做。

起风了，朱红宫门为他次第而开。

进京述职时，王安石写下长达万言的《上仁宗皇帝言事书》，系统地提出了变法主张。在此次上疏中，王安石总结了自己为官多年的心得体会，一针见血地指出大宋败絮其中的病症——"财力日以困穷""风俗日以衰坏"，他认为症结的根源在于为政者"不知法度"。针对此顽疾，王安石开了一剂效力极猛烈的药方，即全盘改革大宋开朝以来的法度。

老王建议，应效法先贤之道，法其意，而不法其政。首先，人才的选用乃是重中之重，故而要整改取士之道。北宋科举以诗赋为主，由此选出的官员只会吟诗作赋，而对治理国家一窍不通。此外，恩荫制度也要整改。因上辈有功而给予下辈入朝任官的特殊待遇，完全就是拼爹，而不是拼才学，选出来的无能之辈，要么尸位素餐，要么贪污腐败，皆于社稷无益。这样只知享乐、混吃等死的官员，通通不能要。

再者，针对财政困难，要大力发展生产力，广开财源。"因天下之力以生天下之财，取天下之财以供天下之费。"做大蛋糕，分好蛋糕，同时开除只会张嘴吃蛋糕的官吏。

宋仁宗一看这封万言书，头都大了："怎么哪儿都要改？老范的新政没搞成，又来了个老王。王介甫你说得挺对，但我不想听你的。"

那时宋仁宗再有几年就要退休了，早已没了年轻时的豪情壮志去扭转乾坤，换尽旧山河。此前庆历新政的失败，耗尽了他所有的热情。宋仁宗决定不再折腾，一心躺平等退休。

王安石的变法主张，最终并未被宋仁宗采纳。老王一颗热血沸腾的心渐渐凉了下来：仁宗皇帝，终究不是对的人。

既然眼下没有机会实践理想，那便继续做他的地方官吧。王安石仍然在等待，等待一位懂他、赏识他的伯乐。

而宋仁宗虽不想大动干戈实施改革，但也是认可王安石的才能的。他下诏委任王安石以馆阁之职，王安石固辞不就。宋仁宗这下不乐意了："普天之下，还有朕得不到的人？"

于是一场旷日持久的追逐赛开始了。

这日，王安石正在府衙院内处理公务，衙役前来通报："王大人，陛下派来的信使又来了，正在前厅候着呢。"

老王头也不抬道："不见。请他转告皇上，这个职务我干不了。"

衙役："那可是皇上的诏书呢，您不接是不是不太好？"

说话间，信使抱着诏书跑了进来，一见王安石就叫苦不迭道："王大人，可算见着您了，您就从了皇上，快接了诏书吧！"

老王闻声，放下纸笔拔腿就跑，边跑边喊道："在下能力有限，实在干不了！"信使见状赶忙追了上来，说道："您就别谦虚了，这可是多少人求之不得的福气呢。"

他逃，他被追，他插翅难飞。

眼看信使越追越近,王安石一个闪身,躲进了厕所,只留下一句:"这福气给你要不要?"

信使很无语,只好守在臭烘烘的厕所门口,等了半天也不见人出来,无奈苦笑道:"王大人还挺幼稚,以为躲进厕所就能不接诏令了?"

于是信使把诏书放在老王的办公桌上,就悄悄地离开了。只要留下诏书,就意味着王安石接受了朝廷的命令,必须入京做官。老王听门口没了动静,蹑手蹑脚地从厕所出来,结果发现诏书正明晃晃地摆在桌子上。老王立马以百米冲刺的速度追上信使,把诏书塞进他怀里,然后转身跑回府衙,砰的一声关上大门。

一系列的动作如行云流水,无比熟练。只留下倒霉兮兮的信使,一脸震惊地愣在原地。

王安石回到办公地点,立刻给宋仁宗连上七道奏折,表示对京官的职务无法胜任,坚决辞谢。宋仁宗看着一堆辞谢的奏折,火气噌的一下上来了:"王介甫,你在玩火。如果你想激怒朕,那么恭喜你成功了。"

宋仁宗毫不气馁地再次下诏,满朝文武也眼巴巴地期待着老王踏入朝堂,都想一睹这个只闻其名而不见其人的神秘人物。人们议论纷纷:早就听闻王相公不慕名利的超然风范,只恨今生未能识其面。

天子的诏书又一次摆在王安石面前。老王面无表情。

信使:"恭喜王大人升职加薪!赶紧谢主隆恩吧。"

老王:"听我说,谢谢你。"

这一次,他没有再为难信使,答应担任同修起居注。

这个官位的职责，就是天天跟在皇上身边，记录下宋仁宗的一言一行及起居活动。皇上起床了，记下来；皇上说了句话，记下来；皇上见了某位臣子，记下来；皇上临幸了某个妃子，记下来。总之，记录的内容事无巨细，类似于皇帝的私人日记。

能每天与皇上亲密接触，这对想要溜须拍马、向上攀爬的人来说，无疑是个大好机会。可王安石觉得百无聊赖，毫无意思。他压根不稀罕和宋仁宗待在一块儿，更没想过靠这种手段向上爬。

有人说，王介甫无意功名，淡泊明志，是值得看齐的真君子；也有人说，王介甫故作姿态，沽名钓誉，是哗众取宠的伪君子。捧他的人和黑他的人都有一大把。不可否认的是，王安石彻底火了，朝野之中，人人都知道了这个脾气执拗、敢于拒绝天子的老王。

而处于话题中心的王安石，仍是闷头闷脑地活在自己的小世界里。他说话直来直去，素日独来独往，古怪又孤高。老王的许多言谈举止，时常让周围的人目瞪口呆。

风日和煦的一天，宋仁宗忽起雅兴，在宫中后花园举办赏花钓鱼的团建，邀请了包括王安石在内的众位卿家，君臣同乐。大臣们心想：这可是个在领导面前表现的好机会呀。于是众人皆是聚精会神地等待着鱼儿上钩，想钓个大鱼露一手。

唯有王安石，紧蹙着眉头，似乎在思考着什么重要之事。他游离于群臣之外，思绪飘到了很远很远的地方。宋仁宗看着呆呆愣愣的王安石，无奈地摇了摇头："这老王，八成是又在忖度他的变法大计。"

湖边摆放着一张案几，上面用金碟盛放着鱼饵。忽然，两眼茫然的王安石抓了一把鱼饵就往嘴里塞，在众人惊愕的目光中，不知不觉地吃完了一整碟鱼饵。

君臣都震惊了！老王，你脑子没事吧？

事后宋仁宗和宰辅大臣很严肃地探讨了这个问题，最终得出了一个结论：王安石吃鱼饵是故意的，就是想哗众取宠博关注。这老王，太奸诈了！

而当事人王安石不以为意。当时思考得正入迷，恰巧肚子饿了，手边有啥就直接吃了，反正吃啥都是一个味道。

至于来自他人的种种恶评，老王全然无所谓。我只走自己的路，让别人说去吧。

他就像一尾逆流而上的鱼，孤注一掷又横冲直撞，朝着自己既定的目标使劲地游。至于前方是什么，还要游多久，途中有多少艰难险阻，皆是未知数。其他顺流而下的鱼，都在纷纷议论：好怪的一条鱼，莫不是有什么大病吧？

至此，朝中许多人都认为老王为人太古怪，不愿与其为伍。唯有曾巩一如往常地挺好友："介甫者，彼其心固有所自得，世以为矫不矫，彼必不顾之，不足论也。"——我们家介甫遇事有自己独到的见解，那些质疑的声音，没必要理会。

曾巩与王安石自年少在京城相识后，一直保持着密切的联系。曾巩在老王寂寂无闻时，向各路大佬推荐好友；在老王不受待见时，站出来极力维护。而王安石也投桃报李，在好友落魄之际，屡屡出手相助。

曾巩年轻时屡试不第，招致乡邻嘲讽，王安石作诗为其鸣不平："吾语群儿勿谤伤，岂有曾子终皇皇。"——我曾兄就是最棒的，哪里轮到你们这群小兔崽子对他评头论足？曾巩父亲去世那年，民间有谣言说他未奔父丧，是为大不孝。王安石再次挺身而出，写文辩驳："父在困厄中，左右就养无亏行，家事铢发以上皆亲之。"——曾巩一直悉心照料他老爹，家里再小的事也会亲力亲为。王安石还很严肃地教育造谣者："足下姑自重，毋轻议巩！"——我劝你谨言慎行，别轻率议论我曾兄。

这样一段双向奔赴的友情，在两个人的生命中都是不可多得的温暖。

嘉祐八年（1063），王安石母亲病逝，他终于得以辞官，回江宁府丁忧守制。这一次的辞职申请，皇上没法再拒绝了。

离开皇城的那一日，王安石心中如释重负。他牵着一头小毛驴，转身离去。身后的一扇扇朱红宫门，沉重而滞缓地关上了。多少风云变幻，都被锁入其中。世界一下变得很静很静，王安石的耳畔只剩下小毛驴轻巧的踏步声。

漫长的旅途后，终于来到江宁府。金陵多山，这座群山环抱的城市，曾经历了一次次繁华的兴起，和一次次繁华的覆灭。云烟聚散，草树生灭，而山川始终矗立不变。王安石喜欢这些山，他将自己的一些情志，放在金陵郊外的山间。他知道自己有朝一日仍要出去，去迎接外面的云水激荡，而他存放在此处的情志，将如群山般岿然不动。

风停了，可尘埃犹未定。宋英宗在位的四年，屡次征召王安石赴京任职，老王均以服母丧和有病为由，拒绝入朝。

直到治平四年，宋神宗赵顼即位。二十岁的他接手了一个危机四伏的王朝，内有财政危机、国穷民困，外有辽国、西夏等势力虎视眈眈。

年轻的宋神宗心怀治世理想，他期待着能够力挽狂澜，有所作为，一改江山颓唐之势。因久慕王安石之名，遂起用他为江宁知府，旋即召他入朝任翰林学士兼侍讲。宋神宗急迫地想要见到老王，这个与自己一样力图重整旧山河的进取之士。

王安石没有再拒绝，他风尘仆仆地赶赴汴京。行至京郊，已能隐隐看到都城宫殿雕梁画栋的身影。

入宫前，王安石重游了位于汴京附近的西太一宫。十七岁那年，他曾跟随父兄游览过这座道观，那时他还是朝气蓬勃的少年郎。"三十年前此地，父兄持我东西。"再一转头，已近知天命的年纪，三十余年的岁月，无声流过。

如今新君继位，王安石又一次应召入宫。风再起时，他心中竟有些许怅然。正是日落时分，在无人的道观，夕阳残照，蝉鸣渐息。眼前的花红柳绿，让他梦回江南，一时不知身在何处。王安石思绪万千，在道观的墙壁之上，题写了一首小诗：

柳叶鸣蜩绿暗，荷花落日红酣。
三十六陂春水，白头想见江南。

梦醒时分，仍要乘风而去。

威严的宫门一扇扇次第而开，王安石大步迈入。他依然是那一身旧衣，脸庞黢黑。多年岁月过去，老王不免鬓发略染霜雪，面带沧桑之色。可他的眼神依然坚毅明亮，和当年登临飞来峰时一样意气风发，盛满了热烈的豪情壮志。

朝堂之上，二十岁的少年天子赵顼，与年近五十的三朝老臣王安石，一眼便是千年。君臣晤面期间，王安石娓娓道来他在政治、经济、用人以及军事上的改革谋略。这些想法，已在他心中憋了数十年，他始终在等一个倾听者。

端坐于大殿之上的赵顼，听得出神之至。他不住地点头，王安石那些美好的畅想，如同天籁之音一般萦绕于金碧辉煌的宫殿之中。每一段旋律，都与他心中早已谱写好却未奏响的乐曲相互应和。高山流水遇知音的故事，在伯牙绝弦后再度上演。

一番交谈后，宋神宗再次肯定了内心的想法：确认过眼神，他就是对的人。

老王心潮澎湃，他在这个年轻帝王的脸上，看见了欣赏之色，看见了勃勃野心，看见了意欲力挽狂澜的急切，看见了想要大展宏图的渴望，亦看见了饱受掣肘的无奈和不得知己的落寞。王安石知道，时机已到。他有些哽咽，多年等待，到底没有白费。

熙宁元年（1068），为摆脱宋王朝所面临的"三冗"危机以及边疆异族不断侵扰的困境，宋神宗召见王安石。天子问道："当今治国之道，当以何为先？"王安石答："变风俗，立法度，最方今所急也。"

"陛下乃圣明之君，有志图强。大有为之时，正在今日。"老王一脸热切地望着宋神宗。

"那就请爱卿尽力辅佐朕，你我君臣，同济此道。"赵顼字字铿锵，掷地有声。

"臣必鞠躬尽瘁，死而后已。"王安石的声音已激动得有些颤抖，语气却是那么坚定有力。他筹谋了大半辈子的富国强兵之法，终于即将得以实现。老王相信，借天子之力，他可以一手挽住大宋王朝江河日下的倾颓之势，予以百姓苍生一个崭新明朗的太平盛世。

次年新年伊始，老王满怀着除故革新的政治理想，在一派辞旧迎新的喜庆氛围中，挥毫写下《元日》：

爆竹声中一岁除，春风送暖入屠苏。
千门万户曈曈日，总把新桃换旧符。

是年二月的某天清晨，彻夜未眠的宋神宗望着窗外仍未散去的薄雾，心旌摇荡：商鞅变法前夕的秦孝公，想必也是这般兴奋又忐忑吧。宋神宗似乎看见，改革后的大宋江山，如破晓时分的万物一般，沐浴着旭日的光辉，天地之间一片清明。

赵顼很有信心，他已找到了属于自己的商鞅——王安石。长夜将尽，光明在即。

是日早朝，赵顼任命老王为参知政事。一场浩浩荡荡的熙宁变法就此拉开了帷幕。

八

熙宁三年（1070），王安石任同中书门下平章事，正式拜相。当年那个自称"意气与日争光辉"的黑瘦少年，如今站在了天子身侧，翻手为云，覆手为雨。顷刻之间，大宋王朝命运的走向，已悄然发生巨变。

王安石以富国、强兵、利民为变法目标，开始了大规模的改革运动。富国之法包括青苗法、免役法、市易法、方田均税法等；强兵之法包括保甲法、裁兵法、将兵法等。另外，在取士之道上，王安石倡导改革科举制度，废除以诗赋取士的旧制，恢复以《春秋》三传明经取士，选拔经世致用之才，并在教学上实行太学三舍法。

王安石所提出的这些变法举措中，尤以青苗法、市易法最具有颠覆性。青苗法是在每年二月、五月青黄不接时，由官府向农民贷款、贷粮，每半年收取二分利息，分别随夏秋两税归还。如此，既能帮助贫民度过田荒的时期，使其免受高利贷的盘剥，又能抑制土地兼并，增加国家的财政收入。

市易法，则是在重要城市设置市易务，当供过于求时，平价收购市场上的滞销货物，等供不应求、市场短缺时再卖出。如此，不仅限制了大商人对市场的控制，更有利于稳定物价及商品交流。

官府，相当于百姓的银行，贷款贷粮，便民利民，又调节市场，平抑物价，促进贸易，还能增加政府的财政收入，使国家更为富裕。这样具有近代化思想的举措，竟出现在近一千年前的宋朝。

当近代东西方的改革家大刀阔斧地劈出一条条创新之路时，他们蓦然回首,才发现在遥远的中国,北宋时已有一个叫王安石的小老头,积极主动地带领举国上下,开启了走向近代化的初次尝试。

这场翻天覆地的大变革,引起了满朝争议。而争议的核心点,在于如何处理财政危机。朝中臣子,大致分为新旧两党,即变法派和保守派。变法派中,王安石当仁不让地站在了"C位",当朝天子为其撑腰,吕惠卿、章惇、蔡确等人皆是主力队员。而曾与王安石交好的司马光,成为反对变法的核心人物。以他为代表的保守派中,还有韩琦、欧阳修、苏轼等一众名臣,大咖云集。

保守派认为要省钱,"天地所生货财百物,止有此数,不在民间,则在公家"。——蛋糕只有这么大,朝廷与官府分得多,百姓自然就分得少,所以,要以"节流"为目标,大家一起省吃俭用,勒紧裤腰带。

王安石则认为要搞钱,"善理财者,民不加赋而国用饶""因天下之力以生天下之财"。——整顿国家的财政收支,并且大力发展社会生产力,以"开源"为目标,源源不断地创造更多的财富,把整个蛋糕做大,方能富国富民。

对于王安石的理财之道,司马光很不赞成:"你那是利国利民吗?明明是与民夺利!再说国家怎可放下身段,发展商业,追求利润?士农工商,商为末流。如此作为,视传统礼教为何物?视祖宗之法为何物?简直有悖纲常,翻了天了!"

王安石丢给保守派十五个振聋发聩的大字:"天变不足畏,祖宗不足法,人言不足恤。"

处于下风的保守派不甘示弱,司马光与老王经常在朝堂上吵得面红耳赤。小时候砸缸救人的司马光,如今把王安石的变法当成了缸，非要砸了不可。而他反对变革的出发点，亦是为了国家百姓。司马光认为变法操之过急，必定劳民伤财，且有庆历新政的失败案例在先，如今应等待时机，谨慎改革，徐徐而图之。

一心变法的王安石完全听不进去。还等？再等大宋都亡了！大有为之时，正在今日。冲就完事了。

让保守派无奈的是，此时的宋神宗，被老王新锐的变法思想拿捏得死死的。这个励精图治、积极进取的少年天子，好不容易在一众因循守旧的大臣中找到了志同道合的王安石。宋神宗坚定地和老王站在统一战线，朝中大臣曾公亮有云："上与安石如一人。"——君臣俩好得跟一个人似的，如影随形，志在变出个名堂来。

司马光叹了口气："我的傻陛下哟，到底是太年轻。不知道咱们国家会给祸害成啥样，简直没眼看。老王，你继续折腾吧，我不奉陪了。"

友谊的小船说翻就翻。

由于和王安石水火不容，司马光主动请求下野。对于老王的为人，司马光仍然是欣赏的，只是两人在治国之道上彻底闹翻了。离开汴京前，司马光写了一封《与王介甫书》，直言："介甫固大贤，其失在于用心太过，自信太厚而已。"——老王的人品无可指摘，只是错在太自信、太激进。司马光还说："作法于凉，其弊犹贪。作法于贪，弊将若何？"这句话原本出自《左传》，意思是即使朝廷秉承着体恤百姓之心，订立极其宽松的法制，下属官员执行起来都会层层加码，弊害多多；倘若是本着贪心而制法，岂不是更加危害无穷？

砸缸小能手司马光砸不成王安石的缸，便跑去洛阳，专心编撰

《资治通鉴》。

而他劝诫老王的话，很快应验了。

九

为了更高效地执行和落地变法措施，朝廷给地方官员制定了工作考核 KPI（关键绩效指标）。例如，该怎么确认青苗法是否有效实施了，那就看各地官府收取上来的利息有多少。这下，想要趁着此次大洗牌而升官发财的投机分子，便开始活跃了。

本来利息收取二分，那就涨为六分，乃至更高。有的农民说："咱不差钱，没必要向官府借贷。"当地官吏不乐意了："那可不行，必须借。你们不借贷，本官的考核指标如何完成，又如何向朝廷邀功？"

一群为了自身谋求政绩的钻营之辈，肆无忌惮地盘剥着民脂民膏。本意是利民便民的青苗法，就这么被扭曲成了地方官员横征暴敛的牟利工具。

而基层发生的这一切，并不能准确地传达至中央。身居庙堂之高的宋神宗和王安石，看着地方官吏递上来的考核表，还在为那些经过矫饰的漂亮数字而心生满意。殊不知，黎民苍生已渐渐陷入水深火热之中，许多农民因为要偿还官府的高额利息而倾家荡产，富贾豪绅更能借此机会趁火打劫，巧取豪夺穷苦人民的田地财产。

青苗法实施了一段时间后，国库是充盈了，可百姓的钱包瘪了下去。

一向力挺王安石的曾巩都看不下去了，他苦口婆心地劝说老王："必先之以教化，而待之以久，然后乃可以为治，此不易之道也。"——老弟啊，改革得慢慢来，不可操之过急。

可王安石正在热血沸腾之际，谁的话也听不进去。况且大宋已到危急存亡之秋也，时局所迫，不得不激流猛进。昔日挚友曾巩的意见，老王并未采纳。不知何时起，两人之间已产生了一道深深的鸿沟。曾巩无限落寞，他自请离京，从此辗转各地十二年之久。

改革的浪潮来势凶猛，又一艘友谊的小船摇摇晃晃，几欲翻沉。

尽管曾巩不赞成老王这般激进的变革，他也并未加以阻碍。在地方为官期间，他默默执行着王安石变法中利民的那部分，并结合实际情况，修正其偏颇，弥补其疏漏，使得百姓在适应新法的过程中，亦能安居乐业。

这段友情，曾巩仍在坚守。

除了曾巩，其他与老王交好的官员，如今都在强烈抵制新法的进行。

苏轼也曾是王安石关系不错的朋友，二人互相欣赏彼此的文采，偶有诗词唱和。他们算是忘年交，老王比小苏大了整整十六岁，年龄上可以当苏轼的爸爸了。当小苏同学年少及第时，老王盛赞："尔方尚少，已能博考群书，而深言当世之务，才能之异，志力之强，亦足以观矣。"在变法之初，苏轼还是比较认可新法的，毕竟老王改革的初衷，是为国为民。"凡荆公所变更者，初时，东坡亦欲为之。"

可随着变法的深入，各种问题暴露出来，苏轼在重新审视新法的同时，也眼看着他的许多师友，如欧阳修等人，皆因与王安石政见不和，而相继被迫离京。朝中旧雨凋零，纷争四起，苏轼眼中所见，已不是他二十岁那年的清平世界。

苏轼由新法的倡导者变成了反对者，多次上书对改革中的弊端大喷特喷。此时苏轼只是殿中丞、直史馆，官职和位极人臣的王安石差了一大截。老王一开始没搭理小苏，寻思道："苏轼这个小朋友发发牢骚得了，还想咋的？"

苏轼的态度：没想咋的，单纯看不惯新法，看不惯就要骂人。

苏轼恃才傲物，极其擅长骂人不带脏字。他担任国子监考官时，所出的策题为：如果君主独断，专任某臣子，江山将会愈加兴盛还是走向灭亡呢？

他还炫耀了一把自己丰富的知识储备，举了历史上几位君主专断的例子："晋武平吴以独断而克，苻坚伐晋以独断而亡；齐桓专任管仲而霸，燕哙专任子之而败，事同而功异，何也？"他借古讽今，发出了灵魂拷问：宋神宗和王安石属于哪种？大宋的未来，是兴是亡？

前几次的交锋中，王安石并没有把苏轼当回事。毕竟从当前的身份地位来看，老王全面碾压小苏。然而这次苏轼的公然挑衅，终于激怒了王安石："这位朋友，我忍你很久了。"

在王安石眼里，这场变法凝结了君臣的多少心血，怎能允许他人妄加污蔑？从他的角度来看，苏轼的指桑骂槐，无疑是在扰乱人心，阻挠变法。愤怒的老王借御史之口，在宋神宗面前打小报告，陈说苏轼的过失。小苏看出老王是动真格的，在大祸临头前，主动申请外放杭州。

苏轼的心态倒是挺豁达:"不用陛下您开口,我自贬地方,就当公款旅游了。"

远离朝堂的小苏,继续写阴阳怪气之诗,暗暗地讽刺新法。"农夫辍耒女废筐,白衣仙人在高堂。"——杭州深受水涝灾情之害,农夫无法耕田,女子无法采桑,百姓生活得一塌糊涂,统治者倒是如泥塑木雕的神像一般,高高在上,冷眼旁观。"杖藜裹饭去匆匆,过眼青钱转手空。"——人们借来青苗贷款,却转眼就把钱花在了官营的吃食娱乐上,银子又进了官方的腰包,相当于官府一边贷款给百姓,一边刺激百姓消费,你看看这是人干的事吗?

陛下,王相,你们好意思吗?

像苏轼这样的反对之声,越来越多。庆历新政的主力干将富弼和韩琦、北宋理学奠基者程颢、范仲淹之子范纯仁等一众名臣,纷纷站在了新法的对立阵营。有的离开朝廷,眼不见为净;有的接连上书劝谏,力图扭转君心。

自从王安石发起变法后,他故交星散,众叛亲离,已无可用的亲近之人。可是原本,他的身边明明簇拥着那么多欣赏他、仰慕他的有志之士,比如曾提携过他的欧阳修,曾与他志趣相投的曾巩、司马光,曾视他亦师亦友的苏轼、苏辙。朝中臣子,都以能够结识王安石为荣,以不得识其面为憾。

可如今,王安石走着走着,发现那些熟悉的面孔一个个消失了。一时间,他拔剑四顾心茫然。

固执的老王仍然决定继续走下去。他所认定的事,从来都是不撞南墙不回头。老王认为,既然是变革,必然会触碰既得利益者的权益,引起他们抱团抗议,也必然会伴随着社会的阵痛,使得部分百姓无所适从。若遇到一点阻碍就退缩，还怎么实现富国强兵之大计？

今人未可非商鞅，商鞅能令政必行。

他王介甫，亦是如此。

绝不回头。

十

以富国强兵为目标的变法，进行了一段时间后，的确大大改善了北宋积贫积弱的困局。青苗法限制了高利贷对农民的盘剥，市易法打击了大商人对市场的操纵和垄断，兴建农田水利工程对农业生产发挥了积极作用。以上的富国之法，令北宋政府的财政收入大幅增长。

强兵之法中，保甲法维护了农村的社会治安，建立了全国性的军事储备；裁兵法提高了军队士兵素质；将兵法改变了兵将分离的局面，增强了军队战斗力。

这些强兵措施，扭转了西北边防长期以来屡战屡败的被动局面。在王安石的指挥下，大将王韶主导熙河之役，率军击溃羌人、吐蕃的军队，拓边二千余里，收复了西北边陲熙、河、洮、岷、迭、宕六州，取得了北宋军事上一次空前的胜利。

宋神宗看见了这些变法之利，他深知老王为此付出了多少心血，又承受着多少阻力。当王韶屡建奇功的捷报传至京师，宋神宗在紫宸殿亲手解下所佩玉带，当着百官的面赠予王安石，并说道："洮河之举，小大并疑，惟卿启迪，迄有成功。今解所御带赐卿，以旌卿功。"

王安石眼含热泪，跪接了天子的玉带。

变法的过程中，也存在着不少扰民、损民的弊端。王安石身居庙堂之高，又被奸臣小人蒙住了双眼，曾经深入基层一心为民的他，如今竟难以看清新法带给百姓的种种灾难。

时代的一粒尘埃，落到个人头上，就是一座山。

譬如说，免役法一出，连担水、理发、贩茶之类的小买卖，不交免役钱都不许经营，税务向商贩索要市利钱，税额竟比本钱还多，商贩们叫苦不迭，甚至有人以死相争。

再譬如说，保甲法的本意是维护地方治安与储备军事力量，平时乡兵夜间轮差巡查，农闲时集合军训，发生战争时则是正规军队的补充。可许多民众一听保甲法的政策，直接炸开了锅：平时要参加军训也就罢了，居然还要上战场打仗？可怜我们不过是手无缚鸡之力的平头百姓，上了沙场不就是去送死吗？

民间人心惶惶，甚至有人用自断手腕这般惨烈之举，来逃避保甲法。知府韩维将此现象报告朝廷，一时间物议沸腾。心系苍生的一众臣子接连上书，痛陈变法之弊。

面对来自各方的巨大压力，王安石的最佳拍档宋神宗都有些动摇了。看到百姓受苦受罪，宋神宗于心不忍，同时他很疑惑："明明出发点是好的，可实施的过程中，百姓却深受其害。问题到底出在哪里？"

除却触碰了官僚集团的既得利益、实行方式太过急于求成、变法的超前性与社会现实的落后性差距过大等因素，还因为变法期间，王安石用人不察，任用了许多奸邪小人，如吕惠卿、章惇、蔡确等。官方史书《宋史》中，《奸臣传》写了二十一人，而老王所用之人，几乎全部光荣入选，赫然在列。由这些"显眼包"去负责新法的执行和落地，最终效果可想而知。他们极尽阿谀奉承之能事，为排除异己不择手段，贪污腐败，中饱私囊，结党营私。

本是利国利民的变法，经过这些小人之手，再落到百姓身上时，最终结果不免与变法初衷背道而驰。

熙宁七年春，天下大旱，饥民流离失所，群臣诉说着变法的害处。宋神宗日日满面愁容，想罢黜"法度之不善者"。而王安石依旧固执己见，他认为即便尧舜时代也有天灾，派人治理即可。

就在这人心动荡之际，看门小官郑侠绘制《流民图》，冒死献与宋神宗，并上疏论新法过失，力谏罢相王安石。其图所绘灾民四处流离之惨状，令天子痛心不已，掩面垂泪良久。

曹太皇太后及高太后亦向宋神宗哭诉"安石乱天下"。宋神宗的一腔热血逐渐凉了下来，遂罢免王安石的宰相职务，改任观文殿大学士、知江宁府。

王安石又一次回到金陵。群山依旧，可他多年前存放于山间的情志，却有了些许微妙的变化。

心境早已不复当年。

他踱步于清寂的山野，云烟草树缄默无言，山川流水如在安眠。四周很静很静，可王安石的心中波涛犹未定，他眼前看到的，皆是朝堂中动荡的光影。

老王罢相后，仍心心念念未竟的变法，他急需一个接任者。于是王安石奏请宋神宗，让吕惠卿担任参知政事。吕惠卿并非善类，掌握大权后，他担心王安石日后回朝，影响自己的地位，于是先在宋神宗面前背刺了老王一通，又借机陷害老王的弟弟王安国，使其被贬至偏远之地。

而老王对此浑然不知，他一手栽培提拔吕惠卿，与其推心置腹。王安石自以为眼光不差，识人无误。他的过于自信，不仅令变法大权旁落至小人手中，还连累了自己的家人，酿成大祸。这一点，正应了司马光所说的"介甫固大贤，其失在于用心太过，自信太厚而已"。

老王离开后，吕惠卿等人极力劝说宋神宗恢复新法："陛下数年以来，忘寐与食，成此美政，天下方被其赐，一旦用狂夫之言，罢废殆尽，岂不惜哉？"——陛下这么多年为了改革废寝忘食，终于想出如此完美的新法，家国方才有所裨益之际，却因狂妄之人的胡言乱语，新法全被废除，多么可惜呀！

一番动之以情的游说下，本就举棋不定的宋神宗决定继续新法。朝廷秘密奏请召回王安石。熙宁八年（1075）的春天，王安石再次拜相。

风停，风又起。

此时春风吹拂，草长莺飞，老王在这烟花三月，即将告别金陵，重返政治舞台。前路为何，他尚不得而知；乡关在此，他仍心有眷恋。兰舟催发之际，王安石胸中已写就一首《泊船瓜洲》：

京口瓜洲一水间，钟山只隔数重山。

春风又绿江南岸，明月何时照我还。

此次入京还朝，已是今时不同往日。即便王安石仍是一人之下、万人之上的宰相，可宋神宗对变法愈加失望，他想要力挽狂澜的热情，已消逝于流民无尽的泪水与哀叹之中。

老王复相后难以得到更多支持，加上变法派内部小人作乱，分裂严重，曾经熊熊燃烧的改革之火，已然渐渐偃息。

熙宁九年（1076），谩骂与反对之声依旧无休无止，王安石迟疑了。他当然不怕千夫所指，可他怕黎民百姓真如《流民图》中所画的一样，过得那么凄惨困苦；他怕这不尽如人意的一切，皆是因变法而起；他怕再无可用之法，去挽救这个日渐衰弱的宋朝社稷。

难道，真的是我错了吗？

细密的雨幕似层层垂帘，将王安石重重围困于其间。他是个唯物主义者，此时却不得不信苍天之怒。他忽然觉得一切都在远去，新法开始前那般美好的、近在眼前的图景，如今竟变得如此遥远。

当郑侠"去安石，天必雨"的预言一语成谶，大雨纷纷落下之时；当亲近的故友门生相继离开，满朝臣子的质疑与谩骂铺天盖地而来之时；当宋神宗一次次背过身去，对坚持变法的上奏不置一词之时，每一个这样的时刻，让王安石那颗热血沸腾的心，一点点地冷却下来。

这条既阻且长的路上，原来只有他自己。

位极人臣的花团锦簇，与一人独行的荒凉寂寞，重叠于此刻的王安石身上。他茫然地往前走，在不知不觉间，他的肉身和思绪都在迅速消散，化作一个个孤独的瞬息。或许，只有金陵那片连绵的群山，才是他得以暂栖己身的一处安土。

归去吧，归去吧。有个声音在心底说。

王安石多次托病请求离职，宋神宗未准。同年，王安石心爱的长子王雱英年早逝，年仅三十三岁。王雱才高志远，积极支持其父变法，为确立变法的理论依据，参与修撰《三经新义》，即《诗义》《书义》《周礼义》。他还曾写下"海棠未雨，梨花先雪，一半春休"这般婉致清绝的妙句。王雱无疑是王安石心头的骄傲，是辅佐其父变法的强力支持。

如今，斯人已逝，他还那么年轻，前途无量。王安石悲恸欲绝，难以再重新振作。心若死灰，大抵如此。

落花流水仍依旧。这情怀，对东风，尽成消瘦。

十一

王安石似乎从一场酣畅淋漓的大梦中陡然惊醒，他环顾四周，空寂无人，似乎只剩下小毛驴嗒嗒的脚步声。

归去吧，归去吧。心底的声音反复响起。

老王郑重地拜别宋神宗，二人的眼中，皆有不舍之意。还记得初次相见时，两人看向彼此的目光中，都盛满了热烈。他们有着相同的政治理想，在变法之事上一拍即合，是不可再得的人生知己。他们虽是尊卑有别的君臣，但也是并肩作战的战友。

如今，九年过去。时移事异，物是人非，宋神宗为变法耗尽了心力，已不是当年那个意气风发的少年天子。余生事业未竟，介甫落寞归隐。宋神宗壮志未酬，可谁又能做他的左膀右臂，一同挽救江山于既倒，匡扶社稷于危难？

王安石给不了赵顼答案。在赵顼怅然的眼神中，王安石退出了朝堂。接下来的路，要靠赵顼一个人走了。

谁也没想到，这一别，竟是永诀。

曾经叱咤风云的大宋宰相，在离开汴京时，只是穿着一袭朴素的布衣，骑着一头瘦瘦的小毛驴。他一路南下，又来到了熟悉的江南岸。金陵依旧，群山依旧，明月也依旧。秋深冬浅之际，他终于回家了。

王安石在金陵担任了一些清闲的官职，过起了半养老的清净生活。而朝堂的云谲波诡，仍在上演。元丰二年，苏轼被人举报写诗讽刺变法和宋神宗，欺君犯上，乌台诗案爆发。苏轼锒铛入狱，面临着杀头之罪。

当年王安石实行变法时，苏轼是反对声喊得最响的那个，照理说也最让王安石头疼和痛恨。可令众人没想到的是，老王非但没有落井下石，反而挺身而出上书曰："岂有圣世而杀才士者乎！"——哪有在圣明之世还杀才子的道理呢？

宋神宗还是很给老搭档面子的，由于王安石的求情，苏轼捡回一条命，最终被贬至黄州。

这一年，王安石被封为荆国公，荣耀加身，他却心如止水。功名利禄，从来就不是他此生所求。没多久，老王决定告别一切朝堂纷争，正式辞官归隐。

小毛驴载着花甲之年的王安石，慢慢地走进葱茏的山林之间，从此隐入尘烟。

王荆公退隐江宁后，选择了城外一处叫白塘的地方，他请人开渠泄水，培土造屋，并将居室命名为半山园。老王在门前种了一些杂花疏草，每天坐在花草间看看书，写写诗，发发呆。那些风云变幻的日子，一下变得很遥远，很遥远。

纷飞的尘埃终于落定。

王安石在半山园过着悠闲自在的退休生活，此时的他俨然一个普普通通的民间小老头，他时常骑着瘦弱的毛驴，游走于乡野之间。天气好的时候，老王便去同在金陵的老友家坐一坐，聊一聊过去的人、过去的事。聊开心了，他就在人家住所的墙壁上即兴题诗一首：

茅檐长扫净无苔，花木成畦手自栽。
一水护田将绿绕，两山排闼送青来。

冬日天寒地冻之时，老王偏要去踏雪寻梅。年轻时不爱风雅的王安石，年老后倒是生出几许闲情雅致。看着傲雪凌霜的梅花，他随口吟诵道：

墙角数枝梅，凌寒独自开。
遥知不是雪，为有暗香来。

元丰七年（1084），被贬黄州四年多的苏轼迎来转机，前往汝州赴任。途经金陵时，他专程去拜访了当年的政敌王安石。这一年的王荆公已是六十四岁的垂暮老人了，而苏轼也是年过不惑的中年人了。

老王骑着毛驴，前去码头迎接苏轼。这两位在历史长河中熠熠生辉的伟人，一个是政坛领袖，一个是文坛顶流。而此刻，他们皆身着便服，一个骑在驴上，一个站在船头，遥遥相望。

故人相见，苏轼看到王安石已年老体衰，不复当年意气风发之态，不免有些鼻酸，他长揖而礼道："轼今日敢以野服见大丞相！"岸边的王安石笑着回礼道："礼岂为我辈设哉！"

二人相视一笑，数年恩怨随风而去。

于是苏轼寓居于此，在老王家蹭了一个多月的饭。他们诗酒唱和，共游钟山，相处甚欢。王安石甚至劝苏轼以后也来钟山定居："没有小苏和我争辩的日子，实在有些寂寞。不如买田几亩，与老夫卜邻而居吧！"

苏轼亦有相"知"恨晚之感，作诗以和："骑驴渺渺入荒陂，想见先生未病时。劝我试求三亩宅，从公已觉十年迟。"最终苏轼还是离开了金陵，他后半生依然在宦海浮沉，辗转各地。在金陵买田和老王做邻居的这个约定，终究是落空了。

这一年，王安石得了一场大病，宋神宗听闻后，赶忙派御医到江宁府给他诊治。为答谢皇上垂爱，老王上书请求，把自己栖身的半山园住宅改为僧寺，并捐出田地以营办功德。而他则带着家人，搬至城中租赁的一处小宅居住。他的金陵小宅，只有老屋数椽，极为简陋，昏昏沉沉的黯淡天光透窗而入，荆公坐在窗前沉思良久。故人的音容笑貌，浮在眼前。

老王挂念着宋神宗的安康，他在奏表中写道："永远祝延圣寿。"

而此时，为重振朝纲而殚精竭虑的宋神宗，身体也日渐衰弱。次年，西夏战事惨败，宋神宗受到沉重打击，病情迅速恶化。躺在龙榻上的天子，已昏睡多时，奄奄一息。

是年三月，年仅三十八岁的宋神宗赵顼，带着深深的遗憾离开了这个世界。远在金陵的王安石得知了天子崩逝的消息，不禁老泪纵横。老王捧着当年宋神宗赐给他的玉带，在哀恸中写下了悼念先皇的挽词：

玉暗蛟龙蛰，金寒雁鹜飞。
老臣他日泪，湖海想遗衣。

宋神宗去世后，宋哲宗即位，由太皇太后高氏垂帘听政。高太后于宋神宗在位时就强烈反对新法，如今自己掌握大权后，立即起用司马光为相，全面废除新法。

宋神宗与老王倾注了大半生心血的变法，付之一炬。

先皇的猝然崩逝与理想的全然破灭，让王安石备受打击。他的身体每况愈下，终于沉疴难起。自知不久于人世的王荆公，撑着病体，折花数枝，置于床前。他口中默默吟诵着生命中的最后一首诗：

老年少欢豫，况复病在床。
汲水置新花，取慰此流芳。
流芳只须臾，我亦岂久长。
新花与故吾，已矣两相忘。

弥留之际的老王，面容平和，并无痛苦之色。他做了一个好梦，梦中的大宋，再现了汉唐盛世的辉煌，百姓安居乐业，国库充盈富足，将领能征善战，边疆安稳无事。他曾以为，变法后的大宋江山，会是梦中景象。

王荆公在睡梦中与世长辞，享年六十六岁。

此时是新法尽废的第二年。

日景步航

苏轼

(1037—1101)

也曾狼狈而行

初到黄州的日子，苏轼心如死灰，身似枯槁，貌若行尸走肉。他终日躲在狭小阴暗的屋舍里，呆呆地望着房梁结网的蜘蛛。发呆发累了，就倒在床上昏昏睡去。闷向心头瞌睡多，白天黑夜连成一条线，在他翻涌不息的梦里交错而过。

他总是梦到那场生死大劫。天子龙颜震怒，被撕碎的诗篇仿佛黑白相间的蝴蝶，纷纷扬扬，漫天飞舞。群邪作祟，笑得肆无忌惮，面目狰狞的一张张嘴脸，排山倒海而来。苏轼惊惧不已，想醒醒不来，想跑跑不掉。忽然一道模糊的白光闪过，转瞬间，梦醒了。

正是子夜时分，浮尘在月光下轻舞，蜘蛛在头顶无声地编织着梦网。

苏轼出了一身的冷汗，心脏仍在怦怦狂跳。他披衣而起，轻手轻脚地走出房门。这段时日，他变成了一只胆小又警觉的兔子，只有在静谧无人的夜晚，才敢出门走一走。

这做贼一般的日子，什么时候才是个头呢？

清冷的月光下，苏轼神色茫然地踱着步。一抬头，只见一钩弯月悬于梧桐萧疏的枝叶之间，斑驳的光影在微风中轻轻颤动。极目远方，隐约望见一只落单的孤雁，在寂寞的长夜里盘旋无定。苏轼神色愀然，低声吟起了一首《卜算子》：

缺月挂疏桐，漏断人初静。谁见幽人独往来，缥缈孤鸿影。
惊起却回头，有恨无人省。拣尽寒枝不肯栖，寂寞沙洲冷。

他默默回想起从前的官宦生涯，竟觉得那些过往岁月，如同镜花水月一般缥缈虚幻。苏轼陷入了沉思："回顾来时路，那真的是曾经的我吗？"那般春风得意，昂首走在光辉灿烂的大道上，诗酒风流，金樽对月，才华盖世，名动京师，连天子都大赞他有宰相之才。

而如今，梦碎得很彻底。再定神，眼前唯余朦胧的残月，徘徊的孤鸿，寂寞的身影和无边的黑暗。

二十余年如一梦，此身虽在堪惊。

而这一切怅恨，皆因数月前的一场生死浩劫而起。

因为反对王安石发起的新法，苏轼在朝中屡遭打压，只得自请离京，辗转杭州、密州、湖州等地为官。在地方，他目睹了变法给百姓造成的种种困扰，于是作诗批评新法之弊，写下了"过眼青钱转手空"等诗句。而他的朋友沈括，转头就将这些诗句一一上报给朝廷，一场风暴已在悄然酝酿。

元丰二年四月，苏轼刚到湖州太守任上，照例向宋神宗进《湖州谢上表》，称："知其愚不适时，难以追陪新进；察其老不生事，或能牧养小民。"——微臣愚昧，又不合时宜，难以和新进的臣子一同辅佐陛下。且臣年纪大了，不想惹是生非，就在地方治理百姓好了。

新党早就不爽苏轼天天对变法阴阳怪气，决定抓住这个机会上纲上线，大做文章。他们认定苏轼的表中用语，暗藏讥讽新法之意："难以追陪新进"是说你苏轼不愿与新党合作是吧？你对我们的变法意见很大是吧？认为新党在胡乱"生事"是吧？

以李定为首的御史台官员，掀起了一场声势浩大的"文字狱"。他们寻摘苏轼的诗句，怒斥其居心叵测，讥讽青苗法、募役法等政策，又接连上疏弹劾苏轼，称其愚弄朝廷、妄自尊大、蔑视官家、讥讪权要……最后罗织了四条罪名，欲置苏轼于死地。

公怨私仇混在一起，政敌们铁了心要把苏轼搞下台："小样儿，叫你猖狂，看这次还治不死你。"

本是两派臣子因政见不合而引起的一场辩论赛，如今却被上升到刑事案件的级别。至于新党为何要如此针对苏轼，答案大概在苏辙的一句话中："东坡何罪？独以名太高。"只怪苏轼太优秀了，他才华横溢，光芒万丈，把同时代的其他文人士子衬得那么黯然、寒酸，甚至有些狼狈，这就难免不引起品行低劣之人的嫉恨和围攻。

木秀于林，风必摧之。

被捕那天，几个面目狰狞的台卒闯入苏轼任职的州衙，不由分说将他左右挟持，当即押往京城。此时苏轼好歹仍是堂堂一州之长官，可台卒对待他的态度，像是在驱赶小鸡小狗，又像是在抓捕杀人放火的盗贼一般。

难道我犯了什么十恶不赦的大罪吗？苏轼越想越害怕，小心翼翼地询问缘由，可办案的官员始终语焉不详，讳莫如深。

苏轼为官十余载，从未见过这样的阵仗。他隐隐感到，自己被卷入了一场巨大的风波之中。因为未知，所以更加恐惧，苏轼绝望地想："若是牵连了亲朋好友可如何是好？干脆我一人扛下所有，死了算了。"过扬子江时，他想要投江自尽，被守卫拦住了。几番挣扎后，终未成举。

到了京城的御史台，此处遍植柏树，终年栖息着数千只乌鸦，故而又名"乌台"，气氛极其阴森不祥。苏轼未经审判就被丢入了更加暗无天日的乌台大狱。他每天经历着无休无止的盘问、审讯和凌辱。苏轼在给弟弟苏辙的诗里，记录了当时的凄惨境遇："梦绕云山心似鹿，魂飞汤火命如鸡。"——我日日惊惧不已，心如鹿撞，魂飞九天，好像一只任人宰割的鸡，马上就要被扔进锅里了。

他想死，死了就解脱了，就不会连累他人了，就不必忍受日复一日的折磨了。这个念头越来越强烈。苏轼偷偷藏好了用于自尽的丹药，只等熬不住的那一日，尽数服下，一了百了。只是他心中仍有牵挂——自己死后，照顾家眷的重任，就要落在弟弟苏辙的身上了。

念及此，苏轼悲从中来，写下了留给弟弟的绝笔诗句："是处青山可埋骨，他年夜雨独伤神。与君世世为兄弟，更结来生未了因。"——子由啊，哥就要死了，咱们来生再做兄弟，以续今生未尽的缘分。

苏辙心急如焚，自从哥哥被捕，他便展开了积极的营救活动，一边为了苏轼的事跑断了腿，四处求人帮忙，一边上书宋神宗，请求削去自己的一身官职，替苏轼赎罪。苏辙愿意不惜一切代价把哥哥捞出来，可是此时他不过区区应天府签书判官，人微言轻，宋神宗压根不屑搭理他这只小蚂蚁。苏辙的请求，未获准许。

谏官们对苏轼的围攻愈加猛烈，宋神宗在巨大的舆论压力下，决定杀鸡儆猴。只是宋太祖曾立下不可杀文人的祖宗家法，在如何处置苏轼一事上，宋神宗一时举棋不定。

杀，还是不杀呢？架在苏轼脖子上的那把刀，时而抬起一点，时而又落下一点。老苏感到脖子凉飕飕的，精神已在崩溃的边缘。

在这生死存亡的紧要关头，一向欣赏苏轼才华的太皇太后曹氏，出面向宋神宗求情，力挽狂澜。苏轼昔日的政敌王安石，亦上书劝宋神宗免其一死："岂有圣世而杀才士者乎！"

两位重量级人物都发话了，宋神宗不能不给面子。最终，他免除了苏轼的死罪，将其贬为黄州团练副使。

重见天日的瞬间，苏轼迎着和煦的阳光，不觉有些头晕目眩。再定神，又见人间种种。恍惚间，不知今夕是何年。

他已在狱中，待了整整一百三十天。

二

元丰三年（1080）二月，苏轼在儿子苏迈的陪伴下，冒着一路风雪，抵达黄州。

黄州地处偏远，彼时仍是蛮荒之地。老苏环顾四野，但见人烟稀疏，尽是苍凉之色。苏轼的心拔凉拔凉的，在给友人王元直的信中,他心灰意冷地吐槽道:"黄州真在井底,杳不闻乡国信息。"

如果说黄州如同井底,那么苏轼就是那只可怜的井底之蛙。他所任的团练副使一职,无权签书公事,工资也是微薄得可怜,而且还受当地官员的监视,未经准许,永远不得离开。

名义上是有个官职,可实际又和流放有什么区别?贬谪黄州的惩罚,仿佛是一场无期徒刑。苏轼垂头丧气地想:"看来朝廷是真的不要我了,我的官场生涯,怕是到此为止啦。"

即便事事不尽如人意,还是得照例奉上谢表,谢主隆恩。苏轼在《到黄州谢表》中说:"惟当蔬食没齿,杜门思愆。深悟积年之非,永为多士之戒。贪恋圣世,不敢杀身;庶几余生,未为弃物。若获尽力鞭箠之下,必将捐躯矢石之间。"——今后,我将闭门思过,终日茹素,反思这些年的错误。感谢陛下的不杀之恩,若陛下认为我余生还有点用处的话,请随意使唤我吧,我必赴汤蹈火,为国捐躯,万死不辞。

这卑微到尘埃里的一段话,除了在表明自己的忠心外,还寄托着苏轼对于重回朝堂的期盼。这一点期望,仿佛是黑夜里幽微的萤火,时隐时现。他不甘心就此沉寂。

毕竟曾经的苏轼,拥有着无可估量的光明未来。他二十一岁进士及第,年少得志,一篇纵横恣肆的《刑赏忠厚之至论》,赢得了文坛领袖欧阳修的青睐,一时间名动京师。得欧阳公举荐,他参加了制科考试,所作对策被评为"百年第一"。后来苏轼又通过学士院的考试,任直史馆,此官职素来被委以重任,可超迁官阶。

纵是宦海波涛不定,以苏轼的才华,本可以于其中乘风破浪,扬帆万里。而如今,他却像一艘在激流中不幸遭难的船,搁浅在河滩，破破烂烂的，谁也不想多看一眼。

这样的打击是致命的，苏轼跌至人生的最低谷。从繁华的江南到偏僻的小城，从一州长官的苏大人到备受凌辱的阶下囚，从仕途大好的栋梁之材到朝臣群攻的众矢之的。苏轼的人生发生了翻天覆地的变化。那条前途灿烂的青云之路，已然彻底粉碎，化作风中微尘。

接下来的路，该怎么走呢？

苏轼到黄州的第一块落脚地，是一个狭小简陋的寺庙，名叫定惠院。作为戴罪之身的犯官，他并无固定的官舍，还好寺庙的方丈心善，拨了一间空屋给苏轼父子居住。他们就在定惠院，与僧人们一同吃斋。

老苏每天的饮食都很清淡，买不起肉，只能煮点素菜，勉强填饱肚子。对爱吃肉的苏轼来说，这无疑是非常难熬的。老苏天天吃着清水煮菜叶的减肥餐，脸也吃绿了，人也吃瘦了，他无比想念那碗香喷喷的羊肉汤，却只能在梦中品尝。

比吃不到美食更煎熬的，是苏轼的社会身份发生巨大转变后，产生的强烈落差感。

老苏在给朋友李端叔的信中，描述了自己在黄州的生活状态："得罪以来，深自闭塞，扁舟草屦，放浪山水间，与樵渔杂处，往往为醉人所推骂，辄自喜渐不为人识。平生亲友，无一字见及，有书与之亦不答，自幸庶几免矣。"——得罪朝廷以后，我终日闭门谢客，不愿与外界交往。我总是穿着草鞋，驾着扁舟，纵情于山水之间，混迹于渔者樵夫之中。有时遇上骂骂咧咧的醉汉，对我推推搡搡，可我毫不在意，反而还倍感轻松，这说明世人已然不认识我了。

写给朋友的信，大多石沉大海，再无回复。

从前的苏轼，可谓大宋第一社交达人，他生命中的一大半时间，都挥洒在与朋友们诗酒唱和饮宴游乐之上。而现在，几乎没有朋友再给他来信了，即便他们同情苏轼的遭遇，也相信他是被陷害的，可是谁也不愿冒这个险，和其来往过密。

文人圈都在悄悄议论：

"张兄和老苏还有往来吗？你们之前是不是还有过诗文唱和？"

"李老弟可不敢瞎说呀！我和老苏完全不熟，仅有过一面之缘。"

"老苏现在可是敏感人物，谁要沾上一点，很有可能就跟着倒大霉啦。"

"慎言慎言！此事牵连甚广，咱们还是少谈及为好。"

苏轼一下成了孤家寡人，他被那个人来人往的热闹世界彻底抛弃了。

寻寻觅觅，身边的朋友几乎全都断了联系。冷冷清清的夜晚，苏轼凄凄惨惨地写下："某谪居粗遣，废弃之人，每自嫌鄙，况于他人。"——老夫一介贬谪之身，被弃置于此，我自己都嫌弃自己，何况他人呢？

不过是重重的寂寞，寂寞寂寞就好。

世人皆说，苏轼生来就是乐天派，胸襟旷达，笑对逆境，坚忍不拔。如尼采所言，那些杀不死我的，终将使我更强大。

可实际上，遭受了一万点暴击，再被一巴掌拍到黄州的苏轼，起初并非后人想象中那般乐观豁达、超然飘逸，相反，他有过很多痛苦、困顿、抑郁难纾的时分。他不想面对现实，终日用昏睡麻痹自己，聊以忘忧："昏昏觉还卧，展转无由足。"他不愿白天出门，只在静悄悄的夜晚外出散心；他不敢酩酊大醉，生怕酒后失言，又惹来一场无端的灾祸。

甚至写给好友的信中，苏轼都再三叮嘱："不须示人""看讫便火之"，唯恐"好事者巧以酝酿，便生出无穷事也"。——书信万勿示人，切记切记，阅后即焚！万一让好事者知道了，又是一场灾祸啊。

苏轼的小心脏，再也承受不起任何打击了。他如同惊弓之鸟，每日活得战战兢兢，小心谨慎。

那些杀不死我的，还不如直接杀死我。说什么轻舟已过万重山？明明是轻舟已撞大冰山。

在"竹杖芒鞋轻胜马""一蓑烟雨任平生"之前，苏轼也曾在暴雨和泥泞中狼狈前行过。他是一个有血有肉的凡人，而非超脱尘世、不知忧愁的仙人。老苏和好友坦言："处患难不戚戚，只是愚人无心肝尔，与鹿豕木石何异！"——身处患难还不会难过忧愁的人，那就是个全无心肝的大傻子，和木头石头又有什么区别？

所以苏轼作了多首感伤悲愤之词，叹息世事如梦，人生短暂。谪居黄州的第一个中秋，他写了一首《西江月》：

世事一场大梦，人生几度新凉？夜来风叶已鸣廊。看取眉头鬓上。

酒贱常愁客少，月明多被云妨。中秋谁与共孤光。把盏凄然北望。

本应阖家团圆的中秋佳节，苏轼却在遥远的黄州，对月独酌，与家人天各一方。在这"每逢佳节倍思亲"之际，他格外想念妻子，想念弟弟。把酒北望，只见高悬的一轮明月，圆满似银盘，仿佛不知人间还有离愁别恨一般。

苏轼兀自轻叹道："不应有恨，何事长向别时圆？"

忽然飘来一片云雾，遮住了圆月清亮的光芒。一抹挥之不去的阴影，在月上，亦在离人的心上。

何时才有拨开云雾见月明的那一日呢？

三

不幸中的万幸，在这段困顿黑暗的日子里，仍有亲人朋友坚定地站在苏轼的身边。自从老苏在湖州被捕后，他的长子苏迈就始终陪伴左右，一路照料周全，直至黄州。

那日在临近黄州的途中，老苏忽于茫茫风雪间，看到了一个熟悉的人影，此人身骑白马，笑吟吟地望着远道而来的苏轼父子。这个满身风雪之人，正是苏轼在凤翔为官时的旧相识，陈慥。

陈慥，字季常，其父乃北宋名臣陈希亮。作为一个官二代，陈慥却无意于宦途，他隐居在黄州一带的岐亭，住茅屋，吃素食，活得潇洒淡然。

他乡遇故知，老苏喜出望外道："呀，这不是我的老朋友陈慥吗？你为何在此呢？"陈慥跳下马，热情相应道："听闻子瞻兄要来黄州，算着日子，也该到了，特来迎接贵客。"苏轼鼻子一酸，几欲落下泪来。自他卷入乌台诗案后，众人皆避之不及，难得还有故人愿意如从前一般待他。

陈慥丝毫不介意苏轼是戴罪之身，他邀请苏家父子到自己的隐居之所做客，一连招待数日。老苏感动不已，一身的疲惫落寞都消除了不少。此后的四年，两人多次往来，一同游山玩水，谈论佛法。

在隔壁鄂州担任太守的朱寿昌，也是苏轼的老友。朱太守听闻老苏抵达黄州，第一时间派人送来了美酒和珍果，慰其一路风尘。这样雪中送炭的情谊，让苏轼心中一阵温暖。他写下酬答之作："双壶珍贶，一洗旅愁，甚幸！甚幸！佳果收藏有法，可爱！可爱！"后来苏轼还时常收到朱太守送来接济他的一应物资："叠蒙寄惠酒、醋、面等，一一收检，愧荷不可言。"言语之间，尽是感激之情。

凛冬已过，沉睡的万物正悠然转醒。苏轼躺在昏暗的寺庙里，听着窗外冰雪消融的声音——春天要来了呀。

在这春深似海的日子里，定惠院中的海棠花开了。

子夜时分，苏轼又在院子里散步。长夜漫漫，草木如在梦寐中，唯有海棠花未眠。尽管是在朦胧的黑夜中，仍可见花簇绚烂不可方物。灿若云锦的花朵，积蓄了整整一年的美和香，在这个幽僻之地，开得轰轰烈烈。

苏轼置身于浮动的花香之间，叹息道："如此美景，却从来无人欣赏吗？"

他回屋拿了一支蜡烛，又来到海棠花前，自言自语道："老夫清闲之身，自然有时间细细观赏，不叫花儿伤心失望。"

苏轼秉烛观花，作下一首《海棠》：

> 东风袅袅泛崇光,香雾空蒙月转廊。
> 只恐夜深花睡去,故烧高烛照红妆。

纵然这美丽转瞬即逝,无法久留于世间,也该有人见证它存在过的每一个刹那。

纵然人生如大梦一场,也该认真生活,不辜负良辰美景。就将这场梦,好好地做下去吧。

在一个风和日丽的日子,苏轼来到屋舍门口,犹疑了一会儿后,他深吸一口气,踏出了房门。灿烂的阳光倾洒而下,不可阻挡的春意扑面而来。当温暖的春风吹在苏轼脸上的时候,他心里的冰雪也悄然融化了。

久违了,这美好的人间。

当了那么久的夜猫子,苏轼终于敢在白天出门了。渐渐地,他改变了昼伏夜出的生活习惯,只是依旧独来独往,少言寡语。他总是漫无目的地行走于山水之间,看一溪风月,乱红如雨,他掬水月在手,弄香花满衣。大把的光阴,被他虚掷于云端、月下、花间和溪上。

有时,苏轼长久地凝望那沉默的群山,他感到了一种不可抗拒的力量,于是一次又一次地走进山里。在一片宏大的寂静之中,他的内心也变得很静很静。

黄州当地的百姓时常看见一个孤独的异乡人,走走停停,徘徊于山野。他时而默默发呆,时而喃喃自语。人们心中疑惑:这个人,是从哪里来,又要到哪里去呢?

没有人与他对话,于是那些一半清醒一半沉醉的思绪与话语,便悉数付与了无言的万物。枝头的孤鸿，衔走了他的几句牢骚；飘零的落花，承载着他的一些感悟逐水而去；变幻的流云，倾听着他即兴而作的诗词，然后酝酿了一场风雨，又悠悠地飘走了。

在这无可言说心事的日子里，苏轼开启了一场自我反省、自我救赎之旅。他隔一两天就去城南的安国寺，在茂林修竹间，静坐禅修，深自省察。通过自我观省，苏轼意识到自己犯了佛门十戒中的"不妄语"。他在给朋友的信中，说自己从前犯的最大的错误，就是太过锋芒毕露，总是不计后果地论述利害，评说得失，而这些华而不实的空论，其实于国于民，并无益处。

他痛定思痛，试图从过去惨痛的教训中，寻找一个幡然悟道的机会。

这一场自省，并不是向混淆是非之人妥协，更不是向世间嘈杂之音让步，而是一个剖析自我、找回真我的过程。去除了那些虚浮的、矫饰的、异己的表皮，苏轼沉淀下来，他成就了一个更成熟、更纯粹的自我。

今日之我，已非昨日之我。正如陶渊明在《归去来兮辞》中所说："悟已往之不谏，知来者之可追。实迷途其未远，觉今是而昨非。"

苏轼还喜欢在安国寺焚香沐浴，在淋漓的热水中，洗去身上的污垢，也洗去心上的尘埃。他在《安国寺记》里写道："一念清净，染污自落，表里翛然，无所附丽，私窃乐之。"——我感到前所未有的清净，无牵无挂，自由自在，物我两忘，身心皆空，我觉得好快乐，好轻松呀。

不出门的日子，苏轼就去翻一翻寺院中落满尘埃的经书，其间的字字句句，诉说着世间一切皆为梦幻泡影，贪嗔爱欲尽是庸人自扰。苏轼默念着佛法禅机,一日又一日。

慢慢地,他感到自己揪成一团的心,正在一点点地舒展开来。

再后来,好像有一匹未拴缰绳的马儿,跑进了他的心里。它自由无拘地奔驰,马蹄起起落落,鬃毛随风飘扬。苏轼的心化作一片开阔的原野,他仿佛听见耳畔有清风呼啸而过。

苏轼一点一点地活了过来。他开始寻找这场困局的突破口,就像在幽暗昏惑的岩洞中独自穿行。这个深不可测的洞穴,会有终点吗?

他摸索着前进,一次次地鼓起勇气,一次次地探索尝试。忽然间,在黑暗隧道的尽头,他看见了无数个光点,那是终点吗?

循着每一个光点走过去,他看见了一个个风光迥异的世界。小小的光点后面,竟别有洞天。

也许,那并不是终点。可是这场妙趣横生的探索之旅,让他体验到了千百种可能,千百种乐趣,千百种风景。

那么所谓的终点,还重要吗?

春光正好,苏轼邀请好友陈慥一同踏春郊游。他们来到奔腾不息的江边,陈慥望着远处连绵的青山和眼前汤汤的流水,不禁生出怀古之幽情,他感慨道:"想来百年之前的南唐后主李煜,在金陵城破的那一日,也曾如你我一般驻足江边。"

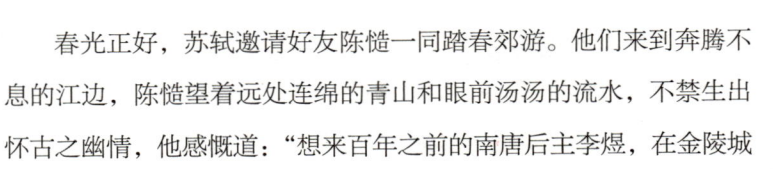

苏轼沉吟半晌，神色黯然地喟叹道："李后主的绝笔何其妙哉，那句'问君能有几多愁，恰似一江春水向东流'，正是我当下心境。"

陈慥正欲出言安慰，苏轼忽然牛头不对马嘴地冒出一句："季常，你看那江里，是不是有好多鱼儿？"

只见翻涌的江水间，有成群的鲫鱼来往游动。陈慥点头笑道："不错，黄州虽偏僻荒远，却依山傍水，物产丰足。这过江之鲫，便是一大特色。"

这下苏轼来了精神，面上的愁云一扫而空。他兴冲冲地和好友说道："黄州真是个好地方呀！我还发现，山上遍地都是竹笋。待我钻研成功其烹制之法，定邀季常兄来寒舍品鉴一番。"

回居所的途中，苏轼已在思考着该如何烹饪江鱼和竹笋，更能激发其鲜美之味。这样细小的、琐屑的快乐，在他的眼中被无限放大。苏轼一边大步前行，一边朗声吟着方才即兴所作的诗句："自笑平生为口忙，老来事业转荒唐。长江绕郭知鱼美，好竹连山觉笋香。"

当苏轼在仕宦之路上摔了个大跟头后，他便发展起了一项副业——美食家，或者说，厨师。孟子曾经曰："君子远庖厨。"可热爱美食的苏轼才管不了那么多。君子可以不当，厨房一定要下。

在哪里摔倒，就在哪里吃饱。

老苏很快研究出了江鱼的做法，还详细地记录下了每个步骤，以便后人按照他的菜谱烹制，也能一享美味："子瞻在黄州，好自煮鱼。其法，以鲜鲫鱼或鲤治斫，冷水下入盐如常法，以菘菜心芼之，仍入浑葱白数茎，不得搅。半熟，入生姜萝卜汁及酒各少许，三物相等，调匀乃下。临熟，入橘皮线，乃食之。其珍食者自知，不尽谈也。"——将处理好的鱼冷水入锅，放适量的盐和葱白，再用微甜的白菜心提鲜增味，一同炖煮。煮至半熟时，加入少许等量的生姜、萝卜汁和酒，去除腥味。最后快起锅时，撒上切丝的陈皮，这样煮出的鱼鲜美无比，好吃得没话说！

在美食、美景和好友的治愈下，苏轼又找回了生活的趣味。在这段黯淡无光的岁月里，他兴致盎然地寻找好食材，拜访好朋友，欣赏好山水，这些都是黑暗岩穴中的点点光亮。令日子更有盼头的是，苏轼日思夜想的妻儿和弟弟，已经在来黄州的路上了。

元丰三年五月底，在苏辙的一路护送下，苏轼的家眷顺利抵达黄州。一家人劫后重逢，不禁喜极而泣。老苏看到自己的两个小儿子都长高了些，又见妻子正当盛年却早生华发，侍妾朝云亦多了几分憔悴。苏轼的鼻子又是一酸，心里很愧疚：都怪自己，连累了亲人。

此刻，苏轼面临着一个棘手的问题：人口增多，衣食住行该如何解决呢？总不能让一家老小和自己挤在定惠院吧？再说家中还有女眷，实在不方便久居僧舍。

在这困窘之际，老苏的好友朱寿昌又一次伸出了援手。朱太守从中周旋疏通，再加上黄州太守徐君猷的鼎力支持，苏轼一家住进了江边的临皋亭。这个驿亭往日是用来接待官员的，相当于一个官办的招待所，虽然简易，却也清净。

老苏心中满满的感动，迁居之后，他给朱太守写了封感谢信："已迁居江上临皋亭，甚清旷。风晨月夕，杖履野步，酌江水饮之，皆公恩庇之余波，想味风义，以慰孤寂。"

面对好友的帮助，苏轼无以为报，他只能将感激之情化作真挚动人的文字，成词，成诗，这是他最朴素，也是最珍贵的回赠。

住房问题解决了，可还有那么多张嘴等着吃饭，怎么办？苏轼想了个办法，他每月月初取四千五百钱，分成均等的三十份，每天取一份用。因为担心自己忍不住买酒买肉而超出预算，于是把钱挂到高高的房梁上，每天取下一百五十钱后，就让家人把用于取钱的叉子藏起来。

然而这般精打细算，还是架不住银子如流水般花了出去。还没到月底，钱包就又空了。生活愈加拮据，苏轼头疼不已。

这时，老苏的又一位好友站了出来。此人名叫马正卿，与苏轼相识于微时，此时正在黄州担任通判。他得知老友的窘境后，请淮郡府，把从前用于驻兵的数十亩营地拨给苏轼，供其开垦种植，补助生活。自己动手，定能丰衣足食。

于是苏轼扛着农具，来到这块许久无人打理的旧营地。只见眼前荒草丛生，瓦砾遍地，灌木荆棘盘根错节，四处蔓延。苏轼一时有些手足无措，毕竟他是文人出身，并未干过粗活。

沉思片刻后，老苏让家童放一把火，将满地的荆棘枯藤统统烧光。

当熊熊大火燃烧于荒原之际，苏轼忽然感到一阵畅快。他情不自禁地在风中奔跑，振臂呼喊。他的眼睛被火光映照得很亮很亮，他的心仿佛也被点燃了一般。

那些剪不断，理还乱的，全都随风而去吧。

当杂草燃成灰烬之后，会有承载着无限希望的种子被播撒在这里。小小的种子，将汲取雨水和土壤的养分，来日破土而出，长成参天大树，长出累累硕果。

让苏轼喜出望外的是，当荒草尽去之时，有一口暗井露了出来。这意料之外的水源，帮苏轼解决了庄稼灌溉的问题。他欣喜地说道：

"一饱未敢期,瓢饮已可必。"——能不能吃饱还不确定,至少有水喝了。耕种已取得了第一阶段的胜利,再接再厉!

一切准备就绪,老苏开始了他的农夫生涯。曾经身着官服、站在朝堂直谏天子的苏轼,如今穿着布衣粗衫,扛着铁锹、锄头,走上了一片光秃秃的土地。

苏轼将这里命名为"东坡",这块无人问津、荒废多年的寻常坡地,从此被赋予了一种伟大的意义,它见证了苏轼的涅槃,见证了东坡居士的诞生,见证了一个伤痕累累的灵魂是如何杀出重围,浴火而生,永恒地闪耀于史册之上。

从困顿于政治风云的苏轼到忙碌于田园生活的苏东坡,从关心朝堂的一举一动到关心每日的一蔬一饭,从悲叹"有恨无人省"的意气消沉到笑言"瓢饮已可必"的苦中作乐,苏轼完成了一次脱胎换骨的蜕变。

贬谪之痛,已成往事,总有一日消散如烟。

播种耕作,以待来日,终有新苗破土而生。

五

苏轼日夜在这里劳作,他将所有心力都倾注于犁地、播种、浇水、施肥、锄草之事。这当然是一项艰巨的工作,他在诗文中写道:"垦辟之劳,筋力殆尽。"——垦荒耕种实在辛苦,可真是累死了。

他很忙碌,忙到没有时间再去自怨自艾,胡思乱想。在连续数月的耕耘后,苏轼看见幼嫩的芽一点点地冒出土壤,细弱的树苗一点点地长高长大,他抹了把额角的汗水,欣慰地笑了。这一切努力,终究没有白费。

此时的苏轼,已是一个有模有样的农夫了。他的双手变得粗糙,被农具磨出了许多茧子,面孔晒得黑黢黢的,胡子也许久没有打理了,乱蓬蓬的。他的衣衫沾满了灰尘泥土,整个人脏兮兮的,可眼神十分清亮,久违的笑容又回到了脸上。

苏轼为园中的菜圃作诗道:"芥蓝如菌蕈,脆美牙颊响。白菘类羔豚,冒土出蹯掌。谁能视火候,小灶当自养。"——芥蓝吃起来是嘎嘣脆的,白菜如同羔羊乳猪般鲜美。蔬菜才刚刚长成,"吃货"苏轼就已经在想象着它们美妙的滋味了。

站在这片生机勃勃的土地上,老苏觉得心里很踏实,很快乐,他感到自己也在源源不断地汲取着养分和力量,就像那些新生的蔬菜与果树一样。

元丰四年(1081)冬,趁着农闲,苏轼决定盖一所房子。他选了一块地势开阔、避风向阳的高地,伐木垒砖,在家人和乡邻的帮助下,修筑了一座五间房的居舍。次年二月,房屋竣工。斯时,正好迎来了一场大雪。

万山载雪,天地皆白。漫天飞雪中,苏轼忽起雅兴,决定在堂舍四壁画上雪景。于是画家苏轼上线了,他拿着笔龙飞凤舞,一番即兴创作后,满意地看着自己的作品,将屋舍取名为"雪堂",还写了一篇《雪堂记》记录此事。

开春,老苏又撸起袖子开始干活了。他在雪堂前后遍植杨柳、梅花、翠竹、松柏，又向山寺中的长老乞得桃花茶树，栽于雪堂之下。

花开之际，漫山暗香浮动，淡粉与碧绿参差交错，轻轻地摇曳在风中。

苏轼望着这从无到有的一方小小天地，不觉感慨万千。若余生在此终老，倒也优哉游哉。他在给友人的信中写道："有屋五间，果菜十数畦，桑百余本，身耕妻蚕，聊以卒岁也。"

日子一天天地好起来了，苏轼的心情也好起来了。他总爱在茶余饭后四处溜达。此时老苏眼中的黄州城，已与他初来乍到时的模样大不相同。两年前，他总觉得这座小城尽是苍山暮雨，满目萧然。而现在，则有看不完的湖光山色，享不尽的霁月清风。

美恶在我，何与于物？

苏轼信步至临皋亭，凭栏而望，只见云山叠翠，江天一色。他顿觉心旷神怡，寻来笔墨，记录下当时心境："东坡居士酒醉饭饱，倚于几上。白云左绕，清江右洄，重门洞开，林峦坌入。当是时，若有思而无所思，以受万物之备，惭愧！惭愧！"

吃饱喝足后的老苏，倚靠在几案旁，欣赏着眼前的云卷云舒，清波微澜。他看上去若有所思，又或许，他没有在想任何事，只是怡然自得地享受着万物的恩泽。当下，有美景如斯，又何须多虑纷扰世事？

苏轼还逛起了黄州城中的菜市场，作为一枚行走的"美食雷达"，他发现这里的猪肉物美价廉，若是用心烹饪一番，定是无上的美味。

其实宋朝的上流圈层是不屑于吃猪肉的，他们认为猪肉太低贱，远不如羊肉滋补身体。宋初，一只羊的价格大概是一只猪的五倍。

然而苏轼才不在意食物所谓的贵与贱，他认为："菜羹菽黍，差饥而食，其味与八珍等；而既饱之余，刍豢满前，惟恐其不持去也。"——饥肠辘辘之时，哪怕只是吃到清淡的菜汤和粗粮，也会觉得美味至极；酒足饭饱之余，哪怕面对一桌子的山珍海味，大概都是毫无胃口的。

黄州生活艰苦，经常饿肚子的老苏看什么食物都是好吃的，完全不挑食。他有信心，在自己精湛的厨艺下，猪肉可以被做得很美味。于是苏轼在市集上买了几斤猪肉，一回家就钻进了厨房里，专心捣鼓其烹调之法。

在苏大厨的研究下，一份热气腾腾的"东坡肉"新鲜出锅了。美食博主苏轼很乐意和旁人分享菜谱，他专门写了首打油诗，记录下烹饪猪肉的过程：

净洗铛，少着水，柴头罨烟焰不起。待他自熟莫催他，火候足时他自美。黄州好猪肉，价贱如泥土。贵者不肯吃，贫者不解煮。早晨起来打两碗，饱得自家君莫管。

苏轼得出结论，这道菜的精髓就在于，要用微火煨炖，等待猪肉慢慢煮熟，火候足了，滋味自然会极美。

等待猪肉煮熟的时间，苏轼便守在锅旁，一丝不苟地观察火候的情况。他闻着锅里飘出的阵阵香气，馋得口水都要流出来了。他对自己说："莫急莫急，火候足时他自美！"终于，可以开锅了，老苏迫不及待地盛出一碗猪肉，冒着嘴巴被烫出泡的风险，夹了一筷子送入口中。哇，太美味啦，肉质酥烂而不散碎，皮质软糯而不油腻。真是齿颊留香，回味悠长。

苏轼喜滋滋地和家人分享"东坡肉"，只是他的妻儿都吃不惯猪肉。老苏便道："那我只好独享美味了，夫人今日就不必为我准备晚饭了。"

就猪肉这个食材，苏轼还发明了另一种做法——加入竹笋一起烹饪。他颇有心得地向朋友解释道："无肉令人瘦，无竹令人俗。"正好黄州盛产竹笋，想吃这道菜时，就直接去山上摘一点，就地取材，新鲜又方便。

对于不爱吃肉的人，苏轼也创制出了可口的素食菜肴——"东坡羹"。他在《东坡羹颂》中介绍道："不用鱼肉五味，有自然之甘。其法以菘，若蔓菁、若芦菔、若荠，皆揉洗数过，去辛苦汁，先以生油少许涂釜缘及瓷碗，下菜汤中，入生米为糁。""东坡羹"的原材料不用鱼肉，以白菜、萝卜、圆菜头、荠菜等蔬菜为料，有自然甘甜之风味。

人间烟火气，最抚凡人心。苏轼所奉行的人生哲学就是：没有一顿美味解决不了的事，如果有，那就两顿。无论遇到多么令人沮丧的事，只要吃饱，吃好，就有从头再来的勇气。

六

元丰五年（1082）三月，春雨连绵。苏轼坐在窗前，听着雨声淅沥，心情有些惆怅。又是一年寒食，他来黄州，已有整整三个年头。

暮春时节的黄州，处处弥漫着清秋的萧瑟之意。一连数日，雨水不息。苏轼独卧在床，他想到年年春来春又去，岁月匆匆无留意，不由怅然自语道："纵然老夫爱惜春光，终究无法将之挽留呀。"

屋外雨横风狂，苏轼似乎听见了雨打海棠之声，他心疼极了，想来一夜风雨过去，那胭脂色的花瓣，便要如落雪般纷纷而下，掉入污泥之中了吧。雨中的海棠，恰似缠绵病榻的少年，病愈之时，却发现鬓发已然斑白，不复青春模样。

在这个苦雨缠绵的夜晚，苏轼披衣而起，研墨铺纸，挥毫作《寒食雨二首》，他以行书写就此诗，是为《寒食帖》：

自我来黄州，已过三寒食。年年欲惜春，春去不容惜。今年又苦雨，雨月秋萧瑟。卧闻海棠花，泥污燕脂雪。暗中偷负去，夜半真有力。何殊病少年，病起头已白。

窗外雨势渐大，苏轼的小屋如一叶扁舟，漂荡于苍茫的水云之间。写完第一首诗，苏轼犹嫌不够，他回想起在黄州的每一个困顿低落的时刻，心中积压了太多的情绪，不吐不快。于是他接着写道：

春江欲入户，雨势来不已。小屋如渔舟，濛濛水云里。空庖煮寒菜，破灶烧湿苇。那知是寒食，但见乌衔纸。君门深九重，坟墓在万里。也拟哭途穷，死灰吹不起。

就让这大雨全部落下，正如苏轼此刻尽情宣泄着内心的挣扎。他想回京城报效朝廷，可天子早已将他拒之门外；想回故土祭奠父祖，可家乡远隔万里，路遥归梦难成；想学阮籍作穷途之哭，可他怕已是心如死灰，再难复燃，竟是连哭也哭不出了。

再念及翻云覆雨的朝堂，错综复杂的政事，总觉得那已是很遥远的事情了。他还能再回去吗？也许此生，就要终老黄州了吧。

苏轼长叹一声，自言自语道："关山难越，谁悲失路之人？"他撂下笔，静默地望着窗外无尽的长夜。

案几之上，烛火将尽，光焰幽微。而这篇墨汁淋漓的《寒食帖》，却在昏暗的屋子里散发着清寂的光芒。那一刻的苏轼自然不会知道，在这个凄风冷雨的夜晚，他于苦闷中写下的诗帖，将被后世称为"天下第三行书"。那参差错落、恣肆奇崛的字迹，那起伏跌宕、沉着深厚的笔法，那刻骨铭心、真挚动人的情感，都将永恒地照耀着历史的长夜，以一种不可磨灭的力量，深深地印刻在文学与艺术的丰碑之上。

偶尔深夜的情绪反扑，并不会影响到苏轼白天良好的精神状态。雨停的一日，苏轼站在自己的农园前，看着遍地的蓬勃生机，十分满意，他捋着胡子点点头道："不错不错，看来老夫是有几分耕作的天赋。"苏轼想要把这份耕作事业发扬光大，做一个有前途的农夫。于是他随朋友去沙湖看一块田地，打算把它买下来。

然而途中一场大雨骤然而至，雨具恰巧不在身边，大家都着急忙慌地找地方躲雨，奔跑前行，溅起的泥水弄得满身污秽，狼狈不堪。

雨打竹叶之声噼啪作响，同行之人皆四散而去，唯有苏轼从容地徜徉在雨中。他的内心，竟意外地平静。明明曾经也会担心雨水打湿衣裳，然后焦急地寻找避雨之地，如今却不急不恼，冒着雨一边吟咏长啸，一边悠然前行。

苏轼拄着竹杖，穿着草鞋，慢悠悠地走着，毫不在意瓢泼的大雨和泥泞的道路。沿途奔跑而过的人们皆向他投去疑惑的目光，苏轼只淡然一笑道："风吹雨打又何惧？"

春风微凉，一阵寒意侵袭而来，吹醒了苏轼的酒意。走着走着，雨势渐小，苏轼抬起头，只见山那边出现了一片初晴的斜阳，以万丈霞光相迎。他若有所思，又回头看了一眼来时的风雨萧瑟之路，一首《定风波》已在心中写就：

莫听穿林打叶声，何妨吟啸且徐行。竹杖芒鞋轻胜马，谁怕？一蓑烟雨任平生。

料峭春风吹酒醒，微冷，山头斜照却相迎。回首向来萧瑟处，归去，也无风雨也无晴。

苏轼不会忘记这特殊的一天。他生命中的风雨，也曾来得这般迅疾无情，从前的苏轼，也曾如同行之人一般惶急不已，狼狈前行。而现在，当再次面对突如其来的风雨之时，苏轼的心是宁静坦然的。

经过漫长的自我反省与自我救赎之后，苏轼的思想境界愈加高远，既有道家的超然通达——风雨既来，我自逍遥；又有儒家的积极入世——风雨过后，总有天晴；还有佛家的"物随心转，境由心造"——世间之事，本是"也无风雨也无晴"，心中是风雨，所见便是风雨，心中是天晴，所见便是天晴。

黄州的天还没有放晴，苏轼的心却放晴了。

早春的一场雨中徜徉，的确潇洒诗意，只是老苏年纪大了，身体不太好，在料峭春寒中淋了一身雨后，他回到家就开始生病，左臂肿痛难忍。"吟啸且徐行"时有多么超然洒脱，卧病在床时就有多么难受无力。休养了几日，臂痛还是不见好转，老苏决定去找大夫看一看。他听好友说，麻桥镇有位庞郎中，虽耳聋，却医术高明，于是前往求医。

苏轼将这段经历记录在了《书清泉寺词》里："黄州东南三十里，为沙湖，亦曰螺师店。余将买田其间，因往相田。得疾，闻麻桥人庞安时善医而聋，遂往求疗。"果然，在庞安时的治疗下，臂痛很快痊愈了。老苏又恢复了生龙活虎的状态。作为社交达人，他还和庞郎中成了不错的朋友，相约同游蕲水清泉寺。

正是阳春三月，万物生发，苏轼心情大好，与友人边走边聊。从寺庙出来，只见眼前有一道清溪，正自东而西涓涓流淌。溪流两侧，生长着一簇簇兰草的嫩芽，生机蓬勃。松林间的小道被雨水冲刷得一尘不染。傍晚时分，下起了淅淅沥沥的小雨，山林间，隐约传来杜鹃的啼叫。苏轼感到一阵神清气爽，胸中已拟好了一首《浣溪沙》：

山下兰芽短浸溪，松间沙路净无泥。萧萧暮雨子规啼。
谁道人生无再少？门前流水尚能西，休将白发唱黄鸡。

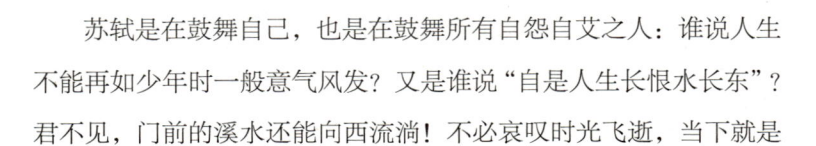

苏轼是在鼓舞自己，也是在鼓舞所有自怨自艾之人：谁说人生不能再如少年时一般意气风发？又是谁说"自是人生长恨水长东"？君不见，门前的溪水还能向西流淌！不必哀叹时光飞逝，当下就是最年轻的时候，趁着仍有时间和精力，去尽情地享受人生吧。

苏轼说到做到，此后的一年，他四处游览山水，遍享良辰美景。江山风月，本无常主，闲者便是主人。

七

在黄州这座小城，苏轼发展了多项副业，譬如词人、美食家、农夫、书法家等，可谓是德智体美劳全面发展的"斜杠中年"。他像是一本行走的吃喝玩乐攻略宝典，不断地发现美食，发现美景，发现生命中的美好。人们纷纷感叹道：这个老苏，怎么什么都会呢？会种地、做饭、写词、书法、盖房子、找乐子。时而吟风弄月，时而把酒话桑麻，谈天说地，博古通今，怎会有灵魂如此有趣之人？

在逐渐走出乌台诗案的阴霾后，苏轼还寻回了从前"社交达人"的属性，他兴致勃勃地呼朋唤友，一同游山玩水，快意人生。作为宋代第一"社牛"，苏轼自称"上可以陪玉皇大帝，下可以陪卑田院乞儿"。事实也的确如此，在黄州期间，上至一州太守，下至渔民樵夫，都愿意和苏轼交朋友。

每到春天，苏轼都要和一群朋友外出踏春，去黄州城郊的女王城游玩，并留下了多篇酬和之作，譬如：

东风未肯入东门，走马还寻去岁村。

人似秋鸿来有信，事如春梦了无痕。

江城白酒三杯酽，野老苍颜一笑温。

已约年年为此会，故人不用赋招魂。

女王城，是个农家乐的好去处。苏轼很喜欢这里淳朴的民风，他骑马而来，信马由缰，随便找一家江边的小酒馆，尝一尝酒家自酿的好酒。路上遇到的乡间老人，脸上都挂着温暖的笑容，欢迎着异乡的游客。老苏已和朋友们约好，年年都要来这里踏青。

元丰五年，苏轼迎来了灵感大爆发的创作高峰期，他打卡游览了许多当地的好去处，并写下了流芳千古的诗词游记。这一年，旅行博主苏轼输出了大量优质内容，彻底带火了黄州赤壁这个旅游景点。

这一年，西蜀道士杨世昌专程带着绵竹蜜酒，到黄州看望好友苏轼。杨道士善制美酒，所酿之酒醇厚香浓。他知道老苏好酒好美食，便教他用糯米和蜂蜜酿制蜜酒。又学会了一门手艺的苏轼很高兴，作《蜜酒歌》以记之："三日开瓮香满城，快泻银瓶不须拨。"

其实老苏的酒量并不好，比起李白、刘伶等人，差得不是一星半点。据他的好友黄庭坚描述："（东坡居士）性喜酒，然不能，四五龠已烂醉，不辞谢而就卧，鼻鼾如雷。"苏轼自己也说："我本畏酒人，临觞未尝诉。"他酒量虽不好，架不住人菜瘾大，平日里或是叫上朋友一起喝酒，觥筹交错；或是自斟自饮，自得其乐。

是年七月，苏轼约杨世昌泛舟于赤壁之上，两人带着自制的蜜酒和一些简单的吃食，开启了夜游赤壁之旅。这日傍晚，江上微风习习,水波不兴,明月缓缓升起,悬于天际。

清夜无尘,月色如银。苏、杨二人驾着一叶扁舟,漂荡于浩渺烟波之间。雾气茫茫,天光水色连成一片,两人置身其中,宛若云端仙人一般,似乎下一刻便要乘风而去。苏轼在《赤壁赋》中记录下了当时的情景:"纵一苇之所如,凌万顷之茫然。浩浩乎如冯虚御风,而不知其所止;飘飘乎如遗世独立,羽化而登仙。"

他们举酒对饮,谈古论今,怡然自得,甚是畅快。酒至半酣,苏轼高声放歌道:"桂棹兮兰桨,击空明兮溯流光。渺渺兮予怀,望美人兮天一方。"屈原常以"美人"譬喻君王,苏轼即兴所歌,便是在遥想几时能重回朝堂。

杨世昌听出苏轼歌中之意,于是吹箫以和之。其箫声凄美而哀伤,如怨如慕,如泣如诉。苏轼深受感染,不禁面带愁容,正襟危坐道:"此曲为何如此哀怨呢?"

杨世昌怅然答曰:"你我身处之地,正是当年孙刘联军大破曹军的赤壁。想当年曹公攻陷荆州,夺得江陵,沿长江顺流而下,其麾下战船连绵千里,旌旗蔽空,是何等威风霸气。当年他也曾在江上饮酒赋诗,可这样一位英雄人物,如今又在何处呢?"

苏轼闻言,亦陷入了沉思。杨世昌顿了顿,接着说:"况吾与子渔樵于江渚之上,侣鱼虾而友麋鹿,驾一叶之扁舟,举匏樽以相属。寄蜉蝣于天地,渺沧海之一粟。哀吾生之须臾,羡长江之无穷。挟飞仙以遨游,抱明月而长终。知不可乎骤得,托遗响于悲风。"

言下之意便是,叱咤风云的英雄豪杰都已尘归尘,土归土,让人不由得悲叹于生命的渺小短暂,又羡慕于长江的无穷无尽。

面对友人的伤感之语，苏轼宽解道："江水不停地流逝，可并未真正流走，长江依旧在此；月有阴晴圆缺，可它终究未曾消长，月亮依然如故。可见，从事物易变的角度来看，万事万物时刻都在变动；而从事物不变的角度来看，万物与我皆永恒，都将以某种形式延续下去。又何必羡慕长江之无穷呢？"

或许从前的苏轼，也觉得自己如同朝生暮死的蜉蝣，又似茫茫沧海里的一粒粟米，在面临人生的巨变与惊痛之时，是那么脆弱、被动、身不由己，只能躲在阴暗的角落，无声地挣扎、悲泣，抱怨命运的不公。

而现在，苏轼的人生观和宇宙观，已在他的自我修炼中完成了一次次的圆融和升华。他被困于黄州，可他的思绪与灵魂是自由的，他冲出了所处环境的重重束缚，不再受困于情绪，不再过度关注自我命运，不再计较一己之身的荣辱得失。他关注自然，关注宇宙，关注生命中每一个喜悦的瞬间。所以他能看得很远很远，时间、空间的限制都不复存在，这广阔的天地任他遨游。

此身天地一虚舟，何处江山不自由。

苏轼继续说道："且夫天地之间，物各有主，苟非吾之所有，虽一毫而莫取。惟江上之清风，与山间之明月，耳得之而为声，目遇之而成色，取之无禁，用之不竭。是造物者之无尽藏也，而吾与子之所共适。"

世间万物，各有主宰，若是不属于自己的，一分一毫也不应求取。唯有江上的清风与山间的明月，临风，可闻其声；望月，可赏其色。江山无穷，风月长存。此乃造物者所恩赐的无尽宝藏，人人皆可享受。

再说，人生不过是活几个瞬间。此刻，水寒江静，满目青山，清风徐来，明月入怀。又何必纠结是否拥有这一切，只是全身心地体验当下的美好，便足矣。

苏轼举起酒杯道："李太白有'清风朗月不用一钱买'之句，今夜，你我便徘徊于其间，尽享其乐吧！"于是两人通宵饮酒畅谈，直至一抹月影薄得近乎透明，淡入了微光隐隐的苍穹，他们才沉沉睡去，"相与枕藉乎舟中，不知东方之既白"。

三年前，困顿中的苏轼，曾认为自己无所有，无所依，无所归，所以清风明月在江上，在山间，皆不属于他；而如今，走出来的苏轼，已无所求，无所惧，无所忧，于是清风明月便在眼里，在耳中，在心上，他与众生共享，他与风月同在。

与谁同坐？明月清风我。

八

数日后，苏轼又独自来到江边。只见眼前风急浪高，汹涌的波涛拍击着江岸，飞溅的层层浪花好似卷起了千万堆的皑皑白雪。苏轼伫立于乱石林立的岸边，慨叹着大好山河壮丽如画，其间曾涌现了多少英雄豪杰，他的思绪不禁飘到了遥远的三国，想起了那些远逝的古人和沉寂的历史。

遥想周公瑾当年，风华正茂，神采飞扬。他手摇羽扇，信步闲庭,谈笑自若之间,便将曹军的战船烧得灰飞烟灭。身临古战场的苏轼,仿佛看见了千百年前搅动乾坤的一场风云之战,他不由得生出了无限怀古之幽情,在云水激荡间,作了一首彪炳千古的《念奴娇·赤壁怀古》:

大江东去,浪淘尽,千古风流人物。故垒西边,人道是、三国周郎赤壁。乱石穿空,惊涛拍岸,卷起千堆雪。江山如画,一时多少豪杰。

遥想公瑾当年,小乔初嫁了,雄姿英发。羽扇纶巾,谈笑间、樯橹灰飞烟灭。故国神游,多情应笑我,早生华发。人生如梦,一尊还酹江月。

苏轼仍是感慨人生如梦,却不同于当年叹息"世事一场大梦,人生几度新凉"的消沉迷惘。如今的他,内心愈加通透,胸怀愈加宽广,他知世故,而不世故,看破红尘,却依旧热爱红尘。在人生的这场梦里,苏轼庆幸于有如此美好的江山明月相伴,于是举酒对月,敬过往风流人物的千秋功业,也敬此刻"海上明月共潮生"的人间胜景。

雪堂修成后,苏轼时常邀请好友来做客,品尝他烹饪的东坡肉和酿制的蜜酒。朋友谈起了朝堂之事,说当年引领变法的王荆公已退隐江宁,不再过问纷扰政事。酒意上头的苏轼一时有些恍惚,当年因为强烈抵制王安石新法,他被卷入乌台诗案,几乎丧命于此。危急存亡关头,又是王安石出面劝说求情,让宋神宗回心转意,收回了治苏轼为死罪的成命。

若说两人曾有什么恩怨过节，如今也早已烟消云散了。

只是何时才是重回朝堂之日？这样的念头一闪而过，微澜兴起，转瞬又归于平静。苏轼淡然一笑，饮尽了杯中酒。与友人道别后，他摇摇晃晃地走回临皋亭。夜深了，看门的童仆早已睡熟，鼾声如雷。老苏敲了半天门，都没人回应，他只好倚着藜杖，望着沉沉夜色中广袤无垠的江面，静听微波荡漾之声。苏轼感慨地吟咏了一首《临江仙》：

夜饮东坡醒复醉，归来仿佛三更。家童鼻息已雷鸣。敲门都不应，倚杖听江声。

长恨此身非我有，何时忘却营营。夜阑风静縠纹平。小舟从此逝，江海寄余生。

天地之间，一片广阔，任人遨游。苏轼多么想驾一叶扁舟，随波逐流，任意西东，与江水一同荡悠悠地飘逝而去，寻一份彻底的潇洒自在。只是他明白自己不过一介肉体凡胎，终究无法全然忘却营营役役，凡尘俗事，恐怕此生难以达到庄子所谓物我两忘、无所依傍的逍遥境界了。

那便将一颗心放逐于江海之间，不痴缠于红尘客梦，不困顿于得失荣辱，以出世的心，去做入世的事。依旧爱这烟火人间，关心粮食和蔬菜，关心家人和朋友，关心一切值得热爱的人和事。

酒醒后的苏轼，如往常一样，侍弄菜园，浇花培土，陪一陪妻儿，捣鼓捣鼓新菜谱。闲下来的时候，就约约朋友，四处看看风景。日子过得朴素平凡，却也充满点点滴滴的温馨快乐。

这年十月十五日，苏轼再次邀请两位朋友相聚于雪堂，参观他新修筑的屋子和满园的果蔬花木。众人说说笑笑，直至暮色四合，苏轼准备回临皋亭，两位客人便跟随着他，一同漫步于夜色之中。此时，秋意已深，"霜露既降，木叶尽脱"，树木的叶子几乎凋落殆尽，枯黄的落叶上隐隐可见一层白霜。

明月高悬，月光似流水般倾泻而下，将人影拖得老长。在这样静谧的氛围中，苏轼的内心安逸而喜悦，他忽起雅兴，与朋友们"行歌相答"。过了一会儿，他忽然叹息道："有客无酒，有酒无肴，月白风清，如此良夜何？"言下之意是，这般美好的夜晚，不得安排点吃夜宵、赏夜景的活动吗？

朋友非常捧场地说："今天傍晚我钓了一条大鱼，看样子是吴淞江的鲈鱼，拿来清蒸正好。不过，咱们去哪儿找酒呢？"老苏便回家问妻子，恰巧家中存了一坛保藏许久的美酒，于是苏轼拿上酒，带着朋友们再次来到赤壁之下游览。

这夜的江景山色，已与之前月夜泛舟时的景致全然不同了。只见眼前江岸陡峭险峻，似有千尺之深；山川高耸入云，尽显明月之小。正是"江流有声，断岸千尺，山高月小，水落石出"。苏轼心中叹道："曾日月之几何，而江山不可复识矣。"因为地势险要，这一晚的游览，更像是一场探险。老苏虽年近半百，身手倒是十分矫健，他"履巉岩，披蒙茸，踞虎豹，登虬龙，攀栖鹘之危巢，俯冯夷之幽宫"，没一会儿便攀登上了高处的山岩。而两位好友，已是气喘吁吁，完全跟不上他的步伐了。

苏轼独自站在高处，夜色如潮水般涌来。万籁俱寂中，他不由得临风长啸。声音划破了寂静的夜空，草木微微震动，似乎沉睡的群山也在与他共鸣。须臾间,隐约听见深谷传来了缥缈的回响,随后又是死一般的黑与静。一阵凉意涌上心头,苏轼不禁"悄然而悲,肃然而恐",他赶紧离开了高地。在昏暗中摸索着走到江边,朋友们已坐在船里等着他了。三人皆默然无语,任由这一叶小舟漂荡于江水之间。

此时已是夜半时分,寒月当空,疏星冷照,四周愈加寂寥无声。忽然,一只白鹤从东边翩然飞来,它"翅如车轮,玄裳缟衣",长鸣数声后,又掠船而过,向西飞去。广阔无垠的江面上,唯见孤鹤在空明月光下的洁白身影,转瞬间又消失于茫茫夜幕之中。

船靠了岸,夜已深,友人告别而去,苏轼亦回家就寝。是夜,他梦到一位身着羽衣的道士,翩跹而至临皋亭下。道士问道:"赤壁之游玩得开心吗?"苏轼反问:"你叫什么名字?"道士低头不答。苏轼恍然大悟道:"啊,我知道了!昨晚飞鸣而过的,不就是你吗?"道士笑而不语,苏轼也在此刻惊醒了。他急忙打开房门,但见门外空空如也,唯有江水无言东流。他一时恍然,那只白鹤真的来过吗?

这段奇幻迷离的经历,被苏轼写进了《后赤壁赋》里。这南柯一梦,似真似幻,夜半而来又消失不见的白鹤,像极了苏轼那不知何处寻求的理想与抱负。或许,也不必太过执着于白鹤的来去,只是这一段空灵奇妙的体验,便已足够放在记忆里反复回味。

为浮生留些雪泥鸿爪就好,至于来去无定的鸿雁与白鹤,谁又能留得住呢?

九

元丰六年（1083），又是一年春，苏轼带着一壶酒，来到曾经居住的定惠院中。远远地，他就看到了那株熟悉的海棠在疏草竹篱间开得嫣然无方，烂漫如霞。花朵们像在奔赴一场与春风的约会，在每年春回大地之际，准时盛开，岁岁如此。

寂静无人的院子里，这株海棠宛若身在空谷的绝代佳人，独自绽放着惊心动魄的美丽。黄州僻远，极少见到名贵的海棠。苏轼刚到黄州时，曾对着这株海棠暗自思忖："陋邦何处得此花，无乃好事移西蜀？"——难道是西蜀移栽而来的吗？

蜀地盛产海棠，而那里也正是苏轼的故乡。天涯沦落人和天涯沦落"花"相逢于异乡，苏轼自然格外爱惜此花。这几年，他年年为这一场花事载酒而来，"每岁盛开，必携客置酒，已五醉其下矣"。海棠不曾辜负春日，苏轼亦没有辜负这份美丽。

每年的赏花之约，或许也为了纪念当年那个"只恐夜深花睡去，故烧高烛照红妆"的深夜。那时的苏轼，处在人生的最低谷，而这一株海棠，曾陪伴他度过了很多个无眠的夜晚。

这一年，苏轼的朋友张怀民也被贬官至黄州，寓居于承天寺。怀民生性淡泊，处逆境而从无悲戚之容，在公务之暇，便游山玩水，怡情养性。对困居黄州的苏轼来说，能在这里遇到志同道合之人，是极为难得的。他很珍惜这个朋友，时常相约饮酒赋诗，同游黄州。

这天晚上，月光皎洁如霜雪，老苏又睡不着了，生出了夜游的兴致。可谁能与他共享这份月色呢？苏轼立刻想到了张怀民，于是前往承天寺寻找好友。巧的是，"怀民亦未寝"，正在院中独自欣赏月色。远远望着友人茕茕孑立、举头望月的身影，老苏莫名有些感动，心道："人生难得一知己呀。"

在这个寻常的夜晚，月光一如既往地澄明似水，竹柏摇曳的暗影如同纵横交错的水草，在月光里轻轻地荡漾着。苏轼发出了深深的感叹："何夜无月？何处无竹柏？但少闲人如吾两人者耳。"苏轼渴望得到朋友心灵的共鸣、灵魂的交融，在这座偏僻的小城，在这个孤寂的深夜，他找到了志趣相投的张怀民，与其一同漫步于月下，这是多么令人动容而幸福的一件事。

晋末南北朝诗人谢灵运说："天下良辰、美景、赏心、乐事，四者难并。"而苏轼，在此良宵，体验到了这难得的四者。这明月如旧、松柏如常的一晚，对他来说，却是不同寻常的。这一晚的月光，照亮了深邃而广阔的夜空一角，亦照亮了苏轼生命中孤寂的一隅。

苏轼已在黄州慢慢改变了心境，悠然自得于这般清净简朴的生活，然而宋神宗却想起了他。人生总是有很多个猝不及防的转折，有晴天霹雳、飞来横祸，也有否极泰来、柳暗花明。元丰七年，宋神宗下了一道诏令："苏轼黜居思咎，阅岁滋深，人材实难，不忍终弃。"老大一句话，苏轼得搬家。他调任汝州团练副使。

就要离开黄州了，苏轼十分不舍。这里，有他亲手修筑的雪堂、亲自栽种的垂柳，有他付出了许多心血的农园，有他年年把酒观赏的海棠，还有赤壁之下的小舟、临皋亭前的江景、承天寺中的月光。最重要的是，他在这里结交的朋友，朱寿昌、陈慥、庞郎中、张怀民等等，还有黄州当地的父老乡亲，今生还能再与他们相逢吗？也许此去一别，便是永诀。

黄州的乡亲与友人为他摆酒饯行,老苏流下了泪水,他希望有朝一日重返此地,住几日雪堂和临皋亭,为朋友们做一顿东坡肉,再去城中走一走,看看那株海棠,在月色清明的夜晚,再次泛舟江上。苏轼写下了一首《满庭芳》:

归去来兮,吾归何处?万里家在岷峨。百年强半,来日苦无多。坐见黄州再闰,儿童尽,楚语吴歌。山中友,鸡豚社酒,相劝老东坡。

云何,当此去,人生底事,来往如梭。待闲看秋风,洛水清波。好在堂前细柳,应念我,莫剪柔柯。仍传语,江南父老,时与晒渔蓑。

我在雪堂前栽下的柳树幼苗,还请邻里们想着念着,有空给它浇浇水、施施肥呀。天晴时,请帮我晒一晒渔蓑吧,等来日有机会雨中漫步之时,还能再度"一蓑烟雨任平生"啊。

黄州这座小城见证了苏轼的蜕变、涅槃、绝地逢生,他在这里经历了磨难、伤痛与苦闷之后,也收获了感动、喜悦和释怀。苦难从来不值得歌颂,值得歌颂的,是苏轼超脱了苦难的现实,以豁达旷然的胸怀去面对一切艰难险阻。

"坐销岁月于幽忧困菀之下,而生趣未失。"

"世上只有一种真正的英雄主义,那就是在认清生活的真相后,依然热爱生活。"苏轼便是如此。

人生起起落落,不如意事常八九。这世界破破烂烂,幸好,有我东坡缝缝补补。

景步舰

晏几道

（1038—1110）

做不了赢家，就做个玩家

黄昏时分，灿若织锦的晚霞已收敛余晖，天光渐暗，暮色四合。家家户户纷纷点起了明灯，一朵一朵的光亮，瞬间开满了整个汴京城。

北宋的都城，从来没有夜晚。自宋太祖时，便取消了"日中为市，日落散市"的宵禁限制。若登上城中最高的楼阁，俯瞰四方，会看见这个城市如同流动闪烁的星河般熠熠生辉。一条条街市喧哗起来，酒铺商肆点上灯烛，沽卖着粥饭点心、酒水汤茶，通宵不休，直至天明。

京中宰相府、声名赫赫的晏家，此时也在门前挂上了几盏明亮的灯笼。今晚的晏家，比往日更为热闹，熙熙攘攘的宾客往来如织，宝马雕车一次次扬起府邸前的尘土。

这座府邸的主人晏殊，刚升迁为当朝宰相，正是春风得意之时，于是设宴庆祝，遍邀亲朋好友，欢聚一堂。年过半百的老晏，面带微笑，怡然端坐于主宾之位。朝中有头有脸的公卿贵胄皆是座上宾，他们争相恭祝晏殊升官之喜。席间，众人谈词论赋，诗酒相和。

一群精英阶层的中年人聚会，免不了要聊到各家的孩子。谁家孩子又高中进士啦，谁家孩子又喜得佳偶啦，自然要暗暗炫耀、攀比一番。

这下晏殊可就更有话聊了，他的神童儿子一向是全家人的骄傲。小晏完美继承了老晏的才华，自幼聪颖过人，三岁识千字，五岁背诗词。老晏叫来小儿子，让他在众宾客面前露一手，展示一下背诗才艺。小晏倒是不怯场，开开心心地跑上来，张嘴就唱道："酒力渐浓春思荡，鸳鸯绣被翻红浪。"

一时间，众人面面相觑，陷入了沉默。小晏吟唱的，是柳永的一首艳词，写的是男女情事，风流香艳至极，自是难登大雅之堂。更何况，还是从一个不谙世事的稚童口中念出。

最怕空气突然安静。宾客们不免纷纷揣度：难道晏相平时就是这么教育儿子的吗？原来堂堂宰相之子，好这一口啊。

晏殊面上挂不住了，涨红着脸呵斥道："小孩子家家的乱唱什么，成何体统！"小晏委屈巴巴地辩解说："为啥不能唱？爹爹是觉得不好听吗？"晏殊掩面叹息道："孺子不可教也！"

这个五岁吟艳词的小童，名叫晏几道。

二

宝元元年，割据西北的党项首领嵬名元昊称帝，建立西夏政权。

大漠苍茫，残阳似血，西夏大军压境而来。千万匹战马踏起一片烟尘黄沙，宋王朝从沉睡多时的酣然好梦中蓦然惊醒。宋军节节败退，战事危急。

这一年，晏殊四十八岁。和边情告急的消息一同来的，是他小儿子出生的喜讯。晏殊为孩子起名为晏几道，对其百般宠爱。在朝中上班时，他焦头烂额地为宋仁宗出谋划策西北军务之事；下班回到家后，老晏看着襁褓中粉嫩可爱的婴孩，一天的劳累顿时消散无踪。

斯时的晏殊，已是朝廷的大红人，做过位同副相的参知政事，主持过天圣八年礼部的贡举，推举过范仲淹、欧阳修等政坛文坛领袖。因其懂礼数，知进退，深得宋仁宗宠信。他一生顺风顺水，从十五岁被赐同进士出身起，一路平步青云，仕途得意。

在人到中年之际，晏殊已做到了大宋权职最高的公务员。宋朝重视文人，文官的待遇本就好，何况还是一品大员的宰相。居于一人之下、万人之上的晏殊，每月俸钱三百贯，粮食一百石。每年春、冬两季，朝廷还会发放绫二十匹、绢三十匹、冬绵百两作为补贴。另外，天子时不时还会赏赐各种奇珍异宝，算是额外福利。

作为当朝宰相之子，晏几道是名副其实的官二代兼富二代，像极了《红楼梦》中的贾宝玉。含着金汤匙出生的他，从小就过着锦衣玉食的生活。小晏还继承了父亲晏殊优良的文学基因，小小年纪就能吟诗作赋，尤其喜爱韵致缠绵、辞藻绮丽的婉约词。

老晏对此有些头疼，自言自语道："怎么我家宝贝儿子净喜欢沾染脂粉气的花间词呢？这条路不能走歪了，要是变成柳三变那样的浪荡公子,可要完犊子了。"

晏殊一向瞧不上柳三变写的艳词俗词,尽管民间百姓对之狂热追捧,老晏等文人圈的精英人士却对其嗤之以鼻。当柳三变拿着词作登门拜访时,晏殊冷脸相对,只丢下一句:"殊虽作曲子,不曾道'针线闲拈伴伊坐'。"

晏殊能如此高傲,是有资本的、有底气的。他在诗词上亦造诣颇深,作为"北宋倚声家初祖",他写的词清雅出尘、如珠如玉,在词坛有着举足轻重的地位。

晏几道年少时,常跟在晏殊身后,听爹爹吟咏那些明净闲雅的词句。暮春时节,晏殊踱步于院中,踏着满地落花,兀自轻吟道:

一曲新词酒一杯,去年天气旧亭台。夕阳西下几时回?
无可奈何花落去,似曾相识燕归来。小园香径独徘徊。

这首《浣溪沙》,流露出伤春惜时之意,晏殊的富贵闲愁,小晏不会懂。但他日日耳濡目染,心中也层层累积起用之不竭的诗兴与文思。晏几道七岁能做字句通顺有逻辑的文章,十岁能与文人才子一较高下,诗词歌赋,信手拈来。

在宋代,科考是读书人唯一的出路。多少寒门士子,借科考逆风翻盘,进入仕途,走上人生巅峰;又有多少人,将青春年华蹉跎于考场之上,洒尽心血却始终不得榜上有名。

柳永考了大半辈子,年近五十才考中上岸。很少有人能像小晏的爹爹晏殊那样,在十五岁那一年就取得同进士身份。

而小晏同学既有不凡的家世,又有老天爷追着喂饭吃的天赋,朝堂和民间都在关注着他的发展。虽然科考于他而言易如反掌，但他不必挤这座独木桥，直接跟恩荫子弟一样考个铨试之科，就轻轻松松拿了个官职回家。

连天子宋仁宗也听闻了晏几道的才名，一次宫中举办宴会，宋仁宗点名让小晏参加。宫廷夜宴上，众人酒酣耳热之际，宋仁宗开口道："听说小晏同学极擅辞赋，不如今日作词一首，给咱们君臣助助兴！"

晏殊想起儿子小时候吟咏艳词之事，不由得有些紧张："这小兔崽子，可千万别再整啥幺蛾子！"

晏几道倒是神色泰然，心道："哈，又是才艺表演，大人们就喜欢这一套。写词可难不倒我，来吧，展示！"

他当场挥毫立就一首《鹧鸪天》，交由宫廷乐师演唱。一曲典雅华丽的颂圣词从乐师口中倾泻而出，萦绕于满殿的峨冠博带、衣香鬓影之间：

碧藕花开水殿凉。万年枝外转红阳。升平歌管随天仗，祥瑞封章满御床。

金掌露，玉炉香。岁华方共圣恩长。皇州又奏圜扉静，十样宫眉捧寿觞。

这阕词赞誉了皇宫的雍容华贵，又歌颂了盛世的清平祥瑞。宋仁宗满意不已，频频微笑点头，殿上的其他官员亦投来赞许称羡的目光。晏殊松了一口气，心道："果然是我亲儿子，真是虎父无犬子。"从此对这个儿子愈加宠爱。

赢在人生起跑线上的小晏同学，有着前途无限的光明未来。朝中除了有老爹晏殊撑腰，他的六位兄长也先后步入仕途，这无疑为晏几道铺好了一条平坦宽阔、繁花似锦的道路。

只待他踏足。

三

然而晏几道迟迟没有走上这条路。

长成了翩翩少公子的小晏，开始了他的青春叛逆期。他一头钻进了汴京城的绮罗脂粉堆中，日日挥洒着金钱与青春，再不问功名仕宦。小晏想得很简单，赚钱养家的事有爹爹，光宗耀祖的事有六个哥哥。而他作为晏家年纪较小的儿子，自然要尽情享受荣华富贵，遍赏世间良辰美景。

至于少年入仕，不过是交给爹爹的一份答卷，就像留学海外的富二代，拿回了顶尖院校的毕业证，算是给了家人一个交代。至于接下来的人生，不一定要找个工作去做，或是继承家业管理公司，先玩个尽兴再说。

爹爹晏殊曾和小晏念叨："你爹我小县城出身，一路努力奋斗，才有了晏家今日的风光。"晏殊的家庭出身很普通，他的父亲只是一名普通的衙役，母亲亦非来自名门。这样一个平平无奇的打工人家庭，却出了个日后经略天下的堂堂宰相。没背景、没人脉的晏殊，能混到位极人臣，除了自身聪颖有天赋之外，也是付出了诸多心力的。

而自幼出生在膏粱锦绣中的晏几道，实在无法共情他的老爹。努力奋斗为何物？晏公子不知道，他只知道今朝有酒今朝醉，有花堪折直须折。

晏殊又接着念叨："趁你老爹现在还活着，给你找个好差事，下半辈子你也能自立于世，闯出一条自己的路来。"

以老晏现如今的地位和权力，为儿子谋个好前程，还是很容易的。宋朝时，好工作也难找，那么多的文人士子，只有当官这一条路，可谓是千军万马过独木桥，能拼爹的谁不拼爹？若是朝中有老爹的关系，自然要充分利用起来。

然而小晏撇撇嘴说："我才不喜欢当官，不想走仕途，闯一条别的路行不行？"

晏殊耐着性子问道："好好好，你说说你想走啥路？"

小晏嘻嘻一笑："那我说了爹爹可不要生气，自然是'春风十里扬州路'！"

"春风十里扬州路"是唐代杜牧的诗句，暗指扬州的花街柳巷、舞榭歌台。

对于这个天资极好却不求上进的儿子，晏殊十分头疼，他心说："明明拼个爹就能轻松成为人生赢家，可这个逆子居然还不乐意。真是气杀老夫也！"不过还能怎么办呢？宠着呗。老父亲晏殊一边骂骂咧咧，一边给小晏大把的零花钱。

晏公子这时的朋友圈签名是"人生苦短，及时行乐"。李白说"人生得意须尽欢"，更何况小晏又年轻，又有钱，又得意。若不好好享乐一番，都对不起老爹赚的那么多钱。于是晏几道的少年时代，便挥霍于诗酒歌词、斗鸡走马、游蜂戏蝶之中。

小晏身处的汴京，游冶之乐众多，是完美的寻欢作乐之地。尤其是那鳞次栉比的勾栏瓦舍，热闹非凡，作为北宋的娱乐商业场所，里面的项目包括酒食、相扑、曲艺、影戏、杂技、傀儡等。《东京梦华录》有记述："瓦中多有货药、卖卦、喝故衣、探搏、饮食、剃剪、纸画、令曲之类。终日居此，不觉抵暮。"

晏几道和朋友们笑闹着穿梭于如织的人流之间，他们一路饮酒唱歌，看那勾栏中舞刀弄剑的惊险表演，听那梨园名角悠扬婉转的唱腔，再去汴京著名的酒楼樊楼点上一桌珍馐，晏公子独爱那盏清甜可口的桂花冰酪。

忽闻一阵勾人心魄的香气，闻香而去，原来是京中的花柳之地。此地笙箫不绝，清歌不断，酒香粉香，随风而舞。举目之处，尽是绣户珠帘，青楼画阁，金碧相射，锦绣交辉。

阁楼之上灯火朦胧，月白色的窗纱映出一抹绰约的倩影。晏几道驻足于楼下，痴痴地望着那个仿佛深锁着无限春色的小窗。

小楼上的窗子被推开了，未见佳人，但见一段红绡飘至窗外，在晏公子的心上轻轻撩过。

晏几道就此坠入声色犬马之间，一再沉醉。他心道："何必汲汲于功名利禄？浮生若梦，我偏要一晌贪欢。"

宋代娱乐业兴盛，青楼众多。时人有云："花阵酒池，香山药海。别有幽坊小巷，燕馆歌楼，举之万数，不欲繁碎。"青楼画舫，属于高端的娱乐消费场所。青楼女子自然不是一上来就自荐枕席、玉体横陈的庸脂俗粉，而是琴棋书画样样精通的才女，或是有着一技之长的歌舞艺人。

青楼中的消费很高，不是普通百姓能负担得起的，其目标客群为有钱有才的文人。客户画像通常是俸禄丰厚的官员，或是满腹诗书的才子，再就是小晏这样生于宦门的官二代。

京城富少晏几道家世不凡、出手阔绰，又年轻英俊、才华横溢，很快成为汴京风月地的 VIP 客户。晏公子沉溺于温香软玉之中，把老爹给的零花钱悉数献与青楼。女孩们纷纷议论："宰相家的少爷出手好阔绰，昨儿送了我一支云鬓花颜金步摇，听说是官家御赐的呢！""可不嘛，我不过是为他弹琴一曲，也得了一对镶金碧玉镯。"

杜牧曾说："十年一觉扬州梦，赢得青楼薄幸名。"而在北宋文人圈中，狎妓之风更为盛行，多少文人才子在青楼一掷千金，可谓是"浮生长恨欢娱少，肯爱千金轻一笑"。他们纷纷在宋代版"大众点评"上，留下对青楼的好评。柳永说："且恁偎红翠，风流事、平生畅。"

晏几道也写下点评："金鞭美少年，去跃青骢马。牵系玉楼人，绣被春寒夜。"

晏殊看着天天不回家、在外流连风月的儿子，一个头两个大。对于错综复杂的家国大事，老晏倒是游刃有余，唯独这个小晏少爷，让晏殊犯了愁：好一个逆子，怎么真成了另一个柳三变呢？这不上班也不上学的，天天游手好闲，不务正业，以后可咋整？

不怪儿子小晏太没出息，只怪老爸晏殊当年太牛。晏殊在十五六岁的年纪，已经在朝中担任起正儿八经的官职了。他颇得皇帝赏识，没两年又升职为集贤校理，从此一路扶摇直上。晏殊从一个小县城中走出来，走上了宦途，踏入了朝堂，最终站在了天子身旁。

世人皆道晏殊乃北宋第一富贵闲人，因其处事圆融，左右逢源。可老晏的一生，或许并不如旁人所想象的那般轻而易举。从草根少年到大宋宰相，官场浮沉数十年，怎会没有如履薄冰的时刻？他也曾遭贬黜，遭打压，其中的辛苦，或许只有老晏本人清楚。

而如今，晏殊终于为晏家打下了一片江山，在这事事和美之际，他最疼爱的儿子却走上了歪路。明明为晏几道搭建好了一个明亮又宽阔的平台，小晏偏不愿就势走上来，非要在花丛中打滚又耍赖。

晏殊又一次把晏几道叫来谈话，他语重心长地说："儿啊，你可知人生无再少？这般挥霍光阴于酒色歌舞，将来必会后悔莫及！"

晏公子不以为意道："不是爹爹说的行乐须及时吗？我不过遵父命而行之。"

老晏一脸疑惑："你爹我啥时候说过？"

晏几道朗朗吟诵起晏殊所作的那首《浣溪沙》："一向年光有限身，等闲离别易销魂，酒筵歌席莫辞频。满目山河空念远，落花风雨更伤春，不如怜取眼前人。"吟完词对着一脸无语的老晏笑道："爹说的人生苦短，应'酒筵歌席莫辞频'，那儿子就去'怜取眼前人'啦。老爹回见！"说罢一溜烟跑了出去。

晏殊连连叹气："原来比'无可奈何花落去'更无奈的，是神童儿子太叛逆，爱逛青楼学柳七。罢了罢了，随他去吧！"

好在晏府家大业大，给晏几道败上个几年倒也不打紧。只是晏殊此时已年过花甲，且体弱多病。前几年他遭人弹劾，虽然仍得宋仁宗器重，却不得不辗转各地为官。折腾了一圈下来，一把老骨头快要散架了。

他心中隐隐有些担忧，若自己哪天溘然长逝，这浪荡儿子该如何过好接下来的人生？

至和元年，晏殊因身染顽疾，请求回京城医治，等痊愈后再出京任职。宋仁宗向来宠信晏殊，他体谅老晏一辈子为家国操碎了心，特意将他留下，让他每隔五天入宫为自己讲经释义。晏殊年老时虽无宰相实权，但宋仁宗依然许他宰相的待遇。

次年正月，晏殊病情加重，宋仁宗闻讯后担忧不已，想前去探望。晏殊得知后，立即派人代替自己上奏，安慰宋仁宗道："臣老疾，行愈矣，不足为陛下忧也。"——臣这是老毛病了，很快就会痊愈的，陛下就别担心了。

不久，晏殊便与世长辞。宋仁宗大悲，亲自前去祭奠。他仍然为没能在老晏卧病时来看望而满怀遗憾，特地为他罢朝两日。赠晏殊正一品司空，赐谥号"元献"。无限的哀荣，无尽的追思，似乎即便晏殊驾鹤西去，仍能在黄泉之下，保全晏家千秋万代的荣华富贵。

可是，真的能吗？

晏家上下哀恸不已，举府皆缟素。遭受了沉重打击的晏几道泪流不止，最宠他爱他的爹爹走了，这棵为全家人遮风挡雨的大树倒下了，未来会怎样呢？小晏在满目苍白中，隐隐听见了繁华落幕的声音。他一时恍然，仿佛前一秒还是烈火烹油，鲜花着锦，下一秒却万物失色，一片黯然。这样的念头一闪而过，他不敢再想下去。

其实此时晏家的境遇仍然不错，比之寻常百姓家，肯定是高出好几个级别的。毕竟晏殊在朝为官四十余年，为子孙后代积累了一定的财富和声望。而且晏家几个步入仕途的兄弟，虽不似晏殊那般平步青云，却也各司其职，有着稳定的收入。

但与老晏在世时境况已全然不同了。

晏殊在世时，想要巴结晏家的人趋之若鹜，府中时不时举办宴会，门前总是车如流水马如龙。而现在，则是"门前冷落鞍马稀"，朱漆铜环的大门终日紧闭。小晏曾经叫得亲亲热热的"叔叔伯伯"，竟再未登过晏家门，也未尝问过一句故友的儿子如今过得好不好。世态炎凉，大抵如此。

晏几道后来结交的好友黄庭坚曾说："诸公虽称爱之，而又以小谨望之，遂陆沉于下位。"——晏殊在世时的同僚，虽然声称欣赏小晏，可又都小心观望着形势，不愿与其交往过密，于是晏几道逐渐被冷落。

小晏结交的其他官宦子弟也渐渐疏远了他。"今儿的局要叫上晏少吗？""还晏少呢？他爹爹已去，晏府早就今时不同往日了。咱还是给小晏省点钱吧。"那段春风得意、不识愁绪的日子，一去不复返。

晏公子呆呆地站在晏府气派的大门前，眼看着风吹起片片落叶，家仆懒懒地扫着地，灰尘飞起，又落下。盛大的荒芜侵袭而来，填满了烜赫一时的宰相府，亦填满了晏公子的心。他知道躲不掉，任由那荒芜一点一点吞没自己。

小晏看见爹爹生前精心侍弄的那几盆兰菊，如今已无人打理，逐渐枯萎。他不禁喃喃吟诵起父亲生前写下的那首《蝶恋花》：

槛菊愁烟兰泣露。罗幕轻寒，燕子双飞去。明月不谙离恨苦，斜光到晓穿朱户。

昨夜西风凋碧树。独上高楼，望尽天涯路。欲寄彩笺兼尺素，山长水阔知何处？

晏殊笔下的离恨之苦，晏几道在短短几日就尝尽了。他还想再和爹爹说说话，斗斗嘴，聊聊诗词，可是如今斯人已逝，空余遗恨。纵是将心中的千言万语写下来，可是这一封封书信，又该寄往何处呢？

从前香梦沉酣，如今也该醒了，该从天上回到人间了。兄弟们分家后，各自独立门户。小晏和六哥、八弟及姊妹四人，在二哥一家的养护安排下，相继嫁娶成家。

既然有了家庭，那就应当担负起养家的职责。因为是官家子弟，晏几道被恩荫为太常寺太祝。这个官职负责皇家的祭祀祈祷，官阶正九品，处于官员鄙视链的倒数第二级。

其实如果晏几道放下身段，去求一求爹爹的旧相识，那些仕途得意的长辈也许可以为小晏谋到更好的差事。然而晏公子心高气傲，不愿靠爹爹的人脉为自己博取功名，更不愿意向当朝权贵低头。

往日挥金如土的晏公子，如今成了一名准点上下班的职场人。这样的生活，晏几道一开始是不习惯的。从前每天能睡到自然醒，现在要早起打卡；从前身边是享受不尽的莺歌燕舞，现在手边是处理不完的公务文书。从前他听到的都是："晏少，有何能为您效劳的吗？"现在他耳畔充斥着的是："小晏，活儿怎么还没干完呢？"

再也没有老爹为他撑腰了。短短几个月，晏几道从上流圈层的公子哥，变成了工薪阶层的打工人，他逐渐接受了这个现实。曾经的酒色歌舞难再续，他便将情志寄托于诗书之间。

此时的晏公子，依然风华正茂。虽然晏家昔日繁华已逝，但是瘦死的骆驼比马大，父亲晏殊为他留下的丰厚家产，足够小晏后半生过上小康生活。前提是，他不再继续挥霍败家。

职场上，他是苦哈哈的打工人；下班后，他是诗酒风流、纵横笔墨的晏公子。

曾经的酒肉朋友尽数散去，幸好，还有意中人，堪寻访。他仍与年少相识的女孩们有所来往，虽不再夜夜游乐于烟花之地，却将一腔温柔深情，尽数付与了风月佳人。

秦楼楚馆中的姑娘们，是那么美丽，身世却又那么凄凉。她们中有的是年幼失去双亲，为讨一口饭吃而流落风尘；有的是被欠了赌债的父亲贱卖到青楼抵债。来来去去的恩客，只把她们当成寻欢作乐、满足欲望的工具，可晏公子是真心怜惜她们——为她们写词作赋，给予她们关怀与尊重，把她们当成人而非工具去悉心对待。晏几道为她们写的词，清丽婉转，真挚动人，全无艳俗之气，尽是深情之语。

在晏几道的词里，出现过的歌伎极多，包括小蘋、小琼、小莲、小云、玉真，她们像小花小草般，默默生长与凋落在汴京城的各个角落。身份低微的她们，在晏公子这里，被认真地描绘、赞美、回忆和思念。

那一曲《临江仙》，让小蘋这个名字宛如一片花瓣，轻轻地落在了世人的心上。不见其人，却闻其香：

梦后楼台高锁，酒醒帘幕低垂。去年春恨却来时，落花人独立，微雨燕双飞。

记得小蘋初见，两重心字罗衣。琵琶弦上说相思，当时明月在，曾照彩云归。

小蘋是晏公子朋友家的歌女，初见一曲琵琶语，让小晏倾心不已。然而这样萍水相逢的情缘，终究难以长久。晏几道只能在某个梦回的深夜，或是酒醒时分，想起那个独立于纷纷落花之下的清婉佳人。这是他欣赏过的女孩子，自然记得初见时，她穿着什么样的衣裳，又弹着什么样的曲子。梦醒时分，明月皎洁如故，只是那朵美丽的云彩早已飘然而去。

白居易说："大都好物不坚牢，彩云易散琉璃脆。"风尘女子薄命如此，露水情缘短暂如此，往昔繁华易逝如此，他晏几道少年时的逍遥时光，也是如此。

从来往事都如梦，伤心最是醉归时。

五

治平元年（1064），晏几道结识了进京参加科举考试的黄庭坚，两人因诗词结缘，成为好友，时常聚在一起谈天说地，诗酒唱和。刚满二十岁的小黄，对于年长自己七岁的晏几道十分崇拜，大赞道："晏兄真乃当世奇才，文章诗词独具风格，自成一家。"

晏几道淡然一笑："贤弟才是前途似锦，我这不过是伤心之人的几句牢骚罢了。"

黄庭坚宽慰道："晏兄才高至此，何愁没有前路？况且令尊生前交往之人，非富即贵，想要提携晏兄的显宦必定大有人在，只要晏兄开口。"言下之意是，晏兄你明明可以靠晏殊老爷子的人脉，找份好工作，享受躺赢人生，何乐而不为呢？

晏几道摇了摇头说："所谓高官名流，不过是当年先父的门下之客。如今晏家没落，人走茶凉。锦上添花易，雪中送炭难，世道如此，我总不愿低眉相求，自取其辱。"

世与我而相违，复驾言兮焉求？

如今，距离晏殊去世，已有整整十年。晏几道过着寻常人家的生活，上班、看书、作词，也无风雨也无晴。如果日子就这么平平淡淡地过下去，也未尝不可。只是生活的毒打，远不止如此。

宋神宗即位之后，熙宁二年（1069），任王安石为参知政事，开启了一场轰轰烈烈的变法。新法本是为了富国强兵，但由于推进得过于激进，加之官僚阶层利益受到触犯、王安石用人不察、地方官员怀有私心等因素，无法做到有效地上传下达。新法实施一段时间后，重重弊端暴露无遗。百姓深受其害，民怨载途。

宋神宗固然不忍见百姓受苦，可他的变法之心坚定不移，只是考量着是否要罢黜"法度之不善者"。

反对变法的臣子相继离朝，司马光自请离京，苏轼外放杭州，晏几道的姐夫富弼被罢去宰相的职位。晏家虽渐渐没落，其政治立场依然被朝中的有心之人时时关注着。

熙宁七年，天下大旱，庄稼一片片枯死。农民无以为生，纷纷离开故土。一批批面黄肌瘦的流民拥入京城，他们衣衫褴褛，饿得气息奄奄，甚至不得已卖儿鬻女。哀叹悲泣之声，不绝于耳。

看守城门的小官郑侠将这一切尽收眼底。如此人间惨状，令他心如刀绞。小郑原本是王安石的门生，得其提拔后仕途顺遂。郑侠人如其名，颇有侠义精神，在看到变法扰民损民的弊端后，他不惜一己得失而强烈抵制新法，事业因此一落千丈，被贬为监门小吏。

晏几道十分欣赏小郑为民请命的侠者风范，与其私交甚笃。同在京城的两人时常一起饮酒赋诗，诉尽平生不得意。某天的深夜谈心局上，酒过三巡，两人聊到变法之事。

小郑慷慨激昂道："如今民不聊生，皆因新法而起，官家与王相居庙堂之高，如何得见百姓水深火热的处境？"

小晏无奈道："你我人微言轻，又如何能逆转时局？若是先父还在……唉，不知爹爹会如何处置。"

郑侠忽然定定地望着跳动的烛火，一脸毅然道："事已至此，只得孤注一掷。"

晏几道笑着说："你怎么一副视死如归的模样？郑大侠可别又大

义凛然,奋不顾身。"说罢心中隐隐有些不安,再追问,郑侠只说是玩笑,闭口不再谈及。

两日后,《流民图》事件震惊朝野。监门小官郑侠冒死献与宋神宗《流民图》,其上绘制了灾民颠沛流离的惨状。宋神宗见图,痛心不已。在各方压力之下,他下令暂停青苗法、免役法,废除方田法、保甲法。诏令传到民间,百姓欢呼雀跃。

王安石无奈之下,自请离职。宋神宗罢其宰相之位,改任江宁府知府。而老王所任用的一众奸佞小人,自然不会善罢甘休。以吕惠卿为首的新党,一边极力劝说宋神宗继续变法,一边假惺惺地痛哭流涕。宋神宗被说服,下旨恢复新法。

群奸这下更加肆无忌惮了,他们对阻挠新法的郑侠恨得咬牙切齿,罗织了种种罪名,将其交与御史台治罪。晏几道当下心急如焚,正想着如何施救好友之际,一伙人闯入晏家,不由分说地将晏几道也扣押下狱。

原来政敌们从郑侠的家中搜出晏几道的一首《与郑介夫》(郑侠,字介夫),其诗曰:"小白长红又满枝,筑球场外独支颐。春风自是人间客,张主繁华得几时?"新党们开始无中生有:"春风"是在说新法吧?"张主繁华得几时"意思是新法太短命,在人间不会长久呗。好你个晏几道,居然敢诋毁我们神圣的变法,抓起来!

人在家中坐,祸从天上来。

时局风起云涌,变法的浪潮排山倒海而来,晏几道身不由己地被卷入其中。失去了父亲庇佑的他,微小得好像一粒尘埃。而每一次的社会大洗牌,又会有多少如晏几道一般的小人物,成为大人物斗争的垫脚石,成为新旧秩序碰撞的牺牲品。

滚滚长江东逝水，在浪花淘尽英雄之前，这些微如尘埃之人，便已被激荡的流水冲击得分崩离析，灰飞烟灭。

六

晏几道被丢进了阴暗潮湿的牢狱，等候发落。自小锦衣玉食的晏公子，哪里受过这等委屈？可无论他如何辩驳反抗，都毫无作用。当年晏家盛极一时，人人都想来分一杯羹；如今家道中落，人人都想来踩一脚。

你笑，全世界同你一起笑；你哭，你便独自哭。

小晏蜷缩在角落里，一副可怜兮兮的模样。暗无天日的狱中，不知白天黑夜。送来的吃食，都是馊了好久的。晏几道又饿又怕，他忽然无比想念爹爹，想念那段无忧无虑的少年时光。

忆得少年多乐事，夜深灯火上樊楼。

晏几道还想了许多，原来人心叵测，原来世道艰险，原来爹爹当年的教诲，并非杞人忧天。晚年历经沧桑的晏殊，早料到自己与世长辞后，晏家的境遇将不复当初。他也料到纵使家底再厚，也扛不住飞来横祸。所以他苦口婆心地劝诫晏几道，莫要荒废光阴，当有立身之本。

只是晏公子醒悟之际，为时已晚。

这场突如其来的变故让晏家措手不及，小晏的家人赶忙展开营救，到处找人打点关系。只是新法之事，如今正处于风口浪尖上，人人都怕牵连自己，不愿沾染半分。再说晏家早没了往昔辉煌，帮上一把又能落什么好处？晏殊在世时的人情是指望不上了，晏家只能靠砸钱解决问题。花出去大把银两后，终于托人将案件交到了宋神宗手中审理。

不幸中的万幸是，宋神宗看完晏几道的诗，不但没有上纲上线，反而称赞他文采飞扬，当即下令释放晏几道。在狱中经受了多日折磨的小晏，捡回了一条命。

这场风波总算有惊无险，可是一番折腾后，晏家的境况一落千丈，竟到了徘徊于贫困线的田地。

其实晏殊离世后，晏几道分到的家产，本来足够他衣食无忧地度过一生。只是他不懂理财，又习惯了当少爷时大手大脚的生活，花钱如流水。晏公子为珍贵的古籍一掷千金，也为交好的朋友两肋插刀，费资千百万。

黄庭坚在《小山词序》中评价晏几道："人百负之而不恨，已信之，终不疑其欺己，此又一痴也。"——总是对朋友深信不疑，哪怕被人欺骗辜负了也不恨不恼，不愿计较金钱得失。

洒脱至此，大概是他当了小半辈子世家子弟的后遗症。李白说"千金散尽还复来"，而晏几道压根不在意千金散尽后是否还能回来，视金钱功名如粪土。他宁可过得潇洒一些，也不愿在官场上追名逐利，汲汲营营。

此时晏公子三十七岁，正当盛年，本是在职场拼搏的年纪，他却终日沉浸于诗酒之间，自得其乐，任性地一再沉醉。

而其父晏殊，在三十八岁那年，官拜兵部侍郎兼资政殿学士，深得朝廷器重。父子俩在同样的岁数，一个站在金碧辉煌的大殿之上，在百官艳羡的目光下，接过了天子的赏赐；一个寄身于昏暗狭小的屋舍之间，在妻子无奈的眼神中，一脸专注地看书写词。

老爹晏殊的事业那么成功，而他的儿子晏几道，却是人到中年一事无成。十几岁蟾宫折桂，开局即巅峰，往后一路高开低走，赚的薪水勉强够养家之用，日子过得紧巴巴的。

若以世俗的眼光来看，晏几道年近不惑却潦倒落魄，是个实实在在的失败者。可他的词作却在经历了人生巨变后，攀上了一个新的高峰。自古文章憎命达，无论是李煜、柳永，还是晏几道，这些词人才子，似乎都逃不过这个定数：文采出众者总是命途多舛，而正是生命中的种种痛楚，才淬炼出了他们所作诗文辞赋的深远境界。

晏几道深谙宦海浮名皆是虚妄，纵使如他爹爹一般位极人臣，也终将尘归尘，土归土。所谓功名，他晏几道少年入仕，又如何呢？所谓钱和名，他前半生拥有享之不尽的荣华富贵，又怎样呢？

盛筵难再，酒阑人散。他生命中的繁花，已然零落成泥碾作尘。而眼前的一簇簇花朵，却在每一个春日到来的时分，开得轰轰烈烈，灿烂似锦。

这样的美丽，年复一年，从未失约。

独酌花间的晏公子，写下一曲《玉楼春》：

雕鞍好为莺花住，占取东城南陌路。尽教春思乱如云，莫管世情轻似絮。

古来多被虚名误，宁负虚名身莫负。劝君频入醉乡来，此是无愁无恨处。

春日迟迟，晏公子骑着马游衍于大好春色之中。他感慨着人生苦短，莫要辜负良辰美景，更莫要为虚名所困，不如纵情诗酒，一醉方休。

元丰二年，在大名府任职的黄庭坚重返汴京，等候改官，他与晏几道再度见面。分别已有十多年，两个人都不再年轻了。黄庭坚已年过而立，在仕途上摸爬滚打了数年，举止气度都成熟了不少。

见到故友的晏几道很高兴，他拿出所剩无多的积蓄，兴冲冲地招呼黄庭坚下馆子吃饭喝酒。两人饮酒唱和到深夜，醉倒在酒家垆边。

一曲清歌满樽酒，人生何处不相逢。

很久没有这般快活了，仿佛回到了那段天真无忧的少年岁月。有时他们同榻夜谈，聊到蜡烛都燃尽了，便将那碎银般的月色当作黑暗中的莹莹烛火。

两人聊起诗词文章，晏几道感慨道："贤弟幼时所作'多少长安名利客，机关用尽不如君'，怎的小小年纪就有如此觉悟？愚兄年过不惑，才知世人'古来多被虚名误'。想来所谓功名利禄，不过如同黄粱一梦罢了。"

黄庭坚喟然长叹道："你我又何尝不是梦中人？前些日子偶得一首小诗，今夜吟来与君共勉。'此身天地一蘧庐，世事消磨绿鬓疏。毕竟几人真得鹿，不知终日梦为鱼。'"

月落中天，两人和衣而眠。

这般重逢的时日总是短暂的，很快黄庭坚又接到朝廷的调任，离开了京城。而晏几道依旧平时上班摸摸鱼，划划水，他将大部分精力与时间，都投入诗词创作之中。

晏公子的词婉约柔美，却不只是诉说相思闺情那般简单。由于前半生遍尝世间冷暖，他便在有意无意间将对人生聚散无常的感叹融入词中，使得其词情致深远，余味悠长。譬如那曲《鹧鸪天》：

醉拍春衫惜旧香。天将离恨恼疏狂。年年陌上生秋草，日日楼中到夕阳。

云渺渺，水茫茫。征人归路许多长。相思本是无凭语，莫向花笺费泪行。

晏几道词名渐盛，其作品广为传唱于青楼教坊之间。百姓纷纷议论："相门之子不爱做官，偏要做个词人，真是稀奇！"青楼女子也在窃窃私语："听说晏公子当年可是花街柳巷的常客呢，如今摇身一变为金牌作词人，不知唱了宰相儿子填词的歌曲，是不是有朝一日也能飞黄腾达呢！"

深夜，晏家的小屋中烛火摇曳，晏几道埋首于书卷之间，不知疲倦地伏案创作，好似痴了一般。

原来那条繁花盛开的道路，早已杂草丛生，满目荒芜。还好，人生从来不是一条既定的轨道，而是一片开阔的旷野。晏几道在自己所钟爱的世界里，尽情地挥洒着才华。他将浪漫与风雅，至情与痴绝，悉数付与平平仄仄的清词——

"落花人独立，微雨燕双飞。"

"从别后，忆相逢，几回魂梦与君同。"

"此后锦书休寄，画楼云雨无凭。"

许多词论家认为，晏几道的词学造诣和成就远胜于其父晏殊，乃北宋词坛写小令"第一人"。后世有评价称："晏氏父子，仍步温、韦，小晏精力尤胜。""殊父子词，语浅意深，有回肠荡气之妙。几道殆过其父。"

晏几道没有活成他老爹所期待的样子，可他走出了一片属于自己的天地。那里没有高官厚禄，百年功业，却有清词妙曲，千载流芳。

七

元丰五年，晏几道监颍昌许田镇。在这里，他遇到了当年父亲晏殊的弟子、时任颍昌知府的韩维。韩维比晏几道年长二十一岁，那时他经常登门晏府，向晏殊请教学问。可以说，这位韩叔叔，是看着晏几道长大的。

他乡遇故知，晏几道心中是有些激动的。况且韩维风节素高，清正不求浮名，晏几道在官场早有耳闻，对之十分敬慕。于是他向韩维献上了自己的词作，期望得其雅正，并一叙旧情。

韩维很快给了回复，说词作已看过，"盖才有余，而德不足者"。——确实很有才华，但小晏你的德行不太行啊。希望你能

"捐有余之才，补不足之德"，不要辜负我这个"门下老吏"的期望啊！

这番话一副家长做派，"爹味"十足，全然没有一丝昔日温情。本就处于寒冬之中的晏几道又被泼了一头冷水，心凉得很彻底。他有些灰心丧气："罢了罢了，官场中人，从此不会再沾染半分。"

当然除了他的故友黄庭坚。

自从上次京城一别后，两人一直保持着书信联系。元丰七年，黄庭坚调任德州德平镇，途经汴京一带，本想再回去看看他的晏老哥，只是此时晏几道已身处江南，两人未能相聚，黄庭坚便写了十首小诗寄怀好友。

此时晏几道已是个落魄的中年人了，可在黄庭坚心里，他的晏兄依旧是当年那个意气风发的年轻公子。正如他诗中所云："云间晏公子，风月兴如何。"——我晏兄如云端的仙人，吟风弄月，好不潇洒。黄庭坚还直言："人生如草木，臭味要相似。"——人生苦短，自然要与臭味相投的人一起玩，我与晏兄便是如此。

斯时，在颍昌做官的晏几道即将任满，正忙着收拾东西，准备回汴京。他小心翼翼地亲自搬运几个大箱子，视其如珍宝，搞得满头大汗，狼狈不堪。

而这些箱子中，装的并非绫罗绸缎、金银财宝，而是一摞摞书。

晏几道平生嗜书如命，只要发现市集上有他需要的好书，往往不惜重金求购。就这样，他的钱包越来越瘪，花光了老爹留下的财产和自己的俸禄。而家中藏书则越来越多，本就狭小的屋舍更加无处落脚了。

他的妻子没好气地抱怨道："你呀，还宰相公子呢，每次搬书都搞得灰头土脸，好像要饭的一样！"晏几道闻言并不生气，只是笑呵呵地写了一首诗："生计惟兹碗，般擎岂惮劳……愿君同此器，珍重到霜毛。"——生活不易，小晏叹气。我此生失去太多，唯有书卷不可弃。希望夫人与这些书一样，一同陪我白头到老。

一番舟车劳顿后，晏几道回到了汴京。明明他自幼生于此，长于此，远游归来之际，却莫名生出了客居京华的苍凉之感。

时移世易，故地重游，京城依旧繁华如梦，锦街香陌，朱门院落，仍是他记忆中的样子。正是万花烂漫的季节，牡丹、芍药、棣棠、木香，种种上市。可是晏几道明白，好花不常开，好景不常在。他春风得意的生活早就戛然而止，自己年轻时结交的青楼佳人、酒朋诗侣，也都已四散天涯。

念及此，小晏不免心下凄然。他沽了一壶酒，边饮边走，并默默吟道："欲将沉醉换悲凉，清歌莫断肠。"

经过勾栏瓦舍时，晏几道听见有姑娘在歌唱他年少时填词的曲子，唱的是风花雪月，歌舞春风。写下这阕词之际，他仍是流连花丛的膏粱子弟，不知人事不知愁，独爱夜深上樊楼。那段香甜无忧的岁月，如同一阵夏日的熏风，扑面而来。晏几道回到了小小屋舍中，慢慢地回忆起他生命中那一段段或喜或悲的旅程。

他写自己的鲜衣怒马少年时，写红颜知己的烈焰繁花少女时，也写人生聚散无定数，羁旅漂泊归何处，离愁别恨相思浓，万事如梦转头空。晏几道自号小山，暮年的他，一心一意地编写《小山词》。

宋哲宗元祐初，晏几道词名盛传于京师。此时，他的好友黄庭坚也回到了汴京，步入朝堂为官。这些年黄庭坚辗转各地，晏几道羁旅异乡,如今久别重逢的他们,自是有说不完的话、喝不完的酒。

两个双鬓斑白之人,在垆边饮酒放歌,快活似少年。

黄庭坚兴致高昂道:"晏兄,你我上回对饮大醉,已是快十年前的事了吧?小弟三年前作有一诗,极符合当下心境,正是'桃李春风一杯酒,江湖夜雨十年灯'。"

晏几道抚掌大乐,说:"妙哉妙哉!不过贤弟三年前得此佳句,竟拖到今日才告诉老夫?唉,连鲁直贤弟都忘了老夫了,世态炎凉呀!"

黄庭坚哈哈大笑道:"晏兄,你可是盛名在外,词作遍传于文人雅士之间。说到这儿,我有一位至交好友,前些日子还专门托我帮忙,转达他期望拜访结识晏兄之意。"

晏几道闻言正色道:"你知道的,我素来不喜结交官宦权贵之流。"

黄庭坚赶忙解释道:"我这位好友,正是苏轼,苏东坡。他亦是喜爱诗书之人,倾慕晏兄文采已久,诚心想与你相识。"

晏几道面色缓和下来:"只是老夫生性孤僻,一个人清净惯了,不愿多与人言。还请贤弟转告苏学士,老夫家中有旧客,无暇见他,多多见谅。"

黄庭坚了解好友的孤傲脾气,便换了个话题:"好了,小弟自会转达。晏兄的词集如何了?我可是等着一睹为快呢。"

晏几道微笑着说:"贤弟若愿为《小山词》作序,自然能一睹为快。"

黄庭坚满脸欣喜道:"乐意效劳,不胜荣幸!"

八

徽宗年间，晏几道又担任过开封府推官等基层官职。他这一生，做的官位都不高。黄庭坚在《小山词》的序言中评价晏几道："仕宦连蹇，而不能一傍贵人之门，是一痴也。"——小晏家里有那么深厚的官场背景，他都不知道利用，真是个痴人呢。

有人说，他执迷不悟，若是懂得圆滑变通、八面玲珑一些，利用好父亲晏殊的官场人脉，也能步步高升，青云直上，何至于一生事业无成？也有人说，他实在可惜，明明才华横溢，十几岁就当了官，何不再接再厉，在官场上拼个几年，高官厚禄，不就信手拈来？

可是，对晏几道而言，功名利禄不过是过眼云烟，就算是获得了世俗定义的成功，又如何呢？守得住一时，也守不住一世。眼看他起朱楼，眼看他宴宾客，眼看他楼塌了。

世事无常，人生如梦。即便守了一辈子，人终究是要死的，荣华富贵也是留不住的。不如趁着有生之年，醉心于自己所热爱的事情，管他是对是错。

即便是深陷，我陷得心甘情愿；即便是执迷，我执迷得无怨无悔。我知道人间悲欢离合之事，如幻如电，如昨梦前尘；我历经繁华，又眼看繁华凋敝，逐水飘零似落花。我浮沉酒中，不问世事兴灭；我写下狂篇醉句，尽是荒唐之言。

什么是对，什么是错？什么是成功，什么是失败？我只用我喜欢的方式度过余生，这就足够了。

晏几道不知道的是，千百年后，当帝王霸业、功名富贵尽数化为尘土时，仍旧闪耀于世间、历久而弥新的，正是他曾写下的词句。晏小山的那一曲《鹧鸪天》，曾惊艳了多少流年：

彩袖殷勤捧玉钟，当年拼却醉颜红。舞低杨柳楼心月，歌尽桃花扇底风。

从别后，忆相逢，几回魂梦与君同。今宵剩把银釭照，犹恐相逢是梦中。

大观元年（1107），蔡京权势正盛，他于重阳、冬至日，邀请晏几道作长短句，希望他能写词为自己歌功颂德。以晏几道的才华，完全可以写出奉承蔡京的词作，并凭此得到好处。然而晏几道平生最反感阿谀谄媚之事，只是碍于蔡京的滔天气焰，无力回绝。于是晏几道为其作《鹧鸪天》两首，内容只限歌咏太平，而无一言提及蔡京其人。

此时，晏几道已是七十岁的老人了。在人生的最后几年，他依然我行我素，不愿攀附权贵。三年后，年过古稀的他安然辞世。

晏几道像是如往常那般醉酒而眠，他做了一个很长很长的梦。梦里，有红楼夜月，香径春风，有花间美酒，故人重逢。

还有佳人轻轻地吟唱："当时明月在，曾照彩云归。"